O Fio de Dédalo

Ivan Junqueira

O Fio de Dédalo

Ensaios

EDITORA RECORD
RIO DE JANEIRO • SÃO PAULO

CIP-Brasil. Catalogação-na-fonte
Sindicato Nacional dos Editores de Livros, RJ.

Junqueira, Ivan, 1934-
J94f O fio de dédalo: ensaios / Ivan Junqueira. - Rio de Janeiro: Record, 1998.

ISBN 85-01-05345-7

1. Literatura - Discursos, ensaios, conferências, etc.
I. Título.

98-1720 CDD - 809
CDU - 82.09

Direitos exclusivos desta edição reservados pela
DISTRIBUIDORA RECORD DE SERVIÇOS DE IMPRENSA S.A.
Rua Argentina 171 – Rio de Janeiro, RJ – 20921-380 – Tel.: 585-2000

Impresso no Brasil

ISBN 85-01-05345-7

PEDIDOS PELO REEMBOLSO POSTAL
Caixa Postal 23.052
Rio de Janeiro, RJ – 20922-970

EDITORA AFILIADA

DO AUTOR

Poesia

Os mortos. Ed. do autor. Rio de Janeiro: 1964. Menção honrosa no Concurso Jorge de Lima, 1965. Esgotado.

Três meditações da corda lírica. Rio de Janeiro: Lós, 1977. Fora do comércio.

A rainha arcaica. Rio de Janeiro: Nova Fronteira, 1980. Prêmio Nacional de Poesia do Instituto Nacional do Livro, 1981. Esgotado. Lisboa: Fundação das Casas de Fronteira e Alorna, 1994.

Cinco movimentos. Rio de Janeiro: Gastão de Holanda Editor, 1982. Fora do comércio. Esses poemas foram musicados por Denise Emmer no CD *Cinco movimentos & um soneto* (Rio de Janeiro: Leblon Records, 1997).

O grifo. Rio de Janeiro: Nova Fronteira, 1987. Menção honrosa do Prêmio Jabuti, 1988. Trad. dinamarquesa *Griffen*, por Peter Poulsen. Copenhague: Husets Forlag, 1994.

A sagração dos ossos. Rio de Janeiro: Civilização Brasileira, 1994. Prêmio Jabuti, 1995, e Prêmio Luísa Cláudio de Sousa, do Pen Club do Brasil, 1995.

Ensaísmo

Testamento de Pasárgada (sobre a poesia de Manuel Bandeira). Rio de Janeiro: Nova Fronteira, 1981. Esgotado.

Dias idos e vividos (sobre a prosa de não-ficção de José Lins do Rego). Rio de Janeiro: Nova Fronteira, 1981.

À sombra de Orfeu. Rio de Janeiro: Nórdica/INL, 1984. Prêmio Assis Chateaubriand, da Academia Brasileira de Letras, 1985.

O encantador de serpentes. Rio de Janeiro: Alhambra, 1987. Prêmio Nacional de Ensaísmo do Instituto Nacional do Livro, 1988.

Prosa dispersa. Rio de Janeiro: Topbooks, 1991.

O signo e a sibila. Rio de Janeiro: Topbooks, 1993.

"Bilac: *versemaker*". In: *Olavo Bilac. Obra reunida*. Rio de Janeiro: Nova Aguilar, 1996.

Os melhores poemas de Dante Milano, com introdução e notas. São Paulo: Global, 1998.

"Vinicius de Moraes: língua e linguagem poética". In: *Vinicius de Moraes. Obra completa*. Rio de Janeiro: Nova Aguilar, 1998.

Tradução

Quatro quartetos, de T. S. Eliot, com introdução e notas. Rio de Janeiro: Civilização Brasileira, 1967. Esgotado.

T. S. Eliot. Poesia, com introdução e notas. Rio de Janeiro: Nova Fronteira, 1981. 6ª ed., 1996.

A obra em negro, de Marguerite Yourcenar. Rio de Janeiro: Nova Fronteira, 1981. 6ª ed., 1984.

Como a água que corre, de Marguerite Yourcenar. Rio de Janeiro: Nova Fronteira, 1982. 2ª ed., 1983.

Prólogos, de Jorge Luis Borges. Rio de Janeiro: Rocco, 1985. Esgotado.

As flores do mal, de Charles Baudelaire, com introdução e notas. Rio de Janeiro: Nova Fronteira, 1985. 6ª ed., 1997.

Albertina desaparecida, de Marcel Proust. Rio de Janeiro: Nova Fronteira, 1988.

Ensaios, de T. S. Eliot, com introdução e notas. São Paulo: Art Editora, 1989. Menção honrosa do Prêmio Jabuti, 1990.

De poesia e poetas, de T. S. Eliot, com introdução e notas. São Paulo: Brasiliense, 1991.

Poemas reunidos 1934-1953, de Dylan Thomas, com introdução e notas. Rio de Janeiro: José Olympio, 1991. Prêmio da Associação Paulista de Críticos de Arte (1991) e Prêmio da Biblioteca Nacional (1992). Esgotado.

Doze tipos, de Gilbert Keith Chesterton. Rio de Janeiro: Topbooks, 1993.

As flores do mal e *Juvenília*, de Charles Baudelaire. In: *Charles Baudelaire. Poesia e prosa*, edição organizada por Ivo Barroso. Rio de Janeiro: Nova Aguilar, 1995.

"Última canção de Safo", "O primeiro amor", "O pardal solitário", "À sua dama" e "O pôr-da-lua", de Giacomo Leopardi. In: *Giacomo Leopardi. Poesia e prosa*, organização e notas de Marco Lucchesi. Rio de Janeiro: Nova Aguilar, 1996.

Sumário

Nota prévia

Esta é, muito provavelmente, a última vez que reúno em livro meus ensaios de crítica literária, prefácios, conferências e alguns poucos textos inéditos que dormiam no esquecimento das gavetas. A maioria desses escritos, porém, encontrava-se dispersa em jornais e revistas, e aproveito agora a ocasião para dar-lhes uma forma decerto mais orgânica e, se possível, definitiva. A exceção correria à conta dos seis textos que escrevi para a antologia crítica *Dias idos e vividos* (Rio de Janeiro: Nova Fronteira, 1981), na qual organizei uma seleta da prosa de não-ficção de José Lins do Rego. Esses textos foram aqui reunidos num único estudo de avaliação crítica sob o título de "Lins do Rego além da ficção". Como andassem algo esquecidos e ainda desarticulados sob a condição de uma *disjecta membra*, creio que agora poderão alcançar sua definitiva organicidade literária. Quanto às conferências ou palestras, estavam todas inéditas em volume, e alterei-as aqui e ali a fim de que, éditas, ganhassem em coesão e fluidez estilísticas, atendendo assim às exigências estruturais deste volume como um todo. Incluí também neste algumas páginas sobre arte tradutória, já que a considero, à semelhança da crítica e do ensaísmo, uma atividade de criação paralela à poesia.

Como ocorre no caso de minhas seis anteriores coletâneas

ensaísticas — a exceção seria aqui *Prosa dispersa* (1991), volume no qual me debruço apenas sobre os problemas da ficção e do ensaísmo —, *O fio de Dédalo* privilegia sobretudo a poesia e os poetas. Não escondo de ninguém que, vítima talvez de uma fatalidade ou — mais grave ainda — de uma inabalável convicção, fui sempre um poeta de poetas e um crítico de poesia, única forma que encontrei, concomitante à da prática contumaz da tradução de poetas, de tentar compreender a poesia alheia e o significado maior da própria poesia enquanto manifestação suprema do espírito humano e supremo risco em que consiste a atividade criadora. E se afirmo, como o fiz há pouco, que esta é, "muito provavelmente, a última vez que reúno em livro meus ensaios de crítica literária", faço-o apenas porque sinto esgotar em mim esse veio da atividade intelectual e porque percebo, de maneira irremediável, que concluirei minha trajetória literária como a iniciei, naquele já distante ano de 1964, como poeta. Ao longo de todo esse tempo — como poeta, como ensaísta e como tradutor de poesia —, aprendi o que pude. Foi pouco. Pouco e talvez sem valia. E volto agora aos poemas que me chamam, mesmo que seja para jamais escrevê-los.

Uma última palavra, dessa vez sobre o título da presente coletânea: *O fio de Dédalo* pretende, acima de tudo, remeter o leitor àquela antiga noção grega de labirinto, de dificuldade que nos instiga e desafia, pois labiríntico é qualquer texto poético, assim como o é a temerária (e amiúde vã) tentativa de decifrá-lo. Aqui, tanto o poema quanto sua decifração nada mais são do que aquele fio de Ariadne graças ao qual Teseu escapou do labirinto de Creta após matar o Minotauro. Esse labirinto, como se sabe, foi construído pelo arquiteto Dédalo, tendo ele próprio sido ali aprisionado, com seu filho Ícaro, por favorecer o amor de Pasífae pelo touro sagrado. Dédalo fugiu graças às asas de Ícaro, que aqui, mercê de uma licença poético-metafórica, transformo em fio, como aquele de Ariadne. É ao sinuoso percurso desse labirinto que convido agora o leitor, rogando-lhe, como sempre, que me honre com sua compreensão e, mais do que isto, com sua benevolência. Talvez até com seu perdão.

Ivan Junqueira

A Eduardo Portella

De Poesia e de Poetas

A poesia britânica no século XX[1]

O que hoje entendemos como a multiforme floração da moderna poesia da Grã-Bretanha — vale dizer, a que se escreveu até por volta da segunda metade deste século na Inglaterra, na Irlanda, na Escócia e no País de Gales — deita suas mais fundas raízes não apenas em algumas das vertentes tradicionais da própria poesia de língua inglesa — a da "poesia metafísica" do século XVII, por exemplo, seria uma delas, sobretudo depois das lúcidas tentativas que empreendeu T. S. Eliot para resgatá-la —, mas também em outros movimentos e circunstâncias históricas que não podem aqui ser esquecidos. Um deles é o movimento simbolista inglês que emerge à época dos "Eighteen Nineties", pouco depois da gradual abertura da literatura britânica às influências estrangeiras, quando se intensificaram as leituras dos escritores franceses, muito importantes para Swinburne, entre outros, que, com a morte de Tennyson e Browning, se encontrava então no ápice da glória. Pode-se dizer que havia na época uma verdadeira importação de de-

[1]Este estudo foi originalmente publicado como Introdução à antologia da poesia britânica do século XX na revista *Poesia Sempre*, Fundação Biblioteca Nacional / Departamento Nacional do Livro, ano 6, nº 9, Rio de Janeiro, março de 1998.

cadentismo e penumbrismo, de sensualismo e pseudomisticismo parisienses, além de fartas reminiscências dos pré-rafaelitas, entre os quais Dante Gabriel Rossetti. Os poetas de língua inglesa começavam então a descobrir Baudelaire, Rimbaud, Verlaine, Laforgue, Corbière, Huysmans, Villiers de l'Isle-Adam e Rémy de Gourmont, este último intensamente louvado por Eliot e Ezra Pound.

Foi nesse clima de efervescência que nasceu o movimento simbolista inglês, quando se criou em Londres o Rhymer's Club, cujos fundadores incluíam, entre outros, o artista plástico decadentista Aubrey Beardsley, o crítico Arthur Symons, os poetas "georgianos" Ernest Christopher Dowson (1867-1900) e Lionel Johnson (1867-1902), e o jovem poeta irlandês William Butler Yeats (1865-1939). Em 1892 publicaram eles uma antologia, o *Book of the Rhymer's Club*, e em 1896 passaram a se reunir na revista *Savoy*, dirigida por Arthur Symons, autor do decisivo *The Symbolist Movement in Literature* (1899), que tanta influência iria exercer sobre Eliot, como ele próprio, aliás, o admite. Pertencem ainda a essa época alguns outros simbolistas que podem ser vistos como quase precursores do modernismo literário inglês, como o católico Francis Thompson (1860-1907), o erudito "ossiânico" Fiona Macleod (1855-1905), o extravagante orientalista George William Russel (1867-1935) e o hoffmanniano de impregnações célticas James Stephens (1882-1950). Mas, a rigor, são apenas prenúncios que se confundem com as fantasias românticas da lenda céltica, o "Celtic Twilight", à luz do qual se formou o primeiro Yeats, ainda sob o fascínio do veio folclórico descoberto e proclamado por Isabella Augusta, mais conhecida por Lady Gregory (1852-1932), a turbulenta empresária do Abbey Theatre, de Dublin.

Bem mais importante do que esse primeiro frêmito crepuscular será o advento, em 1907, do círculo de intelectuais sofisticados conhecidos como os *high brow* de Bloomsbury, que se manteve ativo até 1920 e ao qual pertenceram, entre outros, as ficcionistas Virginia Woolf e Katherine Mansfield, o biógrafo Lytton Strachey, o tradutor de poesia chinesa Arthur Waley, o crítico John Middleton Murry, o economista John Maynard Keynes, o romancista Henry James e o próprio Eliot. Trata-se da primeira *intelligentsia* surgida na Inglaterra conservadora, e seu aparecimento coincide com o declínio da moral puritana, a discussão pública dos problemas sexuais, a adoção de novos costumes pela mocidade, a abolição dos valores e critérios da época vitoriana. Muito contribui para a cristalização dessa nova atmosfera o papel que exerceram, logo após o término da Primeira Guerra Mundial, os expatriados norte-americanos da chamada "Lost Generation" que se instalaram em Paris, precedidos por Ezra Pound e carinhosamente apadrinhados por Gertrude Stein. Os lemas de sua experiência eram a ironia, o cinismo, a desilusão, o sentimento de diluição universal — enfim, o niilismo absoluto. O poeta desse grupo foi Edward Estlin Cummings; o romancista, Ernest Hemingway. E outros exilados demandariam essa Europa que já não acreditava mais em seus valores, em particular os norte-americanos nostálgicos da antiga civilização européia. É a hora de Eliot. Por paradoxal que possa parecer, era preciso que surgisse um norte-americano do Missouri para explicar aos europeus por que sua civilização estava ruindo e iria acabar: porque os europeus se recusavam a ser o que Eliot proclamava ser — classicista, monarquista e anglo-católico.

Outro elemento crucial para a formação da nova mentalidade poética na Grã-Bretanha foi a publicação, em 1914, por iniciativa do grupo a que pertenciam Thomas Ernest Hulme (1883-1917), Ford Madox Ford (1873-1939) e Ezra Pound, de *Des Imagists. An Anthology*, que lança os fundamentos do imagismo. Dissidentes da poesia georgiana e da clangorosa eloqüência da poética tennysoniana, os imagistas preconizavam o cultivo de uma imagem única, desenvolvida com o mínimo possível de palavras e que devia representar o aspecto essencial ou, antes, a substância de um objeto, de uma paisagem, de um sentimento. Os maiores expoentes do imagismo, entretanto, não foram ingleses, e sim norte-americanos: Hilda Doolitle e Amy Lowell. E isso talvez porque, no mesmo ano em que se publicou aquela antologia, Pound e o novelista Percy Wyndhan Lewis (1884-1957) fundaram a revista *Blast*, órgão oficial do vorticismo, tendência destinada a substituir o futurismo por outro antinaturalismo, definindo-se doravante a imagem poética como fonte de inspirações intuitivas. Mas há na Inglaterra uma autora egressa do imagismo e do antivitorianismo dos anos 20 que não pode ser esquecida: Edith Sitwell (1887-1964), coadjuvada por seu irmão mais moço Osbert Sitwell (1892-1969), também poeta. Satírica e anti-romântica no sentido do século XVIII, mais precisamente no sentido de Pope, Edith Sitwell possuía vasta cultura literária e senso rítmico dos mais finos herdado ao imagismo. Ademais, conseguiu sempre renovar-se, revelando aspectos mais sérios e até trágicos de sua arte poética, como o atestam os *Collected Poems* (1930), *Street Songs* (1942) e *A Poet's Notebook* (1943).

Mas antes da década de 1920 há que considerar os poetas pré-modernistas do período da guerra, como seria o caso dos "georgianos" Siegfried Sassoon (1886-1967), já moderno em alguns poemas que resgatam a grande tradição inglesa da poesia amargamente satírica, como se lê em *War Poems* (1919),

Satirical Poems (1926) ou *Memoirs of an Infantry Officer* (1930), e, mais do que este, Wilfred Owen (1893-1918), morto precocemente e autor de um só livro de publicação póstuma (*Poems*, 1921), cujos versos, apesar da influência de Keats e de outros tributos pagos à tradição, descobrem a poesia das coisas mais simples e cotidianas, revelando um coloquialismo que somente será resgatado pela poética revolucionária dos anos 30. Em suma, Owen pode ser visto como um dos porta-vozes da "revolução ideal" que caracteriza o breve período entre 1917 e 1920. Anterior a ambos do ponto de vista cronológico é David Herbert Lawrence (1885-1930), imagista consumado em *Birds, Beasts and Flowers* (1923). O romancista Lawrence, sem dúvida superior ao poeta, deve muito ao imagismo, aliás, no que toca às vertentes poéticas de sua prosa, fruto daquela *directness of expression* que herdou da dicção imagista. Incluem-se ainda nesse período os nomes de Alfred Edward Housman (1859-1936), Walter de la Mare (1873-1956) e James Elroy Fleckener (1884-1915), que são, todavia, predominantemente "georgianos", e, *last but not least*, o grande romancista e notável poeta Thomas Hardy (1840-1928), que um crítico norte-americano como John Crowe Ransom situa entre os três maiores poetas de língua inglesa no século XX, ao lado de Eliot e Yeats, graças sobretudo aos seus *Wessex Poems and other Verses*, que lhe reúnem a produção poética de 1898 a 1928, num espantoso total de 918 composições. Poetas menores, mas ainda dessa época, Edmund Blunden (1896), Isaac Rosemberg (1890-1918) e Rupert Brooke (1887-1915) merecem aqui um pequeno registro como cultores daquela poesia da guerra a que já aludimos. E menor é também Edward Thomas (1878-1917), que morreu assassinado na França e cuja obra foi reunida em 1920 por Walter de la Mare sob o título de *Collected Poems*.

O solo propício à eclosão do modernismo poético na literatura da Grã-Bretanha estava, pois, semeado: pelo hermetismo ocultista de Yeats; pelo imagismo e as experiências lingüísticas de Pound; pela publicação póstuma, em 1918, dos poemas de Gerard Manley Hopkins (1844-1889); e, sobretudo, pela poesia satírica e apocalíptica de T. S. Eliot (1888-1965), principalmente a partir da publicação de *Prufrock and other Observations* (1917), *The Waste Land* (1922) e *The Hollow Men* (1925). Apesar da pujança e da originalidade de Yeats — cuja grande poesia, entretanto, somente será escrita nos últimos vinte anos de vida do autor, ou seja, mais ou menos em fins da década de 1920, quando aparecem *A Vision* (1925), *The Tower* (1928) e *The Winding Stair* (1929) —, o grande nome dessa década crucial para os destinos da moderna poesia de língua inglesa é, sem dúvida, o de Eliot, esse tríplice talento de poeta, crítico e dramaturgo, "um devoto da tradição que quebrou os moldes tradicionais para dar novas formas à poesia inglesa", como dele certa vez disse Brand Blanshard. A um tempo clássica e moderna, revolucionária e reacionária, realista e metafísica, insólita comunhão de sátira e desespero, de pensamento e emoção, de caducidade e transcendência, de liturgia e perversão, de náusea profana e êxtase religioso, a obra de Eliot está na própria raiz que informa e conforma a mentalidade poética de nossos dias, tendo exercido fecunda e duradoura influência sobre todas as gerações que se formaram a partir de 1930. E justamente por ser sua poesia tão *full of meaning*, Eliot é o poeta ambíguo de uma época ambígua, e a isso corresponde a repercussão também ambígua e múltipla de seu legado, uma repercussão que, como observa Otto Maria Carpeaux (*História da literatura ocidental*, v. 7), "quase equivale à história da poesia contemporânea". Foi à sua sombra que se formaram poetas europeus tão importantes quanto o italiano Eugenio Montale e o grego Giorgios Seféris, bem como os norte-americanos Robert Penn Warren e Robert Lowell.

Do *Prufrock* aos *Poems* (1920), de *The Waste Land* a *The Hollow Men*, de *Ash-Wednesday* (1930) aos *Four Quartets* (1944), o que se vê no *continuum* da poesia eliotiana são aqueles complexos e heterodoxos estratos do mosaico intertextual de sua atividade criadora em que o autor resume e absorve toda a herança poética legada por aqueles que o precederam, desde o remoto passado oriental sânscrito e as difusas inervações greco-latinas ou mesmo hebraicas até a poliédrica floração da poesia ocidental. Em decorrência dessa inumerável e mimética assimilação literária, que alguns críticos passaram a designar de eliotização, pode-se afirmar, como o faz Antônio Houaiss no prefácio que escreveu à minha tradução dos *Four Quartets* (*Quatro quartetos*. Rio de Janeiro: Civilização Brasileira, 1967), que, enquanto poeta, Eliot "se humilhou quase à condição de um não-eu", para assim — e somente assim — "atingir a condição de pan-poeta". Mas nessa mesma linha, no âmbito da poesia inglesa, só permanecerá o originalíssimo John Betjeman (1906), poeta da Igreja anglicana e tradicionalista de uma tradição especificamente inglesa que conjuga religiosidade e humorismo, mistura que não se via desde os tempos de John Donne e Richard Crashaw, como o comprovam pelo menos dois de seus volumes de versos: *Continual Dew* (1937) e *Old Lights for New Chancels* (1942).

Antes de abordarmos a produção relativa aos herdeiros de Eliot, cabe aqui uma breve consideração sobre a obra de um poeta que, do ponto de vista cronológico, não pertence a esse período: Gerard Manley Hopkins, cuja poesia, escrita durante a época vitoriana, nada tem a ver com o ideário estético desta e que, sob o título de *Poems*, só foi reunida e publicada em 1918, trinta anos após a morte do autor, por seu amigo (e também poeta) Robert Bridges (1844-1930). Mas nem mesmo este se deu conta do alcance e do significado dos poemas daquele jesuíta que se manteve sempre à margem dos círculos literários vitorianos. Um dos primeiros a compreendê-lo — e a ser por ele fortemente influenciado — foi justamente Eliot. E não apenas Eliot, mas toda a geração que floresceu à sua sombra. Hopkins tem um pouco de romântico ou pós-romântico, de pré-rafaelita e mesmo de conceptista, mas sua poesia, gravemente trágica, é de cunho intelectualista, distinguindo-se pela métrica insólita do chamado *sprung rythm*, ou "ritmo semântico", como o designou entre nós Sérgio Buarque de Holanda, que nos remete à técnica e ao estilo de Donne e de outros "metaphysical poets". Abrupta e luxuriante, a poesia católica de Hopkins, amiúde obscura e hermética, repleta de estranhas associações verbais e estruturada em construções elípticas e ritmos insólitos, foi entusiasticamente acolhida pelo modernismo que então se cristalizava na poesia de língua inglesa durante a década de 1920. Hopkins é poeta altíssimo, tão alto que, já no século XIX — que jamais o compreendeu —, cultivou uma poesia que nada fica a dever às grandes realizações dos modernistas do século XX.

Os herdeiros de Eliot e a maior parte dos discípulos daqueles grandes "poetas da Direita"— Yeats, Hopkins e Pound, sem falarmos no próprio Eliot — formam-se sob o signo do New Criticism e do ideário que se dissemina através de publicações que fizeram carreira nos círculos literários londrinos, como, entre outras, *The Athenaeum*, *Egoist*, *Horizon*, *Adelphi* e, sobretudo, *The Criterion*, revista trimestral de literatura e filosofia fundada por Eliot em 1922, o mesmo ano em que se publicaram *The Waste Land* e o *Ulysses*, de James Joyce. O curioso é que esses mesmos poetas, utilizando os novos recursos técnicos da aristocracia literária da década de 1920, irão manifestar, no decênio seguinte, as idéias de uma revolução social, ou seja, a renovação literária de mãos dadas com a revolução política, como o expressou, aliás, Wystan Hugh Auden (1907-1973): "A revolução inglesa / É a única solução." Esse novo grupo — o dos discípulos esquerdistas de Eliot — apareceu em público em 1932 através da antologia *New Signatures*. São eles: Auden, Cecil Day Lewis (1904-1972), Stephen Spender (1909), John Lehmann (a quem o movimento deve preciosos tributos editoriais e propagandísticos) e o poeta e crítico William Empson (1906-1984). Toda essa experiência, entretanto, irá convergir para uma grave incompatibilidade entre a revolução poética e o ideário social. O crítico Frank Raymond Leavis (1895) logo previu que aquela mocidade inquieta haveria de voltar "à casa paterna". E foi assim que os jovens comunistas e psicanalistas de 1930 tornaram-se liberais humanitários, tendo alguns deles se consagrado à prática de experiências religiosas.

Foi grande o escândalo causado pelas audácias métricas e a franqueza de expressão desses novos poetas num país em que, depois do episódio decadentista e do movimento vanguardista da década de 1920, ainda prevalecia a solene honradez da tradição tennysoniana. Isso não impediu, entretanto, que se manifestasse a tendência comunista de diversos colaboradores da segunda antologia do grupo — *New Country*, publicada em 1933 —, ao qual aderiram, além dos prosadores Christopher Isherwood e Rex Warner, vários outros poetas, entre os quais Louis MacNeice (1907-1963), Roy Campbell (1907-1957), William Empson, Norman Cameron, Vernon

Watkins, Geoffrey Grigson, Laurence Bynion, Edwin Muir (1887-1959), Sidney Keyes, David Gascoyne (1916), Keith Douglas, Alun Lewis (1915-1944), Hamish Anderson, Norman Nicholson, Lawrence Durrell (1912-1990), George Barker (1913) e Henry Treece, que se tornaram conhecidos como os "poetas de Oxford". Mas o fato é que dessa filiação cultural, bem como do burguesismo ascendente da sociedade britânica, na qual se revelaram talentos bem-nascidos, resultou a falência ideológica e a demissão coletiva de toda uma geração cujo radicalismo político não resistiu às frustrações e perplexidades da "guerra fria".

Os maiores nomes dessa geração foram, sem dúvida alguma, Auden, Day Lewis, MacNeice, Spender e Empson. O mais velho e moderado deles, o irlandês Day Lewis, não foi propriamente um angustiado, mas antes um otimista. Sua assombrosa riqueza de metros, rimas e assonâncias estruturou-lhe uma sólida arte poética, mas sua obra parece hoje algo datada, conservando fielmente o estilo e, sob certos aspectos, a mentalidade daquela época, como se pode ver em *Transitional Poems* (1929), *Magnetic Mountains* (1933), *A Time to Dance* (1935) e *Overtures to Death* (1938). Mas os círculos universitários reconheceram Auden como grande poeta. Marxista e adepto da psicanálise, Auden tem em Eliot seu mestre supremo, e, como este, sua poesia experimental é um tecido heterodoxo de alusões e citações: bíblicas, shakespearianas, miltonianas e a linguagem coloquial do dia-a-dia britânico. Como seu mestre, é sobretudo um poeta satírico e irônico, repleto de visões proféticas e de hecatombes apocalípticas. Mas Auden nunca foi marxista ortodoxo, revelando antes um espírito pessimista diante da civilização burguesa. E não se pode negar que, na casa dos quarenta anos, quando publicou

The Age of Anxiety (1948), sua angústia já não é revolucionária, mas religiosa. Na bibliografia de Auden não se podem esquecer ainda obras como *Poems* (1930), *The Orators* (1932), *Look, Stranger!* (1936), *For the Time Being* (1944), *Nones* (1951) e *The Shield of Achilles* (1955).

Talvez mais do que em Auden, porém, a atmosfera angustiada, conquanto esperançosa, daqueles anos 30 sobrevive em Spender, particularmente na autobiografia que nos deixou: *World within World* (1951). Como poeta, foi ele o mais radical de todos do ponto de vista ideológico, proclamando-se desde sempre ateu e revolucionário. Alguns o consideram poeta menor, mas não há como objetar que nenhum outro integrante daquele grupo soube como ele reproduzir com tanta autenticidade as inervações místicas da "metaphysical poetry" que Eliot acabara de resgatar. Dos *Twenty Poems* (1930) aos *Collected Poems* (1954), estendem-se vinte e quatro anos de produção poética em que se incluem algumas significativas coletâneas, entre as quais cabe destacar *Poems of Spain* (1939), *Trial of a Judge* (1938), *The Still Centre* (1939), *Ruins and Visions* (1942) e *The Edge of Being* (1949). A influência de Yeats é flagrante no irlandês MacNeice, embora seja ele, pela riqueza imagística e a volúpia sensual da inspiração, um poeta muito distinto do autor de *A Vision*. Os versos que reuniu em *Poems* (1935), *Poems* (1941) e *Collected Poems* (1949) revelam um poeta em que a sátira, menos enfática do que em Auden, não atinge, todavia, a serena expressão verbal de Day Lewis. Notável crítico literário (*Seven Types of Ambiguity*, 1930, e *Structure of Complex Words*, 1951), William Empson talvez seja o mais original dentre os poetas dessa época, ainda que muito difícil e mesmo obscuro em seu estilo sarcasticamente alusivo, como se pode ver nos *Collected Poems* (1936 e 1955). Entretanto, de todos os integrantes daquela "New Poetry" liderada por John Lehmann, o único que permaneceu fiel aos velhos ideais, embora afastado dos centros literários de que estes se irradiavam, foi o escocês Hugh MacDiarmid (1892-1978), regionalista exaltado e, paradoxalmente, o poeta da Grã-Bretanha que se revelou o mais comunista dentre todos. Nele se percebem, todavia, a musicalidade de Burns e a riqueza metafórica de um "metaphysical poet", como o comprovam *First Hymn to Lenin and other Poems* (1931), *Second Hymn to Lenin and other Poems* (1935) e um admirável poema épico sobre Joyce: *In Memoriam James Joyce* (1956).

Dois importantes poetas passam ao largo desse período de turbulência política e estética que antecede a Segunda Guerra Mundial: o inglês Robert Graves (1895-1985), egresso do "Celtic Revival" e que chegou a combater como soldado na Primeira Guerra Mundial, e o escocês Edwin Muir, que, ao lado de MacDiarmid, representa, na poesia modernista, o dilema lingüístico de sua terra natal. Graves inicia-se na literatura como autor de romances históricos que lhe abriram as portas da celebridade, como *I, Claudius* e *Claudius the God*, ambos de 1934. Mas o próprio Graves jamais considerou sua obra em prosa como algo essencial. Crucial para ele foi sempre a sua poesia, continuamente depurada e sem qualquer compromisso de origem política, religiosa ou literária. Anti-romântico e anti-sentimental, mas também antiintelectualista, Graves, apesar de todo o seu neoclassicismo, não confere à forma um caráter senão funcional, e nisso se afasta também dos imagistas poundianos que buscavam traçar os destinos da poesia inglesa. É ainda hoje poeta muito lido, como o atestam as sucessivas edições de seus *Collected Poems* (1938), que lhe reúnem quase duas dezenas de breves coletâneas — das quais não se pode aqui deixar sem registro *Over the Brazier* (1916) —, e de *More Poems* (1961). Não são poucos os que o incluem entre os maiores poetas ingleses de nosso tempo graças à sua secura alusiva e seu ritmo quase antimusical. Quanto a Edwin Muir, sua poesia simboliza, ao contrário de seu conterrâneo MacDiarmid, a integração das formas dialetais escocesas ao inglês literário. Viveu vinte anos em Praga, distante dos círculos literários londrinos, e foi o primeiro a traduzir Kafka para o inglês. Sua obra poética, reunida nos *Collected Poems* (1952), revela uma ambígua linguagem "metafísica" rica de significações e ressonâncias. E para provar que nem toda a poesia inglesa dessa época era esquerdista, cumpre acrescentar aos dois antes citados a obra do aventureiro sul-africano Roy Campbell, que agitou o ambiente literário londrino em 1924 com a publicação de *The Flaming Terrapin*. Campbell morreu em Portugal, onde apoiou as ditaduras de Franco e Salazar, mas ainda teve tempo de reunir toda a sua obra nos *Collected Poems* (1949). E lembrem-se, finalmente, três poetas cujo talento foi ceifado pela Segunda Guerra Mundial: Alun Lewis, Drummond Allison (1921-1943) e Sidney Keyes (1922-1945).

O único verdadeiro surrealista inglês foi David Gascoyne, que se iniciara na "New Poetry" de Auden e Spender quando estes ainda eram revolucionários e que, em 1935, publicou um dos primeiros e mais agudos estudos de conjunto sobre o surrealismo: *A Short Survey of Surrealism*. Seus *Poems 1937-1942* (1943) não conseguiram, todavia, boa acolhida junto à crítica, o que não o impediu de voltar à poesia com *A Vagrant* (1953). Mas é na esteira de Gascoyne — e também na de George Barker, que em 1957 reuniu sua obra nos *Collected Poems* — que surge o último grande poeta de língua inglesa na primeira metade deste século: o galês Dylan Thomas (1914-1955).

Poeta difícil e obscuro, às vezes incompreensível até para refinados leitores da própria língua, Thomas foi de início definido como surrealista, mas a questão não é tão simples assim, pois em seu surrealismo afloram diversas fontes tipicamente inglesas: John Donne e toda a "metaphysical poetry", com a riqueza barroca de suas metáforas violentas; o visionarismo de Blake; os matizes bíblicos de sua infância; as experiências lingüísticas e o diabolismo de Joyce (basta que se recorde o título do volume de contos de Thomas: *Portrait of the Artist as a Young Dog*); a linguagem lírica de Milton e Keats; e a herança céltico-galesa que o poeta trazia nas veias. Mas Thomas está muito longe de ser um poeta de segunda mão ou um simples verbalista, apesar de sua fluvial vertente retórica. É riquíssimo em metáforas, e a metáfora é a matéria-prima da poesia. Não foi poeta intelectualizado ou filosófico, tanto assim que o âmbito dessas metáforas é o dos sentimentos e acontecimentos elementares da vida: o nascimento, a morte, o amor e a infância, temas que adquirem em sua linguagem um denso e misterioso sentido de sacralidade. Thomas foi e ainda é um dos mais estimados poetas de língua inglesa, autor de *Eighteen Poems* (1934), *Twenty Five Poems* (1936), *The Map of Love* (1939), *Death and Entrances* (1946) e *Collected Poems 1934-1953* (1954).

Todo o tumultuado e riquíssimo período que se estende de 1920 a 1940, apesar dos muitos e duradouros talentos que produziu, parece cada vez mais ofuscado pela gigantesca e tutelar sombra de Yeats, que o próprio Eliot reconheceu como o "maior poeta de língua inglesa deste século". E a verdade é que, depois de passar pelas influências do folclore irlandês, da teosofia de Blake e Swedenborg, das elegâncias sofisticadas daquele mundo londrino de 1890, da poesia de Baudelaire, Verlaine e Maeterlinck, Yeats já não era, por volta de 1900, o simbolista "sans phrase" de sua mocidade — era, isto sim, o mais rico e completo dentre os poetas modernos de língua inglesa, o que maior poder revelou de transformar-se continuamente. A poesia de Yeats, sobretudo a que produziu justamente naquelas duas décadas "entre deux guerres", desafia a crítica com vários e difíceis problemas. É uma poesia realista, talvez a mais realista do século XX, mas deita suas raízes em convicções místicas de cuja autenticidade e até sinceridade caberia duvidar, pois Yeats, admirador de Wilde, Pater e James, era um esteticista que gostava de ocultar-se atrás de máscaras fantásticas, o que levou Richard Ellmann, aliás, a escrever uma de suas mais esplêndidas biografias: *Yeats. The Man and the Masks* (1948). Um pouco à semelhança de Eliot antes e depois de sua dramática conversão ao catolicismo, o modelo de Yeats em seus últimos anos é o daquele conflito vivido por Donne entre a cruz e a carne. E essa última poesia que ele nos lega — *Words for Music Perhaps* (1932), *The Winding Stairs and other Poems* (1933), *The King of the Great Clock Tower* (1934) e *Last Poems* (1939) — só pode ser comparada, no âmbito da poesia inglesa que se escreveu na Grã-Bretanha durante a primeira metade deste século, às supremas realizações de Eliot e, talvez, às de Auden ou Dylan Thomas.

Se é verdade que alguns desses grandes poetas continuaram a escrever depois de 1950, como foi o caso de Eliot, Auden, Spencer ou Barker, entre alguns outros, não se pode dizer, por outro lado, que a Segunda Guerra Mundial produziu, na poesia da Grã-Bretanha, efeitos semelhantes aos que resultaram do primeiro conflito mundial, quer do ponto de vista do entusiasmo, quer do ângulo da repulsa, muito embora o tema esteja presente na obra de muitos deles, como se poderia ver, particularmente, no último dos *Four Quartets* de Eliot e em alguns dos derradeiros poemas de Dylan Thomas. Como observa o poeta e ensaísta português Jorge de Sena em *A literatura inglesa* (1963), "se a poesia malograda de William Bell (1924-1948) foi um hiato de elegância elegíaca, ninguém melhor do que F. T. Prince (1912), no magnífico poema titular de *Soldiers Bathing* (1954), exprimiu o espírito dessa época de sacrifícios: uma resignação decidida e anti-heróica, meditando sobre a persistência da vida que a morte ameaça a cada instante". E caberia dizer o mesmo da esplêndida seqüência dos "Pacific Sonnets", pertencente aos *Collected Poems* (1957) de Barker. Ao longo da década de 1950 — em que aos poucos se vão extinguindo, na memória coletiva e no âmbito do interesse literário, as terríveis devastações da guerra —, a poesia parece fechar-se em si mesma, já algo avessa às meditações elegíacas a que chegara Eliot, aos profetismos whitmanianos de Edith Sitwell, aos delírios apocalípticos e funambulescos de Auden ou às orgias metafóricas de Thomas. Após a morte deste último, inclusive, assiste-se a um breve momento de transição na história da recente poesia inglesa. Por ocasião do desaparecimento de Thomas, o que se vê é uma reação contra esse tipo de poesia e, de um modo genérico, contra o romantismo. Muito ao contrário, passou-se a escrever uma poesia de acentuado rigor formal, racional e moralmente coerente que, em vez de mergulhar nas profundezas do inconsciente para aí decifrar os enigmas da alma humana, tentasse compreender a existência em termos comedidos e inteligentes, o que levou ao esquecimento aquela obscuridade emocional que se associava à poesia de Dylan Thomas. Seu paradigma seria, por exemplo, a obscuridade intelectual impenetrável tal como a vemos nos poemas de Empson, que durante essa década de 1950 gozaria de um intenso, conquanto efêmero, prestígio literário.

Essa nova tendência poética passou a ser conhecida pela designação de "Movement", e em 1956 publica-se uma antologia representativa dessa poesia sob o título de *New Lines*, muito à semelhança daquela *New Country* que se lançara em 1933 para colocar ao alcance do grande público o ideário estético do grupo liderado por Auden e Spender. Essa nova poesia preconizava a mesma atitude antiexperimentalista do romance que passou então a ser cultivado, havendo mesmo alguns poetas, como John Wain (1925) e Kingsley Amis (1923), este último pertencente ao grupo dos "Angry Young Men", que também se dedicaram à ficção. Até mesmo Philip Larkin (1922-1985), tido por muitos como o maior poeta de sua geração, deixou-nos pelo menos dois romances de certo mérito, *Jill* (1946) e *A Girl in Winter* (1947), e só depois é que se decidiu a trocar a ficção pela poesia, permanecendo fiel aos melhores ideais de "Movement". Admirador da obra poética de Thomas Hardy, por quem foi intensamente influenciado, Larkin cultiva em seus poemas uma atmosfera de melancolia, com um tom de lamento outonal e uma visão pessimista em que aflora a inexorabilidade do fluxo do tempo, como se pode ver em *The Less Deceived* (1955) e, mais ainda, em *The Whitsun Weddings* (1965). Mas, queira-se ou não, a verdade é que essas têm sido as características predominantes de toda a poesia inglesa desde o movimento romântico inaugurado por Wordsworth e Coleridge. Larkin tem sido uma presença crucial na poesia da Grã-Bretanha destes últimos anos, sendo difícil apontar um poeta que, tendo partido de sua obra sobriamente objetiva e filosoficamente meditativa, haja aberto uma vertente de fato criadora. A exceção seria talvez Douglas Dunn (1942), um poeta bem mais jovem e de inegável talento que partilha com Larkin a capacidade de responder calorosamente aos flagrantes da vida cotidiana da província.

Outro colaborador de *New Lines* que tem revelado consistente talento poético é Donald Davie (1922). Ao contrário de Larkin e Dunn, Davie é um poeta intelectual de raízes literárias cosmopolitas. Apesar de uma intensa inquietação formal, é autor de delicada sensibilidade lírica e que jamais deixou de confessar, embora de forma relutante, sua admiração pela pura tradição poética inglesa tal como a vemos em Hardy e no próprio Larkin. O conservadorismo técnico e a deliberada rarefação temática instaurados pelo grupo "Movement" podem ser encontrados, ainda, em três poetas dessa época: Charles Tomlinson (1927), Philip Oakes (1928) e Anthony Thwaite (1930). Supera-os a todos, contudo, Ted Hughes (1930), considerado um dos principais poetas ingleses da atualidade. A poesia de Hughes reflete um universo místico de monstros e insetos que operam como alegorias de forças incontroláveis sob a superfície da natureza humana, do que dão exemplos coletâneas como *The Hawk in the Rain* (1957), *Lupercal* (1960) e, sobretudo, *Crow* (1970). Essa "gralha" concebida por Hughes é um ser mítico e violento, "algo como uma grotesca personagem caricatural, cuja energia poderá ser admirável, mas que ao mesmo tempo parece ser símbolo da rejeição dos valores da civilização", como sublinha o crítico Ifor Evans em sua *História da literatura inglesa* (1976). Outro talentoso colaborador de *New Lines*, Thom Gunn (1929), não consegue, porém, alcançar os níveis de realização poética de Hughes, mas há nele as marcas de uma violência urbana que o aproximam daquele poeta do ponto de vista temático e mesmo formal, como se percebe em *Fighting Terms* (1954), *My Sad Captains* (1961), *Touch* (1967) e *Molly* (1970).

A partir da década de 1960 reacendem-se também as discussões em torno da importância do modernismo e da experimentação poética, observando-se um renovado interesse por alguns dos mestres do movimento modernista, em especial Pound. Assiste-se ainda ao renascimento de certos princípios teóricos e operacionais do imagismo. Essa poesia "minimalista" foi sobretudo difundida por uma pequena mas prestigiosa publicação, *Review*, dirigida por Ian Hamilton (1920) entre 1962 e 1974. Dela participaram, além do próprio Hamilton, poetas como Colin Falck (1934), Hugo Williams (1942), David Harsent (1942) e Michael Fried. Essa nova vertente poética enfatizava certos princípios seminais do modernismo da década de 1920, acentuando em particular os aspectos epifânicos da poesia, ou seja, os que regem o momento da súbita revelação de uma dada experiência. Alguns poetas recuaram ainda mais no tempo, inspirando-se em temas e composições das últimas décadas do século XIX. Exemplo disso são as coletâneas de Geoffrey Hill (1932), entre as quais os *Mercian Hymns* (1971), e do padre galês R. S. Thomas (1913). Na Escócia há ainda um ativo grupo de poetas que escrevem em *lallans* (língua falada na região das Lowlands, na porção meridional e oriental da Escócia, onde predomina uma população de origem germânica que jamais falou nenhuma língua celta). Inspirados na poesia lírica de Hugh MacDiarmid, esses poetas, entre os quais se distinguem Sidney Goodsir Smith (1915), Robert Garioch (1909) e Tom Scott (1918), têm produzido uma obra de excelente qualidade. Ainda dentro dessa corrente, cumpre não esquecer alguns bons poetas irlandeses mais recentes, como Derek Mahon (1941), Michael Longley (1939) e Seamus Heaney (1939), este último contemplado com o Prêmio Nobel de Literatura em 1995. Heaney criou um novo gênero de poema político em sua época e, sob a influência de Hughes e Larkin, conseguiu conjugar habilmente a precisão técnica à perspectiva histórica em coletâneas como *Death of a Naturalist* (1966), *Door into the Dark* (1969) e *North* (1975).

Alheio a essas tendências e correntes, outro grande poeta irlandês, conquanto mais conhecido como ficcionista, Lawrence Durrell, nascido na Índia mas educado em Canterbury, produz boa parte de sua obra justamente nessa época ou, mais precisamente, a partir de 1931. Embora mundialmente reconhecido por seu *The Alexandria Quartet* (*Justine*, 1957; *Balthazar*, 1958; *Mountolive*, 1958; e *Clea*, 1960), Durrell é poeta de altos méritos, como o atestam, entre outros, *A Private Country* (1943), *Cities, Plains and People* (1946), *On Seeming to Presume* (1948) e *The Tree of Idleness* (1955), os quais, juntamente com outras coletâneas posteriores, foram reunidos nos *Collected Poems 1931-1974* (1980). Durrell foi talvez o maior poeta de língua inglesa revelado pela Segunda Guerra Mundial, mas a ela pouquíssimo se refere em seus versos de obstinada disciplina métrica e de luxuriante riqueza metafórica que descrevem as experiências do autor naquele "mar de Ulisses e do apóstolo São Paulo", ou seja, o Egeu, em cujas ilhas participou de duros combates contra as tropas nazi-fascistas. Muito influenciado por Eliot, a quem dedicou dois poemas, Durrell viveu por muitos anos no Mediterrâneo, cuja cultura, incluindo-se aí a mitologia, a história, as ilhas, o mar, as cidades, a Grécia e os gregos, lhe entranha os poemas, os quais, como pondera seu principal tradutor brasileiro, Jorge Wanderley, revelam a "presença de estilemas eliotianos", como "um certo coloquialismo de mescla com uma dicção hierática, passagens rapsódicas por subtemas dentro de um mesmo poema, o verso livre confeitado aqui e ali por um dístico rimado, à procura de um controle de emoção sob a vestimenta do anticlímax".

Durante o período que se estende de 1950 a 1990, entretanto, há vários outros nomes que não devem ser esquecidos e que, sem grande rigor escolástico, poderiam ser incluídos na fase imediatamente posterior ao término da Segunda Guerra Mundial, como Thomas Blackburn, John Heath-Stubbs, Bernard Spencer, Roy Fuller, Stevie Smith, Charles Causley e Patricia Beer; entre os integrantes do já citado grupo de "Movement", como Elizabeth Jennings e D. J. Enright; no pequeno círculo dos "Expressionistas", a que pertenceram Francis Berry, A. Alvarez, Jon Silkin e a poetisa norte-americana Sylvia Plath, que viveu muitos anos em Londres casada com Ted Hughes e que ali se suicidou; no âmbito também reduzido de "The Group", a que se filiaram Philip Hobsbawn, Martin Bell, Peter Redgrove, George Macbeth, Edward Lucie-Smith e David Wevill; no grupo daqueles que mais intimamente revelam influências vindas de fora, entre os quais Michael Hamburger, Christopher Middleton, Matthew Mead, Gall Turnbull, Roy Fisher, Karen Gershon, Rosemary Tonks, Nathaniel Tarn e Anselm Hollo; na efêmera confraria que se seguiu à extinção de "Movement", integrada por Alan Brownjohn, Tony Connor, Jon Stallworthy, John Fuller, Dom Moraes, Peter Dale, Brian Jones, Barry Cole e Miles Burrow; no reduzidíssimo círculo dos chamados "Dissidentes", a que pertenceram apenas Christopher Logue e Adrian Mitchell; no grupo escocês constituído por Norman MacCaig, George Mackay Brown, Edwin Morgan, Iain Crichton Smith, D. M. Black e Alan Bold; e, finalmente, no amplo espectro das vozes mais novas, como as de Stewart Parker,

Adrian Henri, Henry Graham, Roger McGough, Brian Patten, Jeff Nuttall, Harry Guest, Tom Raworth, Lee Harwood, Paul Evans, Spike Hawkins e Barry Macsweeney.

Há que reconhecer aqui, todavia, serem precárias ou mesmo ociosas as tentativas destinadas a definir a poesia que hoje se escreve na Grã-Bretanha em termos precisos de escola, movimentos e tendências. Quem aborda o assunto vê-se amiúde obrigado a regressar à obra dos poetas que resistem à conveniência conceitual das categorias estéticas e literárias. Um dos melhores poetas ingleses da atualidade, Peter Porter (1929), distingue-se, por exemplo, justamente por suas características individuais. Australiano expatriado, Porter escreve uma poesia espirituosa, rica em alusões e na qual são visíveis os estigmas do experimentalismo poundiano, como o atestam, entre outros, seus volumes de versos *Once Bitten, Twice Bitten* (1961), *Poems Ancient and Modern* (1964), *A Porter Folio* (1969) e *The Last of England* (1971). Essa influência é flagrante também na obra de Stuart Montgomery (1940), autor de um longo poema, *Circe* (1969), que alcançou notável sucesso ao recriar um mito clássico. Ambos se situam para além das premissas estéticas daquele grupo que se reuniu em torno de *New Lines*, o que dá bem a idéia da diversidade que hoje anima a produção poética da Grã-Bretanha. É bem de ver, ademais, que a tais considerações se deve acrescentar a absoluta falta de perspectiva histórica com que nos arriscaríamos a julgar boa parte das obras poéticas contemporâneas. E observe-se, ao fim e ao cabo, que nos últimos anos, muito à semelhança do que ocorre entre nós, escreve-se na Grã-Bretanha uma poesia que se destina antes a ser recitada em público do que a ser impressa e publicada. E tanto aqui quanto lá, mesmo que parte dessas composições tenha apenas uma repercussão efêmera, merecem boa acolhida a redescoberta e o resgate dos valores orais da poesia, o que, de acordo com aquele *continuum* histórico e cultural proposto por Eliot, nos levaria a Homero e, em conseqüência, às próprias origens da poesia ocidental.

A poesia como fábula

1

Jean de La Fontaine nasceu há quase quatrocentos anos, mais exatamente em 1621, e passou boa parte de sua vida sob a proteção da nobreza parisiense, o que lhe permitiu consagrar-se inteiramente às letras e dele fez um boêmio, um indolente, um espectador da existência, e não aquele *bonhomme* que nos sugere a lenda biográfica. Sua moral, que era aquela dos chamados "moralistas" implacáveis e imparciais — e que, sob esse prisma, seria a mesma do espanhol Gracián —, é pragmática e utilitária, razão pela qual o processo literário de La Fontaine apenas superficialmente tangencia o dos outros fabulistas: em vez de humanizar os animais, animaliza os homens. Por isso suas fábulas são sempre espirituosas e irreverentes, irônicas e anticonvencionais, o que se deve também à libertinagem espiritual do autor, cujo epicurismo é antes poético do que científico-filosófico, tal como o vemos em Lucrécio ou Ariosto. Já se disse, aliás, que o epicurismo de La Fontaine seria imaginário caso o poeta não pudesse sustentar um sólido argumento: os homens falam como santos, mas se comportam como epicureus.

Mas se essas *Fábulas* despertam até hoje um vivo interesse

da parte de crianças e adultos, cumpre esclarecer que isso se deve, também, ao estupendo poeta que foi La Fontaine, às vezes comparado a Homero e Dante e a quem um crítico da estatura de Sainte-Beuve definiu como "o poeta nacional" da França. Há que ressaltar, todavia, que essa definição só pode ser entendida à luz dos conceitos literários dos séculos XVI, XVIII ou mesmo XIX, quando a poesia englobava tudo o que era escrito em verso, mas nunca no sentido da poesia "sugestiva" dos séculos XVII e XX. Flutuando sempre entre a ode e o epigrama, o verso de La Fontaine, apesar de refletir o extraordinário domínio que o autor tinha da língua, não é virtuoso, mas apenas eficiente, ou seja, deve ser compreendido e degustado como conseqüência do amor do artista por todas as coisas e todos os meios de expressão. Ademais, sua poesia não é, como parece, intelectual, como foi a do Barroco, e sim intelectualista, tal como ocorre na Renascença e, depois, ao longo do século XVIII. Em suma, trata-se de uma poesia menos avessa do que superior ao lirismo objetivo, uma forma original que se apresenta sob aspecto narrativo, pois somente assim o século XVII a suportou.

A fábula, como se sabe, é um gênero que se baseia no processo alegórico que personifica virtudes e vícios humanos em animais. La Fontaine aproveitou temas clássicos de Esopo e Fedro — "A raposa e as uvas", "O lobo e o cordeiro" etc. — para caracterizar personagens e situações humanas, além de valer-se dos deuses e heróis mitológicos para ilustrar suas lições, pois essas fábulas são psicológico-didáticas ou, como já se disse, "moralistas" no sentido francês do termo. Elas não impõem conceitos de nenhuma espécie; apenas atestam, em liguagem concisa e elegante, aquilo que não devia ser, mas é, quer pela força, quer pela fraude. Publicadas em doze livros entre 1668 e 1694, as *Fábulas* já foram traduzidas em diversas línguas e tornaram-se leitura obrigatória nos colégios do mundo inteiro. Apesar das críticas que lhe fazem ao conteúdo — egoísmo malicioso, libertinagem filosófica, conceito utilitário e pragmático da vida —, elas não fazem mais do que retratar a realidade, cativando leitores de todas as idades. Já traduzidas no Brasil pelo barão de Paranapiacaba em linguagem rebuscada e pedregosa, essas *Fábulas* aparecem agora em versão livre do poeta Ferreira Gullar.[2] Nada mais justo e oportuno, pois de poetas só entendem mesmo — e quase sempre — os próprios poetas.

1997

2

Ao lermos este volume de poemas de Leonardo Fróes, *Argumentos invisíveis*,[3] laureado com o Prêmio Jabuti de 1996 e que se publica quase dez anos depois de sua última coletânea, *Assim* (1986), ocorre-nos de imediato aquela imagem do carvalho heideggeriano, ou seja, a daquela árvore que permanece idêntica a si mesma no transcurso invisível de sua mutabilidade. Todo grande poeta — e Leonardo Fróes, sem favor algum, é um deles — se renova na repetição, no aprofundamento de seus temas e problemas, na cristalização de sua linguagem e de seu estilo. Quem já o percebera na leitura dos poemas de *Sibilitz* (1981) e do já citado *Assim* — e o conceito valeria também para *O anjo tigrado* (1975) — haverá de convir que o mesmo acon-

[2]Ferreira Gullar, *Fábulas* de La Fontaine. Ilustrações de Gustave Doré, Rio de Janeiro, Revan, 1997.

[3]Leonardo Fróes, prefácio a *Argumentos invisíveis*, Rio de Janeiro, Rocco, 1995.

tece agora. Aqui estão presentes e em sua plena maturidade os frutos da árvore que o autor plantou em silêncio e que, em silêncio, vem cultivando ao longo do tempo, distante dos modismos e alheio a essa mídia que, a cada ano, fabrica um novo — e por isso mesmo já caduco — talento poético. É bem de ver que, muito ao contrário de certos poetas cuja cornucópica prodigalidade nada mais consegue do que atormentar regularmente o leitor com algo datado e oportunista, Leonardo Fróes pacienta à espera — rilkianamente à espera — de uma poesia que de fato lhe acrescente ao que já fora escrito. E nisso vai mais um de seus méritos: o de nunca apressar o tempo durante o qual toda grande poesia é concebida.

Como já dissemos certa vez, o autor "escreve poesia como quem conversa, como quem conta, entre esquivo e distraído, uma história que só pode ser contada ao pé do ouvido". É o que ocorre, sem dúvida, com muitos dos poemas de *Argumentos invisíveis*, sobretudo os que foram escritos em prosa. "Introdução à arte das montanhas", "A revolução e o rato" ou o estupendo "O reinado da rainha perpétua", por exemplo, o atestam de forma cabal, e pode-se até dizer que criam um gênero novo em nossa poesia: o daquele que chamaríamos aqui não propriamente de uma outra espécie de poema em prosa, mas de poema em fábula, muito embora a linguagem poética de Leonardo Fróes nada tenha a ver com a moral pragmática e utilitária de La Fontaine. E é nesse poema em fábula que mais se acentuam e parecem cristalizar-se as matrizes seminais de sua poesia, como as do humor, do lirismo coloquial, do metaludismo semântico-vocabular e de um ritmo que, enganosamente frouxo, é antes e apenas orgânico, pois que lhe atende às exigências de uma linguagem que se quer, acima de tudo, perifrástica e hiperbólica.

E tais virtudes alcançam seu ápice em *Argumentos invisíveis*, situando o poeta em posição privilegiada entre seus pares. A linguagem poética se adensa, e o ritmo revela-se mais tenso e contido. As imagens surpreendem e mergulham o leitor numa atmosfera da qual caberia dizer que é, a um só tempo, esfíngica e encantatória. Tem-se às vezes a estranha impressão de que se é arrastado para uma instância da realidade em que aquilo que se entende por realidade nos dissolve em algo ainda mais real e tangível. Uma realidade de raízes, de húmus, de vísceras de uma profundeza ainda não contemplada e quase edênica. Seria mesmo como uma "introdução à arte das montanhas", cuja sabedoria nos ensina que o animal, sempre conduzido para cima, julga que reconheceu seus limites, embora ainda não saiba, por não ter a consciência de Sísifo, que nesse mesmo instante "tem de aprender a descer". Diz o autor que tais "argumentos" são "invisíveis". Pode ser. Mas o que aqui esplende é a visibilidade de uma luz que ilumina mais do que antes, adquirindo assim, no plano da linguagem metalógica da poesia, todas as cores e timbres de sua austera e no entanto desabusada dicção.

1995

A modernidade de Cruz e Sousa[4]

. . . .

Dizem alguns — e não sem alguma razão — que Cruz e Sousa, cujo centenário de morte se comemora em 1998, teria sido o nosso primeiro poeta autenticamente moderno. Moderno, pelo menos, no sentido em que o entende Sílvio Romero quando observa, em *A literatura (1500-1900)*, que, embora haja morrido moço, em 1898, aos trinta e seis anos de idade portanto, "nele acha-se o ponto culminante da literatura brasileira após quatrocentos anos de existência". Moderno, ainda, como o pretende Otto Maria Carpeaux no artigo "A literatura brasileira vista por um europeu", incluído em *República das letras* (1957), de Homero Senna, onde afirma: "A verdadeira poesia nacional começou com Cruz e Sousa e Alphonsus de Guimaraens", acrescentando ainda, em artigo que escreveu para *O Estado de S. Paulo* em 1959: "Se Cruz e Sousa e Alphonsus tivessem, no Brasil, conquistado o prestígio do autor de *Oaristos* em Portugal, não se teria experimentado entre nós a longa noite do parnasianismo." Moderno, igualmente, segundo a ótica do crítico francês Roger Bastide, que o emparelha, com certo exagero, a Mallarmé e Stefan George. E moderno, enfim e ao

[4]Este ensaio foi publicado originalmente na revista *Morcego Cego*, ano 1, nº 1, Florianópolis, 1997.

cabo, porque, ao contrário do parnasianismo, que entre nós estranhamente sucede a floração simbolista e que foi sepulto em definitivo pelo modernismo de 1922, o simbolismo ressurge nas hostes desse mesmo modernismo graças aos poetas que se reuniram em torno da revista *Festa*, como Tasso da Silveira, Henriqueta Lisboa, Cecília Meireles, Murilo Araújo e até mesmo Gilka Machado, entre outros, que promoveram um *revival* espiritualista cujas raízes mergulham no substrato do pensamento filosófico, político e religioso. E foi essa vertente modernista, à qual depois se filiariam Jorge de Lima, Murilo Mendes e Augusto Frederico Schmidt, que, a rigor, trouxe de novo à tona a *music of poetry* dos versos simbolistas de Cruz e Sousa e Alphonsus de Guimaraens.

O movimento simbolista brasileiro teve brevíssima duração: uma década, se tanto, pois, iniciado em 1893 com os dois livros que assinalam a estréia de Cruz e Sousa, *Broquéis* e *Missal* (este em prosa poética), dele já nada mais se fala no início do presente século, sendo que alguns simplesmente o negam enquanto escola literária, equívoco que somente se desfez com a publicação, em 1952, do monumental *Panorama do movimento simbolista brasileiro*, de Andrade Murici, em três alentados volumes. Durante os anos do triunfo parnasiano e do curto período de transição entre este e a Semana de Arte Moderna, em 1922, a poesia de Cruz e Sousa, assim como a dos demais simbolistas, haveria de permanecer no mais sombrio e absurdo dos limbos, e, não fosse o esforço e mesmo a devoção de Vírgilio Várzea e, sobretudo, de Nestor Vítor, talvez sequer os modernistas dela tivessem tomado conhecimento. Desdenhada e mesmo negada por quase todos os críticos da época, entre os quais José Veríssimo e Araripe Júnior (este último, aliás, chega a prefigurar Cruz e Sousa, como nos lembra Fernando Góes no volume IV do *Panorama da poesia brasileira*, nos termos racistas de um bárbaro embevecido diante das vitrines da Rua do Ouvidor: "Como todas essas coisas o maravilham e lhe arregaçam os lábios, mostrando os alvos dentes dos ancestrais!"), a obra do autor de *Faróis* paga assim pesado tributo ao que na época entendiam por poesia os círculos oficiais de nossa literatura. Tais críticos sequer lhe investigam as raízes estético-doutrinárias, e parecem mesmo esquecer-se de que, a partir do manifesto de Jean Moréas, que é de 1886, da difusão da poesia de Verlaine e Mallarmé ou da audiência que então alcançara a música de Debussy, o simbolismo ganhara foros de inconteste universalidade.

É bem de ver, todavia, que a poesia inicial de Cruz e Sousa ainda não é, *stricto sensu*, simbolista. Influenciada pela poesia francesa do século XIX, em particular pela de Baudelaire (e aqui é curioso observar como Cruz e Sousa irá por sua vez influenciar, pelo viés baudelairiano, a concepção poética de Augusto dos Anjos), essa poesia, pelo menos a de *Broquéis*, tem muito ainda de parnasiana e mesmo de romântica (ou, mais exatamente, de condoreira, muito embora Cruz e Sousa jamais tenha cogitado de cultivar qualquer vertente da poesia dita "social"). Outra curiosidade no que toca à gênese e à evolução da poesia de Cruz e Sousa — ou seja, o trato canhestro da língua e do próprio verso que revelam seus poemas da juventude — é com toda pertinência assinalada por Andrade Murici e Alexei Bueno. Diz este último, na Nota Editorial de *Cruz e Sousa. Obra completa*,[5] que "Cruz e Sousa representa um caso espantoso de poeta absolutamente inábil na juventude mas que vai alcançar, poucos anos depois, o mais alto nível expressional no emprego poético da sua língua". A partir de *Faróis* (1900), entretanto, cuja publicação já é póstu-

[5]João da Cruz e Sousa, *Obra completa,* Rio de Janeiro, Nova Aguilar, 1995.

ma, o poeta abandona o esteticismo parnasiano para cultivar um confessionalismo revoltado que, em sua vertiginosa ânsia de verdade e de infinito, o aproxima do espiritualismo apocalítico de Antero de Quental. Finalmente, nos *Últimos sonetos* (Paris, 1905), Cruz e Sousa alcança não apenas o grande ideal simbolista, mas também a cristalização da música verbal e do espiritualismo que dele fizeram um dos maiores poetas de língua portuguesa. Atestam-no, particularmente, os derradeiros poemas de *Últimos sonetos*, como "Sexta-Feira Santa", "Clamor supremo", "Assim seja!", "Renascimento", "Pacto de almas" e esse nunca assaz louvado "Triunfo supremo", que aqui transcrevo na íntegra para que o leitor entenda que tudo o que atrás foi dito fique mesmo e afinal por dito:

Quem anda pelas lágrimas perdido,
Sonâmbulo dos trágicos flagelos,
É quem deixou para sempre esquecido
O mundo e os fúteis ouropéis mais belos!

É quem ficou do mundo redimido,
Expurgado dos vícios mais singelos
E disse a tudo o adeus indefinido
e desprendeu-se dos carnais anelos!

É quem entrou por todas as batalhas,
As mãos e os pés e o flanco ensangüentado,
Amortalhado em todas as mortalhas.

Quem florestas e mares foi rasgando
E entre raios, pedradas e metralhas,
Ficou gemendo mas ficou sonhando!

Aspecto no mínimo curioso na poesia de Cruz e Sousa é sua obsessão pelo branco, o que se pode observar claramente em seus dois primeiros volumes de versos. São poucos os poemas em que o autor não faz alguma referência à cor branca, que irradia, afinal, a luz de todas as cores. Estaria essa obsidiante procura da pureza vinculada de alguma forma à sua condição de homem de cor? Não cremos. Mais provável nos parece que o esteja àquela "metáfora sobre a geração da luz" a que se refere Ezra Pound no ensaio que escreveu sobre a *canzone* "Donna mi prega", de Guido Cavalcanti, poema que o autor dos *Cantos* traduziu, aliás, por duas vezes. Claro está que falamos também aqui, e talvez até com maior pertinência, daquele branco dantesco que inunda cada um dos cantos do *Paradiso*, que podem ser vistos, como o pretendeu T. S. Eliot, como a expansão gradual daquela metáfora sobre a luz. Empenhado em reconciliar o sistema tomista com a ideologia místico-amorosa do *cor* gentil, como sublinha Haroldo de Campos no prefácio que escreveu à sua própria tradução de seis dos cantos do *Paradiso*, "Dante prolonga, sustenta e totaliza essa especulação radiosa sobre um Amor que é Luz". Teria Cruz e Sousa lido os versos da *Commedia* dantesca? Não sabemos, e pouco importa. O que importa é que essa suspeita mais ainda se avoluma quando observamos que, em Cruz e Sousa, a obsessão pelo branco radica visceralmente numa busca de pureza amorosa de que pouco desfrutam os seres humanos que, como nós, estão condenados à caducidade e à contingência fenomênicas do mundo em que vivem. Tanto em *Broquéis* quanto em *Faróis* são incontáveis os exemplos dessa obsessão pelo branco, como o prova, desde logo, o poema que abre a primeira daquelas coletâneas, "Antífona", onde se lê:

Ó Formas alvas, brancas, Formas claras
De luares, de neves, de neblinas!...
Ó Formas vagas, fluidas, cristalinas...
Incensos dos turíbulos das aras...

Formas do Amor, constelarmente puras,
De Virgens e de Santas vaporosas...
Brilhos errantes, mádidas frescuras
E dolências de lírios e de rosas...

Outra vertente que não pode aqui ser esquecida é a que nos remete à estrutura dramática da poesia de Cruz e Sousa. Uma "dramaticidade objetiva", como a define Andrade Murici quando se refere aos poemas "Consciência tranqüila" e "Emparedado". Conforme sustenta o crítico, aquele primeiro seria um "monólogo dramático perfeitamente caracterizado", enquanto o segundo configuraria um "monólogo confessional do próprio Dante Negro". Como se sabe, Cruz e Sousa exerceu as funções daquele antigo "ponto" na Companhia Julieta dos Santos e, como tal, não ignorava os segredos da carpintaria teatral, tanto assim que, pelo menos em "Consciência tranqüila", há indicações de movimentos cênicos. E vai mais longe ainda Andrade Murici quando, ao analisar a agonia do senhor de escravos nesse mesmo poema, insinua que "seus gritos sugerem uma espécie de Rei Lear do crime, no último grau da abjeção, do absoluto do mal". E acrescenta, numa tentativa de caracterizar as vibrações daquela "tremenda voz, de um cinismo desmedido, evocando atrocidades e uma luxúria feroz", que se trata de uma "página shakespeariana". Mas a verdade é que essa vertente dramática não se esgota nos poemas citados. Ela pode ser percebida, sob outro prisma, em quase toda a poesia que nos legou o autor de *Faróis*. Ainda que às vezes retórica e instrumentada por um vocabulário cujo emprego denuncia certo preciosismo muito comum à escola simbolista, o verbo de Cruz e Sousa é quase sempre sinfônico e de acentos proféticos, o que acentua ainda mais aquela "dramaticidade objetiva" a que alude Andrade Murici em sua aguda e abrangente "Atualidade de Cruz e Sousa".

Há que ressaltar ainda, nesta edição definitiva da Nova Aguilar, os substanciais acréscimos que fez Alexei Bueno com relação à anterior, de 1961, ocasião em que se comemorou o centenário de nascimento do poeta. A presente edição, como esclarece seu organizador, além de preservar todo o conjunto de obras e informações da edição original, resgata ainda cerca de cem poemas novos, nove textos em prosa, trinta cartas e itens afins, e diversas notas em apêndice. Para a recuperação cabal de todo esse espólio não se podem esquecer, além dos já citados, os nomes do pesquisador e bibliófilo carioca Ubiratan Machado, que logrou encontrar originais de que nem mesmo Nestor Vítor tivera notícia; de Iaponan Soares, que localizou e editou a série das "Histórias simples" em seu superlativo *Ao redor de Cruz e Sousa*; e de Zahide Lupinacci Murzat, que publicou as *Cartas de Cruz e Sousa*, reunindo pela primeira, como alerta Alexei Bueno, a "epistolografia ativa" que nos sobrevive do poeta, em sua maioria pertencente ao Arquivo-Museu de Literatura Brasileira da Fundação Casa de Rui Barbosa. A essas vinte e tantas cartas Alexei Bueno agrega mais uma, por ele próprio localizada na valiosa coleção de Pedro Correia do Lago. "Dolorosa carta esta" — comenta o organizador da presente edição — "destinada a Luís Delfino, na qual o poeta pede insistentemente ao seu êmulo e conterrâneo qualquer auxílio monetário, mais um reflexo da pavorosa miséria em que se debateu o poeta até a morte." E quantos entre nós, acrescentaríamos de nossa parte, não padeceram — ou padecem ainda hoje — as agruras que resultam da escolha a um tempo divina e maldita que fazem todos os autênticos poetas?

Entre a poetry *e a* fiction

A José Alcides Pinto caberia como luva uma exigência que Baudelaire fazia aos seus pares na segunda metade do século XIX: "Sois toujours poète, même en prose." O conselho, em tom imperativo, pertence ao fragmento XCI de *Mon coeur mis à nu*, e nele releva o autor certo gênero de procedimento que haverá de ter intrigado seus contemporâneos, mas que todos passaram a entender melhor pouco depois da publicação dos *Petits poèmes en prose*, que constituem o atestado cabal das razões que levaram Baudelaire a concluir pelo esgotamento do verso a que tanto e com tamanha astúcia se consagrara a vida inteira. E se digo aqui que essa exigência se ajusta como luva à obra poética e ficcional de José Alcides Pinto, é porque também nele o poeta como que se infiltra — e às vezes reina quase absoluto — na prosa de seus contos e romances, o mesmo ocorrendo, talvez até com maior intensidade, em seus poemas em prosa ou, se quiserem, nos esplêndidos fragmentos que escreveu em prosa poética. Longe de mim diminuir aqui o mérito de seu verso, mas é que, nos domínios deste, o autor oscila entre a excelência e a mediania, enquanto naqueles persiste uma fulguração cuja luz desconhece o colapso ou mesmo a perene ameaça do prosaico. Eu arriscaria até dizer que a melhor poesia de José Alcides Pinto reside justamente nos textos que ele escreveu em prosa, como o atestam, ao meu ver de forma irretorquível, duas de suas realizações apicais, *Cantos de Lúcifer* e *O dragão*, que não se caracterizam, a rigor, como poemas em prosa, mas antes como fragmentos em prosa poética nos quais dá o poeta o melhor de si e de sua arte.

Mas não são poucos os poemas em verso que bastariam para consagrar qualquer autor, entre os quais — e talvez acima da maioria deles — o magistral "As pontes", poema longo em que José Alcides Pinto consegue, quase por milagre, conjurar aquela ameaça do prosaico que ronda esse gênero de composição, como se pode ver amiúde nas tentativas que nesse sentido fizeram alguns dos maiores poetas do século XIX e mesmo deste. É nesse poema que, bailando pendularmente entre a cumulação metafórica e a referência geográfica, o autor nos engendra, como observa Nelly Novaes Coelho, "o cenário absurdo e terrível em que o mundo afunda, enquanto os homens permanecem sobre 'as pontes'". Aqui, ao situar o ser humano como parte integrante do cosmo, José Alcides Pinto, ainda como o pretende aquela ensaísta, "eleva o histórico à categoria do mítico" (como o fez Eliot, aliás, em *The Waste Land*), pois que lhe desvenda "a perenidade e a eterna repetição". E no mesmo nível de "As pontes" estão, entre alguns outros, os cinco "Poemas" que integram esta antologia crítica,[6] bem como "Sou o lagarto que cintila", "O cemitério", "Os seres", "Soneto do rei obscuro", "Unicórnio dourado", "Os olhos das horas" e, por sua insólita "estranheza" — característica esta que com toda pertinência denunciou Fausto Cunha ao sublinhar que a poesia do

[6]*Fúrias do oráculo (uma antologia crítica da obra de José Alcides Pinto)*, organização e estudo introdutório realizados por Floriano Martins, Fortaleza, Universidade Federal do Ceará/Casa José de Alencar, 1996.

autor se coloca sob o "signo do estranho" —, "O morcego", "Os aspectos da chuva" e "Os cabelos". E não há como esquecer, além desses, o pungente lirismo elegíaco de um soneto como "Mãos inesquecíveis", dedicado à memória de sua irmã e cujos tercetos, por sua funda e concisa simplicidade — uma simplicidade, aliás, que nos remete à dos grandes sonetos odylianos ou mesmo à daquele nunca assaz louvado "A Carolina", de Machado de Assis —, não resisto aqui à tentação de transcrever:

Morta, suas mãos dizem adeuses
sorrindo com doçura inigualável
à forma dos cabelos espargidos...

Nunca mais ver-lhe-ei as mãos aladas.
Tão claras, tão meigas, tão queridas,
Silenciosas como as madrugadas.

É bem de ver que, a partir de tudo o que precariamente se disse, não resta dúvida de que estamos diante de um dos mais altos e — insisto — "estranhos" poetas de nossa literatura, seja quando entalha o verso, seja quando se distende ao longo de seus fragmentos em prosa poética. Vejamos agora, ainda que de raspão, onde mergulham as raízes de tão insólita e desabusada criação poética e ficcional. Muito já se escreveu sobre o assunto, como o comprova a fortuna crítica arrolada nesta coletânea por seu organizador, o poeta e ensaísta Floriano Martins, autor, inclusive, do sagaz estudo introdutório que abre o volume. E nele, muito a propósito, aborda-se um tópico que consideramos crucial para a compreensão da arte de José Alcides Pinto, ou seja, o da absoluta comunhão entre o poeta e sua obra, tal qual o vemos em autores como Baudelaire ou Dylan Thomas, e como, ao contrário — é bom que se observe — jamais o percebemos em Goethe e Eliot. A esse respeito escreve Floriano Martins: "A exemplo de Beckett, também José Alcides Pinto assumira para sua obra o testemunho de seu próprio sentimento, dando forma à percepção pessoal de sua experiência existencial. A linguagem encontraria sua identidade ao meditar sobre a condição humana, é natural, mas desde que tal reflexão tomasse por centro a aventura (metafísica, sim) particularíssima do poeta." Cabe aqui, inclusive, lembrar aquela confissão de Jean Genet de que "estamos todos condenados a uma reclusão solitária no interior de nossa própria pele". E é por isso, talvez, que Floriano Martins remata suas "Notas de acesso" com esta instigante e definitiva conclusão: "Somente indo ao fundo da aparente estranheza de uma determinada obra é que se pode tocar a essência do homem."

Mas os estratos seminais da poesia e da ficção de José Alcides Pinto podem ser rastreados a partir de diversos outros ângulos, inclusive o de suas confessas influências, entre as quais avultam as dos já citados Beckett e Genet. Mais expressivo, todavia, é o tributo que ele paga ao delírio alucinatório de Artaud ou ao visionarismo de poetas como Baudelaire, Rimbaud e Lautréamont, bem como à vertente do terror de que se nutrem as narrativas de Edgar Poe e às difusas florações do surrealismo ou, se preferirem, do realismo mágico e do fantástico que tanto cultivaram inúmeros poetas e ficcionistas latino-americanos desde Asturias e Borges. Mas nada disso chega a explicar de todo a pulsação alegórica que, em José Alcides Pinto, transita continuamente entre a *poetry* e a *ficction*, como a lembrar a cada passo aquela sábia advertência de New Criticism quanto às nebulosas e problemáticas fronteiras que isolariam essas duas manifestações literárias. E não se diga que o autor optou por essa ou aquela, ou que a escolha de uma delas resultasse da saturação da outra, ou ainda que a adoção de uma excluísse a que lhe fosse oposta. Ao contrário, essa flutuação alcidiana pode ser acompanhada desde os primórdios de sua produção literária, desse tecido heterodoxo e heteróclito que, entre nós, só revela algum parentesco com os poemas em prosa de Aníbal Machado, os contos e novelas de Murilo Rubião, a poesia que Jorge de Lima escreveu a partir da *Anunciação e encontro de Mira-Celi* e a que cultivou Murilo Mendes entre 1933 e 1942.

Bem, aqui estão as prováveis fontes literárias do visionarismo alucinatório de José Alcides Pinto. Mas será que apenas elas bastariam para lhe decifrar o estilo, esse estilo que o próprio autor, em entrevista que concedeu a Luís Sérgio Santos, afirma não ser "mais o homem", contrariando assim aquele célebre conceito buffoniano? Creio que não. Tudo o que nos legou o estro alcidiano, seja na poesia, seja na prosa poética, seja ainda na ficção ou na dramaturgia, emerge de uma conduta essencialmente transgressora — ou, como o sugere Cassiano Ricardo, de uma "discórdia consigo mesmo" —, razão pela qual foi o autor definido amiúde como "maldito", epíteto que se cristalizaria com a publicação, em 1983, do *Relicário pornô*, que o próprio poeta, entretanto, diz ser literalmente "antipornô". A verdade, contudo, é que, tanto do ponto de vista estético quanto do ângulo existencial, José Alcides Pinto escolheu a transgressão como deusa e musa. Há nele, por conseguinte, um convívio permanente com todas as formas da loucura, mas ocorre que, como diz o próprio poeta, "a loucura não se separa da vida e a vida é a própria loucura", pois essa mesma vida "é o absurdo existencial" de que o ser somente se redime graças ao sexo e à criação artística. Segundo o autor, aliás, a "própria morte é uma loucura", o que confere um caráter punitivo a todas as formas da caducidade e da contingência fenomênicas. Estaríamos aqui diante de um aplicado discípulo de Sísifo ou daquele louco que, como nos ensina Chesterton, não seria aquele que perdeu a razão, mas sim o que "perdeu tudo, menos a razão"? Penso aqui que o leitor só obterá a resposta — se a obtiver — na própria obra de José Alcides Pinto.

De qualquer modo, parece-nos que todas aquelas diversas e distintas tentativas de filiar o poeta a outras tantas tendências, correntes, doutrinas ou escolas nos remetem sempre à sua congênita rebeldia diante da vida e dos cânones do processo criador. Ademais — e já que linhas atrás abordamos a questão da loucura, dessa loucura que é hoje antes espiritual do que mental ou intelectual, tal como a vemos naquele pré-hamletiano Jerônimo que percorre as cenas da *Spanish Tragedy*, de Thomas Kyd —, atente-se bem para o fato de que os conceitos ou definições com que lhe buscam decifrar o enigma estilístico trazem em si uma forte carga de ilogicidade, como seria o caso do surrealismo ou do visionarismo onírico. E nesse sentido, ainda uma vez, o que se admite é, no fundo, a irredutibilidade da linguagem metalógica que inerva qualquer manifestação poética autêntica e duradoura. Sempre ávido e curioso de novas experiências estético-literárias, José Alcides Pinto transitou continuamente da poesia em verso ao poema em prosa e à prosa poética, e destes à ficção *tout court* e à dramaturgia, tendo chegado mesmo, em fins da década de 1960, a participar do movimento concretista em sua terra natal. Dizer aqui que não se deu bem em algumas dessas atividades equivaleria a falsear a verdade, já que seu talento é reconhecidamente multiforme, mas cumpre deixar claro que, se assim o entendemos, é porque nele, acima de tudo e de todos os seus eventuais desvios ou malogros, perdurou sempre o poeta, ou seja, essa espécie de demiurgo que lhe organiza a matéria caótica preexistente.

A obra de José Alcides Pinto andava algo dispersa e esquecida de seus pares nestes últimos anos, apesar de uma volumosa bibliografia em que se incluem, entre outros, críticos tão ilustres quanto Fausto Cunha, Cassiano Ricardo, José Lemos Monteiro, Nelly Novaes Coelho, Antônio Girão Barroso, João Clímaco Bezerra, Assis Brasil, Virginius de Gama Melo ou Sânzio de Azevedo. Isso atesta que, além da memória curta, este país pouco ou nada lê. E jamais relê. Ao resgatá-la dessa condição injusta e mesmo absurda, Floriano Martins garimpou nessas *Fúrias do oráculo* o que de mais essencial e permanente produziu o autor, preservando-lhe acima de tudo o que, em todas essas searas, criou o poeta que nele nunca deixou de existir e que, sempre fiel à transgressão e à dialética do conflito, jamais deixou de discordar de si mesmo.

1995

Todos os sonetos

A publicação de *Todos os sonetos de Alphonsus de Guimaraens Filho*[7] nos ensina, pelo menos, duas graves e belas lições: uma, a de que o soneto, cujas obscuras origens remontam à produção poética dos trovadores provençais — ou, mais historicamente, à forma que o siciliano Piero delle Vigne começou a cultivar em meados do século XIII e que, pouco depois, foi aperfeiçoada por Guittone d'Arezzo, o único "pai do soneto" tal como hoje o conhecemos —, sobrevive e sobreviverá a quaisquer revoluções doutrinárias ou eventuais mudanças no gosto estético; outra, a de que o autor do volume em pauta deve ser incluído, sem favor nenhum, ao lado daqueles que com maior mestria o praticaram entre nós, como Cruz e Sousa, Augusto dos Anjos, Manuel Bandeira, Carlos Drummond de Andrade, Jorge de Lima, Olavo Bilac, Raimundo Correia, Odylo Costa Filho, Dante Milano, Carlos Pena Filho ou Alphonsus de Guimaraens, pai do poeta e um dos corifeus do simbolismo (a quem Alphonsus, aliás, não chegou a conhecer). Pasme o leitor: a coletânea reúne nada menos que 296 sonetos, e em nenhum mo-

[7]Alphonsus de Guimaraens Filho, *Todos os sonetos de Alphonsus de Guimaraens Filho*, Rio de Janeiro, Galo Branco, 1996.

mento se pode dizer que haja desnível entre eles. Pode-se, isto sim, preferir este ou aquele, mas seria apenas uma idiossincrásica e irrelevante questão de gosto pessoal, pois a perícia é a mesma em cada um deles — e, mais do que esta, é a mesma a autêntica e funda emoção que os inerva a todos. Não foi à toa, portanto, que assim o entenderam, antes de nós, poetas e ensaístas da estirpe de Manuel Bandeira, Mário de Andrade, Sérgio Milliet, Drummond, Lúcia Miguel Pereira e José Guilherme Merquior, entre tantos outros.

Herdeiro do lirismo intimista e da reflexão religiosa de que se nutriram muitos de nossos simbolistas, os sonetos de Alphonsus de Guimaraens Filho, que se distinguem da produção daquela escola pela intrínseca modernidade de seu espectro temático, são como que organismos vivos, e penso que cabe aqui essa observação algo tautológica, porque, em sua grande maioria, os poetas que entre nós se afeiçoaram ao soneto nada mais fizeram do que cultivá-lo *in vitro*, tornando assim caduca uma forma que, em sua dinâmica e coesa estrutura, simplesmente não tem idade, como não a têm, de resto, a balada, a ode, o hino, a canção ou qualquer outro gênero de composição poética. Não é a forma em si que envelhece, e sim quem a cultiva. E se não raro a envelhecem, também a envilecem, como aconteceu com muitos dos integrantes da Geração de 45, aos quais erroneamente Alphonsus de Guimaraens Filho é amiúde associado. Segundo cremos, a propósito, sua sensibilidade poética transita do simbolismo ao modernismo, mas não passa pelo formalismo de 45. Seus esplêndidos e densos sonetos são menos fôrma do que forma, e nesta o que encontramos jamais se dissocia de um conteúdo que lateja a cada passo, ou seja, de uma emoção que lhe dá vida e, conseqüentemente, permanência. E só um poeta de sua têmpera seria capaz desse milagre, que é, de resto, o milagre de toda grande e duradoura arte.

Temos nesses sonetos uma difusa multiplicidade de temas e problemas: os do amor, da morte, da fugacidade do tempo, do sentido profundo da fé, da caducidade e da contingência das coisas, do desespero humano, da ausência nostálgica de um mundo que se perdeu ou, como diria Leopardi num poema que dedicou a si mesmo, da "infinita vanità del tutto". Temos neles, ainda, não apenas o zelo pelas mais caras tradições da língua, mas também o pleno e fundo conhecimento da forma que elegeu o poeta: Alphonsus esgrima aqui todas as vertentes dessa difícil, contida e traiçoeira arte, desde o soneto que se cristalizou, durante a vigência do *dolce stil nuovo*, com Dante, Petrarca e Camões, àquele que Surrey e Wyatt modificaram para criar o *link-sonnet*, depois cultivado por Shakespeare, com três quartetos e um dístico rimado. O que mais surpreende neste espantoso *récueil* de quase trezentos sonetos é a espontaneidade e a graça com que foram escritos, como se o autor nos desse a impressão de que está livre justamente por estar cativo. O exemplário é, por assim dizer, cornucópico, e fica difícil, ou quase impossível, recorrer a uma única amostra para que o leitor nos dê crédito. Enfim, que bastem estes tercetos do magistral soneto que Alphonsus dedica a Dante Milano:

E a cousa branca mais se esquiva, ansiosa
De paz e ausência, doce e luminosa,
Para que nela a cabeça ainda deponha

o poeta que o sonho transfigura,
que o sonho envolve, e na luz cega e pura
irreal se torna, e existe porque sonha.

Ritmo semântico

De *Poemas da estrangeira*, de Dora Ferreira da Silva,[8] um dos contemplados com o Prêmio Jabuti de 1996, o mínimo que se poderia dizer é que opera o mais raro de todos os milagres: o de manter-se, do primeiro ao último poema, em absoluto estado de graça poética. A autora revela domínio cabal (e às vezes requintado) de seus meios de expressão e notável equilíbrio quanto ao emprego destes: imagem, metáfora e símile convivem aqui numa harmonia que diríamos a um tempo cósmica e celebratória. Por isso mesmo, sua pulsação nos lembra aquele "ritmo semântico" de que muito já se falou a propósito da poesia de Gerard Manley Hopkins, conceito que, entre nós, estenderíamos também, como o faz Sérgio Buarque de Holanda, aos poemas de Manuel Bandeira e de Dante Milano. Em outras palavras, na música verbal que anima a poesia de Dora Ferreira da Silva, o significado jamais colide com o significante, antes o acompanha e de tal forma nele se dissolve que, como certa vez sublinhou aquele ensaísta com relação à poesia de Dante Milano, "o ritmo é guiado, aqui, não pelo ouvido apenas, mas também, e principalmente, pelo

[8]Dora Ferreira da Silva, *Poemas da estrangeira*, São Paulo, T. A. Queiroz, 1995.

sentido". À semelhança do que vemos na poesia deste último, é como se a autora se valesse de uma linguagem sem voz para expressar o indizível, estabelecendo assim aquele difícil e secreto matrimônio entre o *que* e o *como* da expressão verbal, entre um pensamento que se emociona e uma emoção que pensa, tal como o vemos nos textos de Fernando Pessoa e dos grandes poetas metafísicos ingleses do século XVII, de Richard Crashaw a John Donne. Trata-se, enfim, de uma obra rara e algo solitária no atual panorama da poesia brasileira, e rara sobretudo porque, nos versos de Dora Ferreira da Silva, o que mais sobreleva é a meditação sobre a vida e a própria condição humana.

Exímia tradutora de Rilke, de quem verteu para o nosso idioma as *Duineser Elegien* (*Elegias de Duíno*), Dora Ferreira da Silva mantém-se aqui, como de resto em toda a poesia que nos legou desde o início da década de 1970, fiel à lição daquele alto poeta, o que levou José Paulo Paes a observar, nas orelhas do volume, que a autora "não extrema baudelairianamente em sua poesia o céu do chão", abarcando-os antes "numa só visada lírica que descobre por toda parte complementaridades e correspondências". É por isso, aliás, que essa lírica órfica responde ao "vislumbre rilkiano do visível e do invisível como um *continuum* sem hiatos nem compartimentações", o que talvez lhe explique não apenas aquele ritmo semântico a que aludimos, como também, mais do que este, o pensamento que se emociona no ritual da celebração cósmica, como se pode ver no poema "Vida", do qual transcrevo aqui a segunda estrofe:

erguei vôo — pássaro — cujo nome
só a boca dos arcanjos pode pronunciar

erguei vôo
leve de todo rastro
livre de todo apego:
notas musicais libertas do instrumento
pousado em paz
após a laboriosa partitura
que também jaz
completa.

Eis aqui o estigma celebratório que se imprime em cada poema da autora, como a justificar aquelas palavras de Luigi Pareyson que lhe servem de epígrafe: "Não se trata de captar o significado de uma presença física, o sentido de uma realidade material, o espírito de um corpo, mas sim de considerar a própria presença física como significado, a própria realidade material como sentido profundo, o próprio corpo como espírito e alma..." De certa forma, Dora Ferreira da Silva não faz senão dar corpo àquele conceito segundo o qual Rilke, ao contrário do que muitos ainda julgam, não acreditava na transcendência ou em nenhuma metafísica, pois o que sua poesia celebra, terrestre e dionisíaca, é, como pondera José Guilherme Merquior em *A astúcia da mímese*, "a metamorfose de todas as formas no impulso vital, na euforia da destruição criadora". Mas o Deus de Duíno, assim como o de Dora, não é Dionisos, e sim Orfeu, que, como intui ainda Merquior, só "começa a cantar a partir da experiência da morte". E os versos da autora o atestam:

A lira calou-se meus dedos tremem
como anciã a quem faltassem lágrimas
não ouso forçar outra canção.

Cobre-se a natureza de um véu
os olhos de Eurídice não voltarão a rir
nos torvelinhos da luz.

Do ponto de vista da estrutura do verso, não seria de esperar que Dora Ferreira da Silva se apegasse a medidas métricas muito breves ou regulares, pois o que está em jogo em *Poemas da estrangeira* é o próprio impulso vital, o generoso e transbordante sopro cósmico que anima garças e falcões ou apenas lateja, quase hierático, nas fendas das pedras de Itatiaia e no interior das conchas. Mas há nesse verso, de enganoso desbordamento, uma absoluta organicidade rítmica, pois o que nele se enuncia dificilmente poderia sê-lo de outro modo, o que nos leva a pensar, ainda uma vez, naquela estranha *cadenza* que rege os versos de Hopkins. Raras são as rimas ou quaisquer outros arabescos fônicos, e é bem de ver que o que se pretendeu aqui foi a desordem com que a vida sabiamente se organiza, sempre avessa a esquemas ou estratagemas que se engendram apenas naquela obsessão demiúrgica graças à qual, desde Platão, o homem antes esfacelou do que conciliou as conflitantes tensões do universo. A trajetória da garça, por exemplo, dessa garça que vem "sem que a chamemos", não poderia senão ser a que nos sugerem estes versos: "Se amor tivesse emblema tão secreto / quanto o vôo da garça e seu dialeto / seu arabesco de plumas insonoras / pensaríamos que o eterno enfim pousara / sob a forma dessa ave pensativa." Nenhum ornamento, nenhuma busca afetada de efeitos imagísticos ou metafóricos. Sequer um símile. Nem mesmo à harmonia dos decassílabos e hendecassílabos caberia atribuir a esfíngica lisura composicional desse fragmento. Estamos diante de uma poesia substantiva em que, como já dissemos, o pensamento se quer e se faz emoção.

Quanto à sua linguagem, não é que se pretenda propriamente filosófica, mas sim, tanto quanto possível, entranhada daquela misteriosa orquestração de que somente é capaz a natureza. Ou o poeta, mais precisamente aquele que, como nos ensina Baudelaire, "paira sobre a vida e sem esforço entende / A linguagem da flor e das coisas sem voz!"

1996

O lirismo elegíaco de Ruy Espinheira Filho[9]

A primeira e mais funda vertente que se deve examinar na poesia de Ruy Espinheira Filho é a que se confunde com o que definiríamos aqui nos termos de uma certa espécie de lirismo elegíaco. E se me refiro a uma certa espécie de lirismo, é porque nela há também uma sábia e contínua utilização do ludismo, não desse ludismo que se esgota em si e que, na maioria das vezes, deságua naquilo que, a propósito da poesia concreta, Antônio Houaiss entendeu como um grafismo do ludismo. Refiro-me aqui, portanto, àquele ludismo que vemos na criança — o único ser capaz de brincar a sério — ou naqueles que ainda o trazem dentro de si, como é o caso de Ruy Espinheira, quando, num dos belos e concisos fragmentos do *Julgado do vento*, de 1979, nos diz:

Quando tombou o grande eucalipto
meu irmão pequeno correu para nos dizer
que havia caído o apocalipse.

[9]Conferência pronunciada na Biblioteca Mário de Andrade, em São Paulo, em 25 de maio de 1996.

Diria eu, aliás, que a participação desse *homo ludens* não é gratuita na poesia do autor, cuja obsessiva e confessa vocação do pretérito atua como um exasperante *ostinato* na marcação do ritmo poemático. A infância está viva nos versos de Ruy Espinheira. E dói. E remói. E sangra. E não passa. É o que percebemos, por exemplo, nestes outros versos do já citado *Julgado do vento*:

Quem morreu, quem
se apartou? Ninguém.
Ele as reencontra
quando quer, na praça
de perene abril:
o passado não passa.

Se comecei remetendo a alguns dos versos do *Julgado do vento*, foi apenas porque devo à leitura deste livro exemplar o meu primeiro contato com a poesia do autor, dezessete anos atrás. Mas convém aqui, tautologicamente, começar pelo princípio, muito embora saibamos que, sob certo aspecto temporal, nosso princípio está no fim, e nosso fim, no princípio, como nos ensina T. S. Eliot no segundo dos seus *Four Quartets*. De qualquer forma, comecemos pelo princípio, ou seja, por *Heléboro*, o primeiro volume de poemas de Ruy Espinheira, publicado em 1974 e do qual disse Carlos Drummond de Andrade tratar-se de "poesia concentrada e de sutil expressão". Bastaria, aliás, para atestá-lo o primeiro poema da coletânea, "Os objetos", do qual cito aqui as duas últimas e instigantes estrofes:

A caneta ainda escreve
com a mesma tinta
de um azul levemente melancólico.

Na gaveta, dormindo
sob cartas e poemas,
o revólver aguarda.

Quem poderia imaginar que dessa leveza melancólica irrompesse, abrupta, uma como que sugestão de suicídio? Eis assim aqui cumprida aquela exigência que Edgar Poe nos faz em seu *Poetic Principle* quanto à imperiosa necessidade poética do elemento surpresa. É que nada nesse poema, cuja linguagem quase se congela em sua urdidura hierática, poderia prever a presença ameaçadora daquele revólver, signo de extrema violência, mas que aqui está dormindo "sob cartas e poemas". Essa presença estaria descartada, inclusive, já a partir da estrofe que antecede aquelas duas, na qual se lê·

Sobre a mesa de mármore
um cavaleiro de porcelana
saúda as visitas.

Ou as vítimas que, em sua frágil e quebradiça matéria, já estariam sob a mira daquele revólver que ninguém poderia supor estar dormindo na gaveta, misturado à lembrança de cartas e poemas?

É nesse primeiro poema de um livro de estréia que já se podem perceber duas das características por assim dizer emblemáticas da poesia de Ruy Espinheira: aquele lirismo elegíaco a que anteriormente aludimos e sua ostensiva predileção, como adiante veremos, pelo metro curto, seco e amiúde incisivo. É bem de ver que, desde o início, o autor procura conter qualquer transbordamento expressivo. Ou seja, como escreveu João Cabral de Melo Neto sobre aquele "Manolete, o mais asceta" num dos seus mais belos poemas, "Alguns toureiros". É a esse processo de secura e concisão que se aplica o conselho que dá Manolete aos poetas:

como domar a explosão
com mão serena e contida,
sem deixar que se derrame
a flor que traz escondida,

e como, então, trabalhá-la,
com mão certa, pouca e extrema:
sem perfumar sua flor,
sem poetizar seu poema.

Mas aqui já estamos de volta aos domínios do *Julgado do vento*, pois o volume recolhe toda a produção poética reunida em *Heléboro*. E não apenas a recolhe: cristaliza-a. Trabalhando outra vez de preferência o metro curto, mais uma vez nos dá o poeta uma lição magistral de como conter e aguçar o seu discurso, cujo ritmo jamais se esgarça ou tropeça. Também sua linguagem (não raro, metalinguagem) revela invulgar apuro formal, além de uma intermitente floração criadora. O autor desenvolve um estilo de extrema sobriedade e eficácia, o que não lhe expurga do verso nem o ludismo a que nos referimos, nem a modulação cromática. Dissemos há pouco que a poesia de Ruy Espinheira revela uma vocação do pretérito; a verdade, porém, é que ela não deita raízes apenas no passado, mas também, projetivamente, no futuro, como se pode perceber nos versos que se seguem:

Só o passado que
aguarda no futuro
revelará a limpidez
maior desta tarde.

É que seus vínculos com a atualidade denunciam-se não apenas tangíveis, mas antes contundentes, proporcionando ao poeta, enquanto arqueólogo do presente retrospectivo, os sete admiráveis "Fragmentos de uma viagem com Lemuel Gulliver" e, na qualidade de homem de nossa hora, o esplêndido discurso poético de "Púrpura e diamância" (e não exatamente "pompa e circunstância"), onde se lê:

Faz tempo as gentes
acreditam somente
no que lhes conta o rei.
Faz tempo só se vê
pelo olho do rei;
só se existe
segundo o rei permite.
E em todas as consciências,
há muito, o rei
teleprojetou-se em púrpura e diamância.

Tudo enfim é apenas ganho neste pequeno livro repleto de gratificações e insolências. Aqui, nem mesmo o conceito da perda do tempo teria qualquer possibilidade de trânsito ou acolhida. É o próprio poeta, aliás, quem o diz:

No tempo perdido
recupero, enfim,

tudo o que perdi
no meu tempo ganho.

Uma nova diamância, sem dúvida, da moeda drummondiana: "Ganhei (perdi) meu dia."

O terceiro livro de Ruy Espinheira, *As sombras luminosas*, que conquistou o Prêmio Cruz e Sousa em 1981, não apenas lhe confirma todas as virtudes dos dois primeiros, mas também lhe acrescenta algumas outras. Há na linguagem e na dicção deste poeta algo que o distingue de seus pares, algo que não se decifra nem se dá inteiramente a uma primeira leitura, mas que de pronto cintila e arrebata, conduzindo-nos àquelas regiões do espírito onde ganha corpo e voz o inexpresso, onde o verbo poético, mercê de insólitos e inesperados sortilégios, diz o indizível e reconstitui o tecido arruinado da vida, mesmo que o poema se perca ou sequer exista, como nos sugere a reflexão metalingüística de "O poema":

O poema se perde
entre troncos e copas,
estrelas, sóis, êxtases,
remorsos.

Na verdade, nunca
chegou a haver o
poema; apenas
o ingente desejo

de que venha e devore,
neutralize num

canto, essa matéria
decomposta de vida.

Como no *Julgado do vento*, a matéria-prima do poeta continua a ser a reminiscência, o retorno de um tempo que, como ele mesmo escreve,

Compõe esses rostos sérios
que nos encaram do espelho
e de outros corpos, e vemos,
sob eles, os suaves traços
de quem em nós já perdemos.

Mas há n'*As sombras luminosas* uma pulsação lírico-elegíaca que talvez faltasse ao livro anterior. O poeta cresceu em emoção e amadureceu como artista, modulando agora um ritmo mais seguro e envolvente, seja no verso livre, seja naqueles que obedecem a medidas métricas mais severas, como nas redondilhas e hexâmetros da "Canção da lua" ou nos pentassílabos de "A inelutável canção", de que isolamos aqui as seguintes passagens:

Há pouco chovia
e não chove mais.
Há pouco sorria,
na lua do espelho,
teu corpo: centelha
deflagrando anjos
que a tarde soprava
por sobre os quintais.

(...)

Há pouco era dia
— e já não é mais!
Faz escuro e ouvimos
um silêncio fundo.
Um silêncio podre
que sobe de nós
— e das sombras dos
extintos quintais.

São excelentes também, ainda neste volume, as três "elegias urbanas", nas quais o autor nos remete para além das varandas, árvores e córregos da infância. Flui aqui um tempo mais áspero, já antecipado pela bela epígrafe tomada a Rafael Alberti: "Hoy cantan pájaros más duros." Mas a intensidade poética é a mesma, e idêntica é a segurança com que o autor nos conduz pela paisagem de Salvador, agora despovoada daqueles que outrora se sentavam no banco do jardim:

No banco do jardim
o silêncio monta guarda
à nossa ausência.
Nada fala
do peso de aço nos gestos
não mais alados;
de como é rouca a voz
ensangüentada.

Não seria correto afirmar aqui que Ruy Espinheira mantém os olhos voltados para o passado, mas convém deixar claro que sua matéria primordial é a memória, uma memória que se resgata enquanto tempo presente porque tem a iluminá-la uma flama interior. Poder-se-ia até defini-la, como o faremos mais adiante, nos termos daquela proustiana memória involuntária, de uma memória que operasse fundamentalmente como *l'intelligence du coeur*, a única através da qual o tempo pode ser "redescoberto" e dar à existência humana um sentido de plenitude absoluta, como nos asseguram estes versos:

A vida está completa, estou completo,
pois os anos que vieram ainda não
vieram,
ainda não
anoiteceu como anoitece aqui.
Pois anoitece e tudo se confunde
e nada mais percebo: toda luz
está aqui, aqui que fica além.
Onde dobra o sino de Belém.

Em *Morte secreta e poesia anterior*, que reúne em 1984 toda a poesia de Ruy Espinheira até então publicada, além de vinte e seis poemas que o autor mantinha ainda inéditos, acentua-se de maneira quase ostensiva aquela vertente elegíaca a que nos referimos quando buscamos decifrar o substrato mais recôndito de sua lírica. Bastaria lembrar aqui não apenas o claro indício do verso que serve de epígrafe ao livro: "I grow old...I grow old", que o autor toma de empréstimo ao poema "The Love Song of J. Alfred Prufrock", de Eliot, mas sobretudo as duas últimas estrofes do poema "Jardim", que abre essa nova coletânea:

Os olhos, cerrados,
resgatam o encanto,
o embalo amoroso.

Ontem. Uma folha
— lenta, amarela —
risca a hora. Morta.

A recordação assume aqui um papel crucial. E mais: a tessitura memorialística se converte num lancinante coro de lamentos, como se vê nesta estrofe do poema "A janela no espaço":

Há muito a rever:
praças, ladeiras,
açudes, quintais;
e esses meninos
de rude linguagem
e leais ao sonho;
e essas meninas
de gestos tímidos
e brancos vestidos
dominicais.

Esse mergulho nas águas insondáveis do que já foi, mas que ainda perdura na embriaguez da memória, leva-o a escrever, no "Primeiro soneto da permanência", estes versos que não me deixam mentir:

E bebo tudo e já não resta nada
no universo a não ser a embriaguez

desta saudade. E eis que me sinto absinto
e não me encontro em mim.

E por que não se encontra o poeta em si? Porque, como ele mesmo diz em "Destino e fuga",

Para onde vamos é sempre ontem.

Esse "ontem" que ainda navega nas águas daquele rio heraclitiano em que o ser jamais se repete porque está sempre vindo a ser. Aquele ser que, como nos adverte o filósofo grego, nunca se banha por duas vezes no rio do tempo, pois as águas são sempre outras, e os homens, jamais os mesmos. E quem o diz é, outra vez, o próprio autor no poema "Aniversário":

Perdi colegas, namoradas, cães.
Perdi árvores, pássaros, perdi um rio
e eu nele mesmo me banhando.

Essa cunha elegíaca se imprime em toda a obra do poeta, mas o que aqui se emociona não é tanto a própria emoção, e sim o pensamento que, como diria Wordsworth, a recolhe em tranqüilidade, distanciada do sentimento momentâneo — vale dizer, datado — que deitaria a perder a verdadeira poesia, aquela que é, como o pretendia o grande romântico inglês, "emotion recollected in tranquility". É assim que a recolhe Ruy Espinheira no esplêndido poema "Carlos Anísio Melhor", cujas três primeiras estrofes não resisto aqui à tentação de recordar. Percebam nelas, além disso, o sábio uso que faz o poeta não apenas da nobre cadência decassilábica, mas também da rima, expediente do qual, é bom que se lembre, pouco se vale em sua obra. Mas o emprego da rima é, pelo menos no poema a que me refiro, absolutamente orgânico, ou seja, encontra-se rigorosamente a serviço da expressão. Eis as estrofes:

Sobre o balcão mais sórdido da rua
põe o poeta a pastar sua quimera,
que nos fascina e logo se insinua
em cada um — senhora, bela e fera.

É noite, ainda, sim, mas outra, funda,
que essa magia urina em nossas veias:
grinalda misteriosa nos circunda
de perfumes, sussurros, suaves teias

de amavio...E bebemos, com o poeta,
amores idos já, tornados alma,
auréolas de silêncio, água quieta
embalando Memória, Tempo e Calma.

O fragmento citado nos dá bem a idéia do fino trato que Ruy Espinheira dispensa ao verso, unidade sem a qual, digam o que disserem seus inimigos ou aqueles que o extirparam do contexto poemático para se dedicarem àquilo que aqui já definimos como um grafismo do ludismo, simplesmente não há poema e — o que é pior — não há poesia, pois é no verso que pulsa aquele ritmo que a distingue da prosa. E não se trata aqui de fazê-lo medido ou não medido. Quando se lê um bom verso, pode-se até dizer que ele é desmedido. Exemplo: no caso de um poema como "Canção da moça de dezembro" — e bastaria este para consagrar Ruy Espinheira em nossa poesia contemporânea —, esse verso é, a um só tempo, medido, já que flutua entre o hexassílabo e a redondilha maior, e desmedido, porque o informa uma emoção decantada, isto é — repito — "recolhida em tranqüilidade". O que o anima, na verdade, não é o tempo passado nem o tempo presente, mas uma espécie de pantempo que os reúne e redime no tempo futuro. Não há nada de novo no que digo aqui. Para tanto, bastaria lembrar aqueles versos com que Eliot abre o primeiro de seus *Four Quartets*: "Time present and time past/ Are both perhaps in time future/ And time future contained in time past." Ouçam com atenção, por exemplo, a primeira estrofe da "Canção da moça de dezembro":

A moça dança comigo
nessa noite de dezembro.
Na sala onde giramos,
se alguém mais há não me lembro.

Vejam bem que há nesses versos um tempo presente que se dissolve num tempo passado quando o poeta diz que não se "lembra" de mais ninguém que ali estivesse a vê-los dançar. Percebam agora o que expressam as duas últimas estrofes do poema:

Eis que, dançando, saímos
além da sala e do tempo.
E dançando prosseguimos
sempre que sopra dezembro,

nos mesmos giros suaves,
nos mesmos ledos enganos:
eu, o antigo rapaz,
e a moça, morta há treze anos.

Entendam que, dançando, saem ambos do espaço físico da sala e de um determinado período de tempo, ou seja, dezembro, de um dezembro que já é passado. Mas sempre que volta dezembro, e nesse retorno o poeta nos lança ao futuro, o que ficou de seu tempo presente nada mais é do que um tempo passado, vale dizer: aquele em que o autor era apenas um "antigo rapaz" e no qual a moça ainda estava viva, e não, como ele diz, "morta há treze anos". Eis aqui o segredo, ou o sortilégio, da grande poesia, aquela em que fundo e forma são uma coisa só. Ou como certa vez disse o poeta Pierre Réverdy: se compararmos um poema a um organismo vivo qualquer — digamos, a um cão —, a forma seria a pele que esse cão revela à nossa percepção sensível, enquanto o fundo seria o avesso dessa pele, ou seja, a parte que nos remete para dentro do cão. É nesse sentido que o poema de Ruy Espinheira vive, ou melhor, se eterniza. E se eterniza porque, dançando, o poeta e a moça transcendem os limites caducos e contingentes do espaço e do tempo. A experiência coreográfica de ambos pertence à fenomenologia do mundo, mas o poema, não, já que haverá de perdurar para além do que ambos um dia viveram.

Tudo isso se confirma em outro poema, "Sem demora", espécie de *carpe diem* de um tempo que se esgota diante de nossa sombria e agônica finitude. Por isso mesmo cumpre aproveitá-lo enquanto dura a nossa experiência terrestre. E essa experiência finita cobra o que nos resta e somente nos acena com aquela absurda verdade sisifiana da inutilidade de tudo, quando então, já deserdados de nossa identidade terráquea, nos cabe apenas o anonimato do pó ou a sagração de alguns poucos ossos que um dia também o serão. E sentencia o poeta:

E deles todos só esse disperso
pó
no pó, em que
nos fundiremos
(sem demora, meu anjo, sem demora)
iguais, iguais.

No livro que se segue, *A canção de Beatriz*, há pelo menos dois poemas em que aquele lirismo elegíaco de que tanto já falamos revela-se de modo por assim dizer exemplar, "Campo de Eros" e "História", ambos orquestrados pelo rigor do verso medido e de concentrados esquemas rímicos, bem como por uma severa estrutura formal, pois o primeiro recorre à brevidade dos dísticos, enquanto o outro se vale da terça rima dantesca. E em ambos o que se percebe é, mais uma vez, a nobreza do ritmo decassilábico. Em "Campo de Eros", como não poderia deixar de ser, tudo fala do amor, mas sem qualquer transbordamento emotivo que lhe possa comprometer a grave expressão, como se vê nesta passagem:

E tudo dele fala: a mesa, a cama
(como abrasa este hálito de chama!),

o bar, cadeiras, livros e paredes
vivem, revivem: de fomes e sedes

a corpos saciados. Tudo fala,
tudo conta. Só a boca é que se cala.

Volta a doer a reminiscência nas terzinas de outro poema, "História". Tudo aqui, ainda uma vez, reduz-se à estrita evocação de um tempo que se foi. É como se na voz de Ruy Espinheira perdurasse o eco daquele esplêndido e irredutível verso de Eliot: "Somente através do tempo é o tempo conquistado." Mesmo que nos sepultem as trevas e não reste mais nada, como nos diz o poeta em sua leopardiana e desolada certeza da "infinita vanità del tutto":

E houve a mocidade. E houve tudo.
E foi inútil: nunca o esquecimento
o abençoou. Só um demônio mudo,

sempre, no peito, velando o momento,
aquele do sorriso. E tudo, tudo
perfeito, imaculado. O mesmo vento

nas árvores da praça. O mesmo arquejo.
O mesmo abismo. E o dilaceramento.
E o desejo. E o sonho. E o lampejo.

E houve isto, assim. E, enfim cansada,
a história se fechou. E houve um silêncio.
E houve uma treva. E não houve mais nada.

A última coletânea poética de Ruy Espinheira Filho, *Memória da chuva*, colige os versos que escreveu o autor entre 1990 e 1996. Ela nada mais é que uma conclusão da funda coerência interna que lhe inerva toda a obra desde a publicação de Heléboro, atestando assim uma identidade espiritual que, apesar de continuamente transformada, não se corrompeu jamais. Como aquele carvalho heideggeriano que, sem o percebermos, se transmuda em sua aparente imobilidade, Ruy Espinheira se conservou fiel a si mesmo durante cerca de trinta anos de exemplar atividade poética. Fiel no espírito, em sua visão do mundo, em sua austera dicção e, afinal, em seu entranhado apego àquilo que a memória lhe deu e que ele soube transformar em alta e duradoura poesia. Conclui-se aqui, como fez Proust ao recuperar o tempo perdido, que esse tempo que se foi só poderá ser resgatado pela arte. E para além dessa esfera não há mais o que se possa fazer, como escreve o próprio poeta na "Canção de depois de tanto":

Vamos beber qualquer coisa
amarga, rascante, rude,
brindando sobre o já frio
cadáver da juventude.

Vamos beber qualquer coisa.
O que for. Vamos beber.
Mesmo porque não há mais
o que se possa fazer.

Mas, ao fim e ao cabo, esse é o brinde que nos faz um homem que agora silencia — esperemos que momentaneamente — "neste ermo fim do dia", enquanto a chuva "chora no rosto dos muros". E aqui se despede, lírico e elegíaco, o poeta Ruy Espinheira Filho. Despede-se e não se despede, porque o resto desse espetáculo lhe pertence. Despede-se ao luar, dançando talvez — e talvez para sempre — com aquela moça de uma certa canção de dezembro, fora do espaço e do tempo, mas, também como sempre, enlaçado às reminiscências de sua infância e à dor que lhe vergasta porque jamais conseguirá trazê-la de volta:

E então, ao luar, enquanto escuta a hera
cantar, a um dia só da primavera

oficial, eis que ele enlaça a infanta
e dança uma mentira meiga e santa

como só sabe ser o que é história
contada nos boleros da memória.

Bruno Tolentino: imitação e criação

1

Bruno Tolentino, autor de *Anulação e outros reparos*,[10] foi escolhido para encerrar nosso artigo.[11] Tal escolha, entretanto, não se deve ao acaso, e sim ao fato de seu livro não somente estar muito acima dos demais, como também oferecer substância poética capaz de, em plano superior ao da presente abordagem, desafiar — e até mesmo confundir — a argúcia (pouca) do crítico. Assim, concluímos um trabalho que, se não chegou a vingar, tem a seu favor o mérito de saudar um grande poeta. Contrariamente às nossas intenções, não poderemos inventariar aqui os elementos necessários à elucidação de um dos problemas nodais de *Anulação e outros reparos*, ou seja, o da autonomia criadora de seu autor. Onde começa e acaba a poesia de Bruno Tolentino, e a partir de que momento — transmudada por habílima alquimia verbal — nela se inicia a floração poética de um Carlos Drummond de Andrade, de um Fernando Pessoa

[10]Bruno Tolentino, *Anulação e outros reparos*, São Paulo, Massao Ohno, 1963.

[11]O artigo em pauta, publicado sob o título de "Bienal poética" em *Cadernos Brasileiros* n° 32 (nov./dez. 1965), inclui a análise de outros oito poetas que estrearam em livro no biênio de 1963-64.

ou de um Rainer Maria Rilke? A resposta implicaria, obrigatoriamente, um estudo de maior fôlego e profundidade, exigência essa que, como já dissemos no início, não será possível cumprir aqui. Com relação ao problema, gostaríamos apenas de antecipar nossa recusa às acusações de plágio formuladas contra o poeta, posto que as invalida, no processo da criação (ou, como querem alguns, de imitação), a ausência de limites precisos entre o que pertenceria a Bruno Tolentino ou às suas "vítimas". É que o autor de *Anulação e outros reparos* evita sempre o contato direto com o nervo da criação literária deste ou daquele poeta, trabalhando apenas sobre os arquétipos dessa criação, a partir, portanto, de suas formas estéticas impessoalizadas. Restaria, ainda, a possibilidade do pastiche, e este, sem dúvida, ocorre inúmeras vezes, mas de tal forma e com tamanha arte praticado que, na pior das hipóteses, só nos cabe reconhecer no poeta uma sensibilidade extraordinariamente dotada, embora incapaz, talvez, de subsistir por si própria.

Anulação e outros reparos surpreende, logo de início, pela unidade formal de suas peças, todas de altíssimo nível e que, não raro, alcançam o plano da linguagem poética absoluta, como, entre muitas, "Anulação", "Noturno", "Canção de aniversário" e "Livre sextina". Facilmente identificáveis são as influências de Carlos Drummond de Andrade ("Anulação", "Arcabouço", "Mapa", "Feto", "Página", "Aliança", "Fuga", "Canção de aniversário"), de Fernando Pessoa ("Copo", "Livre sextina", "Vigília", "Ponteio"), de Cecília Meireles ("Rumor", "Agonizante"), de Rilke ("Cinco sonetos a Orfeu", "Vivo", "Oblíqua") e, ainda, das formas de dicção do soneto camoniano, visíveis nas duas obras-primas que são "Noturno" e "Dobre".

Quanto à unidade estilística do livro, cumpre dizer — e isto nos parece de suma importância — que ela está sempre a serviço de uma indestrutível comunhão entre forma e fundo. Assim, cada poema, embora autônomo em sua íntegra organicidade estrutural, é como que uma ramificação da matriz-pensamento e da atitude estética esboçadas na peça inaugural. Um breve esquema da problemática semântico-conteudística de *Anulação e outros reparos* indica-nos duas vigas-mestras: (a) quanto ao compromisso-conteúdo, uma funda preocupação, de caráter marcadamente existencialista, com a realidade ontológica do homem, preocupação esta traduzida na insistência com que o autor procura expressar o absurdo e o imponderável da tríade cósmica morte-vida-amor, a partir de premissas axiológicas que fazem de sua poesia um ofício de constante e desassombrada meditação; e (b), do ponto de vista formal, um conjunto harmônico de procedimentos poéticos e recursos verbais que se repetem e superam ao longo de toda a obra, como o emprego do decassílabo (sobretudo o heróico, de nobre e solene cadência) e o dos versos de seis e sete sílabas, o uso quase virtuosístico do *enjambement*, da aliteração e de um riquíssimo sistema rímico-rítmico, cuja gama de sons persiste mesmo depois de extinta a *durée* musical do verso e, não raro, do próprio poema. Tais recursos, que o poeta utiliza com finura e agilidade extremas, têm como suporte a economia dos meios de expressão e um notável domínio lingüístico. A palavra é assim explorada até às raízes de suas reservas fonético-semânticas, perseguida em suas mais íntimas correlações sintáticas, trabalhada com afinco, angústia e fé, reinventada, afinal, não à base de insignificações de qualquer semiótica metalúdica, mas enquanto significado que se quer, acima de tudo, símbolo, concreção, som apenas vivo porque audível na pauta do conceito. Ao afirmar o verso, a sintaxe e o discurso, *Anulação e outros re-*

paros proclama também, e de maneira categórica, a paternidade do sistema literário.

Por razões estritamente materiais, citaremos aqui um exemplo apenas dessa alta magia, mas que basta, a nosso ver, para ilustrar as virtudes de Bruno Tolentino. Fique o leitor com este "Noturno", e tire suas próprias conclusões:

Não sou o que te quer. Sou o que desce
a ti, veia por veia, e se derrama
à cata de si mesmo e do que é chama
e em cinza se reúne e se arrefece.
Anoitece contigo. E me anoitece
o lume do que é findo e me reclama.
Abro as mãos no escuro. Toco a trama
que lacuna a lacuna amor se tece.
Repousa em ti o espanto que em mim dói,
noturno. E te revolvo. E estás pousada,
pomba de pura sombra que me rói.
E mordo teu silêncio corrosivo,
chupo o que flui, amor, sei que estou vivo
e sou teu salto em mim, suspenso em nada.

1965

2

Não é esta a primeira vez que escrevemos sobre a poesia de Bruno Tolentino, mas já vão quase trinta anos que não voltamos a fazê-lo. Eis, pois, a ocasião de retomarmos o fio da meada que nos remete a 1965, quando o autor publicou um volume de versos no mínimo incomum: *Anulação e outros reparos*. Dele dizíamos que surpreendia pela unidade formal de suas peças, todas de altíssimo nível e que, não raro, atingiam o plano da linguagem poética absoluta. Mas logo em seguida o poeta desapareceu, exilando-se na Europa e passando a viver, desde então, na Itália, Bélgica, França e Inglaterra, onde lecionou nas universidades de Bristol, Essex e Oxford. Ainda na Europa, lançou, em francês, *Le vrai le vain* (1971) e, em inglês, *About the Hunt* (1979), ambos bem recebidos nos círculos literários europeus, já que os saudaram calorosamente poetas da estirpe de Yves Bonnefoy, W. H. Auden e Saint-John Perse, bem como o crítico Jean Starobinski, além de alguns outros. Tolentino voltou definitivamente ao Brasil em 1993, e dele se publicou no ano seguinte *As horas de Katharina*,[12] no qual, como se diz na orelha do volume, "o poeta toma emprestada a voz de uma freira fictícia, contemporânea de Hofmannsthal, Stefan George e Rilke — supostamente nascida em Veneza, em 1861, e falecida no convento das Carmelitas Descalças em Innsbruck, na Áustria, em 1927, para desenhar os estágios de uma transformação que vai do lamento à epifania, do corpo estéril ao vislumbre do corpo transfigurado". Para resgatar e transmudar essa voz, despendeu o poeta nada menos que vinte e dois anos, ou seja, de 1971 a 1993, durante os quais conviveu com uma sombra, acompanhando-lhe os passos e as angústias no que bem poderia aqui ser definido como um rigoroso e lancinante *Stundenbuch*.

Ao contrário da imensa maioria daqueles que hoje exercem entre nós o ofício da poesia, Bruno Tolentino é um poeta culto, um poeta de poetas e, por conseqüência, um crítico de poetas, muito embora seu ensaísmo, quase todo inédito, seja episódico.

---

[12] *Idem*. *As horas de Katharina.* São Paulo, Companhia das Letras, 1994.

Os versos de *As horas de Katharina* o atestam à saciedade. E entenda-se desde logo que, se aqui o vemos dessa forma, queremos simplesmente dizer que tem ele à sua disposição o que outros não têm ou não se preocuparam em ter: domínio absoluto de seus meios de expressão, convívio diuturno com os grandes autores da nossa e de outras literaturas, amor às palavras (pois que antes serve a elas, e não, ao contrário, se serve delas), obsessão por aquilo que aqui se define por permanência e, acima de tudo, cultivo de uma dicção em que à sua própria voz acrescenta o que de alguma forma já se disse, como a ratificar o que escreve T. S. Eliot em um de seus memoráveis ensaios, "Tradição e talento individual", a saber: quando nos aproximamos de um poeta sem o preconceito de nele isolar o que é individual ou certos aspectos de sua obra nos quais ele menos se assemelha a qualquer outro, "poderemos amiúde descobrir que não apenas o melhor mas também as passagens mais individuais de sua obra podem ser aquelas em que os poetas mortos, seus ancestrais, revelam mais vigorosamente sua imortalidade". É assim que se engendra aquela noção de que a literatura ocidental constitui não tanto um mosaico heterodoxo de vozes individuais, mas um tecido comum, um todo que, a partir de Homero, se estende como um *continuum* que confere à literatura a condição de um fenômeno de cultura. *As horas de Katharina* é a expressão quase paradigmática do que acabamos de dizer, na medida em que, sendo obra do presente, se embebe do passado para lançar aquela ponte em direção ao futuro sem a qual jamais se poderá compreender a modernidade.

Poeta opulento e bem nutrido, Bruno Tolentino se vale de um farto e multiforme instrumental em que se harmonizam o artista e o artesão, não sendo assim de surpreender a pujante variedade métrica e de esquemas rímicos que informa o seu verso, como se pode ver, por exemplo, nos quartetos do segundo soneto dos dois que o poeta grupou sob o título de "As luas", nos quais se lê:

Aquela essa não é! Não é a mesma,
nem pode sê-lo. Aquela era tão quente!
Queimava-me o cabelo, dente a dente
rasgava-me o cetim... Essa é uma lesma,

aquela era um clarim! A mente cisma
até que sejam duas realmente...
A que nos viu amar compunha um prisma
a cada gesto, parecia gente!

Com sua linguagem de extrema musicalidade, na qual são visíveis as influências da vertente simbolista francesa e a pulsação lírica de certa poesia que se escreveu em princípios do século na literatura anglo-germânica, vai essa freira fictícia desfiando o seu rosário de dúvidas e de dores, alcançando nessa peregrinação existencial os vértices mais extremos da vivência lírica e do claro-escuro em que se consubstancia a experiência mística, aquela "noche oscura del espíritu" a que se refere São João da Cruz na *Subida del Monte Carmelo*. Mas não só com este dialoga Katharina, já que o faz também — e com maior intensidade ainda — quando se entrega e integra, não à erudição humanística do misticismo de João da Cruz, mas ao realismo profundo de Santa Teresa de Ávila, cuja religiosidade popular exclui os vôos do pensamento teológico, o que a levou a escrever: "No está la cosa em pensar mucho, sino en amar mucho." O que diz o tempo inteiro de si para si a freirinha de Innsbruck é como um eco do que escreveu Teresa de Ávila em suas glosas populares de amor ardente: "Aquesta divina unión / y el amor con que yo vivo / hace a mi dios mi cautivo / y libre mi corazón: / y causa a mi tal pasión / ver a Dios mi prisionero / que muero porque no muero."

É justamente na seção que leva o título de "O castelo interior" (e observe-se que o título da maior obra devota de Santa Teresa é *Las moradas o el castillo interior*), que opera como um interlúdio, que Bruno Tolentino alcança o ápice de sua arte poética. São vinte e dois sonetos de extrema e perene beleza, nos quais, como que entranhada às vísceras da santa, Katharina confessa o seu atribulado amor a Deus. E ouvem-se não apenas duas, mas três vozes poéticas, pois que às de Teresa e Katharina se soma, demiúrgica, a própria voz de Tolentino: "Do verme à borboleta, da faísca / à festa fervorosa da fogueira, // tudo é transformação, tudo se arrisca / pelo tudo. É na morte volitiva / que a santa quer que a criatura viva." Não se pense, porém, que a coletânea enfraquece em suas demais seções, pois a chama que a ilumina permanece acesa do primeiro ao último verso do livro. Prova disso seriam, na primeira parte, intitulada "Os grandes vazios", poemas como "O adeus", "Noturno", "A donzela", "A Lázaro", "*Valse oubliée*", "O lagarto", "Talvez", "Outra prisão", "As horas de Katharina", "Estrela-do-mar", "De como se desfez", "A lupa", "Missa de sétimo dia", "Canção de cadafalso", "Penélope", "O gavião", "Andorinha" e tantos outros. E o mesmo se poderá dizer da última parte, "No carmim da tarde", onde a seqüência de sonetos reunidos sob o título de "A noite (quase) escura" é, no mínimo, estupenda. É nela que aflora mais nitidamente o diálogo de Katharina com São João da Cruz, com aquela "noche oscura del espíritu" a que já aludimos. E as três vozes mais uma vez se unem para nos dizer do mistério do Cristo:

O Cristo redescobre-se no escuro,
é como olhar do gato que te espia,
astuto de saber que não o vias
à luz habitual... O Cristo é o puro

espanto de ser visto quando o muro
mais cego te encurrala. As fantasias
que te alvoroçam, soltas pelos dias,
desaparecem e Ele vem: o escuro

tem as modulações que a luz não tem.

Contra *As horas de Katharina* poder-se-iam argüir certo preciosismo vocabular e alguma distensão poemática, já que o autor talvez se alongue ociosamente em determinadas seqüências e episódios, ou mesmo certo processo de despersonalização que "permitiu a Tolentino ocultar seu timbre, marcadamente arcaizante, sob uma máscara moderna", como denuncia o crítico Augusto Massi ao analisar-lhe *Os deuses de hoje* (1995), situando o autor como um simbolista tardio. Ou ainda o anacronismo de seu protesto contra os desmandos da ditadura militar, erguido trinta anos depois, o que torna "obsoleto um tipo de poesia que, por definição, é efêmero e circunstancial", como observa Wilson Martins ao examinar-lhe os "versos anacrônicos de militância tardia" nesse mesmo *Os deuses de hoje*, embora reconhecendo que, depois de Bandeira, Drummond, Cecília, Jorge de Lima, Murilo Mendes e João Cabral, outros autores elevaram a poesia "acima do nível em que a haviam deixado, sem excluir Bruno Tolentino, é preciso que se diga". Mas até mesmo tais objeções, de resto subjetivas, tornam-se discutíveis quando se leva em conta a própria distensão do período durante o qual foram escritos os poemas. Bruno Tolentino levou vinte e dois anos para escrever a sua pungente epifania. Convenhamos que não é pouco. Em compensação, Baudelaire arriscou toda a sua vida para compor *Les fleurs du mal*. Não se trata aqui de nenhuma estapafúrdia tentativa de comparação, mas de admitir que cada livro tem o seu preço. E *As horas de Katharina* paga-se com emoção, rigor e beleza, como o atesta este magistral soneto que leva o título de "O castelo interior":

Não permitais, Senhor, que a minha carne
se confunda outra vez e eu me atrapalhe
e caia como cartas de baralho
o castelo em que entrei para salvar-me.

Teresa castelã, valha o que valha
o meu fervor, o meu fragor de armas,
sustentai-me, rogai que eu não desarme,
que não se apague o fogo meu, de palha,

talvez, mas seja palha de fogueira.
Fogo de auto-da-fé, se necessário,
mas fogo irrevogável, se primeiro

hei de arder que entregar-me ao ilusório.
E se hei de merecer algum martírio
tanto mais duro quanto o assédio é sério.

1995

Alexei Bueno: os deuses e o abismo

1

Contemplado, pouco mais de um mês desde sua publicação, com dois importantes prêmios literários — os da Associação Paulista dos Críticos de Arte (APCA) e da Biblioteca Nacional —, *A via estreita*, de Alexei Bueno,[13] é livro que fascina e surpreende, do primeiro ao último verso, por diversas razões que aqui tentaremos analisar. Antes de mais nada, cumpre lembrar a que nos remete à forma e à estrutura rítmica que escolheu o poeta para escrever as dez odes que compõem a obra. Em seus livros anteriores — *A chama inextinguível* (1992), que lhe reúne toda a produção poética entre 1979 e 1988, e *Lucernário* (1993) —, Alexei Bueno revela-se poeta de um verso extrema e concisamente medido, e, mais do que isso, herdeiro do que deve aqui ser entendido como uma espécie de prolongamento dessa tradição poética que nos vem desde Homero e que constitui, como o pretende T. S. Eliot em seu ensaio "Tradição e talento individual", aquele *continuum* literário que se estende do século VI a. C aos dias de hoje, configurando assim o que o autor de *The*

[13] Alexei Bueno, *A via estreita*, Rio de Janeiro, Nova Fronteira, 1995.

Waste Land nos propõe como um "fenômeno de cultura". Diz ainda o poeta, naquele ensaio, que é o sentido histórico que "leva um homem a escrever não somente com a própria geração a que pertence em seus ossos, mas com um sentimento de que toda a literatura européia desde Homero e, nela incluída, toda a literatura de seu próprio país têm uma existência simultânea e constituem uma ordem simultânea". E é esse sentido histórico, insiste o ensaísta, que, "ao mesmo tempo, faz com que um escritor se torne mais agudamente consciente de seu lugar no tempo, de sua própria contemporaneidade". É algo longa a citação, mas se a faço aqui é porque se ajusta como luva à questão que nesse passo se discute. E mais: sem esse balizamento, nem a poesia nem a conduta estética de Alexei Bueno poderiam ser compreendidas.

Muito distintamente daquela pretensão de ser "o último heleno" a que se apôs Coelho Neto, porquanto nem de longe o foi, Alexei Bueno seria — este, sim, por convicção, formação e temperamento — o que poderíamos entender não como um remoto epígono, mas como o nosso mais recente herdeiro das tradições helênicas. É que seu verso não se faz necessariamente a partir das matrizes gregas, mas culturalmente *através* delas, tamanha é a adesão espiritual do autor àquela vertente que, como ele próprio certa vez escreveu a propósito de quem agora sobre ele escreve, se confunde com "a postura óbvia de eterna renovação e eterna juventude que é preciso ter com o fenômeno humano, eternamente outro e o mesmo, uma vez que, mais que os três mil anos que vão de Homero até nós, virão por cima de nossas cabeças mais três mil anos, mais trinta e mais trezentos, de modo que a postura circense-revolucionária na arte está condenada ao ridículo total, e já está nela". Guardião desse tesouro e fiel depositário de toda a riqueza que a arte do verso cumulou sobretudo a partir do século XIX, Alexei Bueno se mostra, naqueles dois livros anteriores, um exímio e contumaz usuário das formas ditas regulares, dessas formas que não são nem antigas nem modernas, mas apenas veículos de uma fatura artística que se nega a aceitar o suicídio literário em que consiste expurgar o passado do presente e do futuro. Lembremo-nos, ainda uma vez, do que nos diz Eliot nos primeiros versos de seus *Four Quartets*: "O tempo presente e o tempo passado / Estão ambos talvez presentes no tempo futuro / E o tempo futuro contido no tempo passado." Enganam-se aqueles que porventura vislumbrem quaisquer indícios de anacronismo na poesia de Alexei Bueno. Não há nenhum anacronismo, mas apenas nostalgia de um tempo que se foi e, no entanto, não se foi. Daí o caráter celebratório e elegíaco de seus poemas, desses poemas que nos evocam as ruínas do homem ocidental (mas não foi exatamente nessas fragmentárias ruínas que Eliot se escorou para suportar suas próprias ruínas quando escreveu: "These fragments I have shored against my ruins"?) e nos quais se pode perceber, ainda como o sustenta o poeta inglês, "o momento presente do passado", ou seja, aquela consciência que tem todo grande e autêntico artista "não do que está morto, mas do que agora continua a viver".

A via estreita é, em suas mais profundas vísceras, um poema de pungente e dolorosa ascese. Nele, Alexei Bueno abandona toda e qualquer medida métrica. E por que o faz? Porque aqui tudo é desmedido e abissal. Já não mais se percebem os escombros humanos ou toponímicos que o poeta celebra em *Lucernário*, ao longo de suas viagens à Grécia ou à Espanha. Aqui viaja-se para dentro, para o núcleo ontológico de si próprio, muito embora, vez por outra, aflorem ainda aquelas ruínas civilizatórias que subjazem nos estratos seminais de que se irradiam as reminiscências e as próprias matrizes do comportamento e da arte poética de Alexei Bueno. Nesse sentido, aliás, *A via estreita* é talvez o menos programático dentre todos os poemas escritos em língua portuguesa nestes últimos vinte anos, razão pela qual nele não se indicia nenhuma forma de incidentalismo ou de fio condutor que nos guie por algum labirinto narrativo. É bem de ver que o que aqui se narra é a história sem estória do ser, vale dizer: aquela que se distende para além das fronteiras cronológicas do tempo. Ou a que se desenrola, também sem bússola ou limites, naquela exasperante e implacável circularidade do pantempo, nesse rio cujas águas jamais se repetem, nesse fluxo em que, como o queria Heráclito de Éfeso, o ser nunca é idêntico a si mesmo porque está sempre vindo a ser. E eis aqui, mais uma vez — como um estigma —, as raízes gregas dessa poesia que não morre porque eternamente se transforma sob o perene signo da dor e do pasmo diante do absurdo sisifiano a que todos estamos condenados, a saber: o da caducidade e da contingência dessa nossa mísera e finita condição humana.

A via estreita, como toda alta poesia, é para poucos, mas esses poucos, se bem contabilizados, talvez sejam muitos. E aqui caberia até aquela epígrafe que encima um dos livros de Juan Ramón Jiménez: "A la inmensa minoría." E por que seria para poucos? Simplesmente porque, incrédulo leitor, a poesia aqui apenas te remete à poesia. Daí sua dificuldade, a mesma, aliás, que Heidegger captou nos versos de Hölderlin quando escreveu, no decisivo ensaio *Erlaüterungen zu Hölderlins Dichtung (1951)*, muito conhecido entre nós sob o título de *Hölderlin e a essência da poesia*, que "não escolheu Hölderlin porque sua obra, como uma entre outras, realize a essência geral da poesia, e sim apenas porque está carregada com a determinação poética de poetizar a própria poesia". Não julgue o desavisado leitor que estamos aqui incorrendo em nenhuma abstrusa ou descabelada comparação. É que — de quando em vez, e talvez sem pressenti-lo —, os poetas se tangenciam naquele pantempo a que já aludimos. Essas odes — que *não poderiam* ter sido escritas por um jovem de apenas trinta anos — enfim e afinal o foram, dando assim a medida do que será capaz de realizar ainda seu autor. E elas vão, poesia da poesia, num crescendo quase insuportável, despertando-nos a consciência de que o fenômeno da poesia e da "grande vida" permanece vivo porque um poeta, como observa Marco Lucchesi, "*deixa de ser* poeta para habitar a poesia", e, despido de tudo o que neste mundo enfeza e enferma, escreve:

> *Tudo é veste, e o instante eterno nos impede de nos vestirmos, para*
> *que sejamos, só sejamos, na perfeita nudez.*
>
> *Tudo é veste, inútil, aquém de nós, e apesar disso!*
>
> *Mas um dia, não se sabe como, não será desnudos*
> *Mas triunfalmente vestidos das vestes perdidas que te veremos,*
> *Verdade!*

E é este, bem ou mal, o pensamento emocionado que orquestra os últimos versos de *A via estreita*:

> *Veste tudo, bebe tudo, sorve tudo,*
> *Olha a areia lá embaixo, da enorme ampulheta do céu, que*
> *adquire e transforma.*

Caminhas aqui na noite, mas estás lá, lá, no grande
quadrilátero de Quéops,
Esperando a aurora, que é em ti que nasce o mundo,
Enquanto o cosmo explode e retrai-se em matéria,
amealhando o espírito
Que somos — nós — no pulsar do coração divino!

1995

2

Muito à semelhança do que já fizera em seu mais recente volume de poemas, *A via estreita* (1995), Alexei Bueno distende outra vez o verso na teofania em que se consubstanciam os doze fragmentos lírico-elegíacos deste *A juventude dos deuses*,[14] nos quais persiste aquela genealogia helênica a que se filia o autor desde seus primeiros textos poéticos. Mas *A via estreita* era um poema de lancinante ascese espiritual em que se contemplava a dura e áspera problemática do que aqui entendemos como a grande vida, enquanto *A juventude dos deuses*, que se circunscreve à exasperante e obsessiva circularidade de um pantempo, nos remete antes à noção da permanência divina em meio aos escombros do efêmero triunfalismo da tecnologia do tempo presente, aqui vergastada pela sadia desconfiança do poeta em relação a tudo o que hoje se celebra em nome de um progresso do qual Baudelaire já desdenhava quase um século e meio atrás. Como se pode ver naquele heteróclito mosaico intertextual e fragmentário da poética eliotiana, a grande vida que se exalta

[14]*Idem*, *A juventude dos deuses*, Rio de Janeiro, Topbooks, 1996.

em *A juventude dos deuses* deixa-se intencionalmente contaminar pela náusea da pequena vida cotidiana, ou seja, a daqueles que jamais refletiram sobre o mistério da morte, como seria o caso dos "quatro mascarados" que dançam freneticamente ao som de um tambor durante o carnaval: "Um macaco que urra, um fantasma que geme, um pederasta grávido, / E na frente, rindo sob a tarde rubra / E rebolando, a morte." É assim que a "pequena vida vai trepando em tudo. Como as heras / Que avassalam estátuas num jardim abandonado / ela cresce", enquanto um "desdenhoso deus" deserta da festa em que ecoam as céleres "vozes das miniaturas falantes".

Se o tempo presente está vivo — não raro até a mais estrita ou asquerosa minudência —, em *A juventude dos deuses* é bem de ver que ele reflete apenas o tempo que corrói e que se corrói, pois tudo leva à morte ou à dor quando "cruzamos os domínios da Impermanência". Ou como diz ainda o próprio poeta:

> *Forma é morte. Nome é morte. Início é morte.*
> *E toda a impaciente dor vai atando máscaras inéditas*
> *na autofagia do tempo. Morte e dor. Dor e morte. Morte*
> *e dor.*

E a vida, interseção entre ambas, é "intangível", como também o é "o presente entre os dois tempos que nunca existiram". É talvez por isso mesmo que o poema nos sugere incessantemente uma vertiginosa sensação de abismo: "Nesta hora só é voz a voz que vem do abismo, / O fogo que sai do fundo da terra, não de fósforos, / A luz das estrelas incansáveis, não de lâmpadas." Talvez o abismo pascaliano, glosado por Baudelaire em soneto memorável e terrificante, ou aquele *abyssus infinitudinis* de que nos falam os místicos. Pouco importa. De um modo ou de outro, "O abismo / É o nosso lar, com a mesa posta e a cama feita, / À beira dele o vento cessa, para que só ouçamos familiares vozes." Mas para que assim sejam elas percebidas, o leitor terá que se deixar conduzir por um tempo cuja pulsação está para além de seus limites cronológicos, ou seja, por aquela *durée* bergsoniana que se confunde com o pantempo da memória universal. Só assim poderemos captar o verdadeiro e mais profundo sentido destes versos admiráveis:

Agora estou aqui, no meio deles.
A nave é imensa, e outra igual passeia no meu cérebro
Como o caminho de Tebas e a Rua do Ouvidor.

Em certo sentido, *A juventude dos deuses* pode ser entendida como um desdobramento de *A via estreita* tanto do ponto de vista da estrutura quanto do prisma do conteúdo. A distinção talvez esteja no fato de que aqui o poeta procede a um acúmulo de reminiscências pessoais que não percebemos naquele outro poema. Mas essa matéria de memória nada mais é que um pano de fundo destinado a exaltar ainda mais a permanência do divino numa tessitura de caducidade e de contingência humanas que se sabem de antemão condenadas à queda ou à dissolução no nada, mesmo porque, como nos diz o próprio poeta nos primeiros versos da composição, "Tudo o que se passou / É mentira." O *dasein* heideggeriano é aqui reduzido a nada, pois

Nada disso nunca aconteceu, o único acontecimento
É estares aqui, neste instante, espectador desta mentira
enorme,
e não existires também.

E é nessa balbúrdia que o homem se dá conta de sua trágica e sisifiana finitude, dessa morte que se avoluma e amadurece dentro de nós desde que nascemos, dessa inexorável corrupção ontológica à beira da qual "a figura imensa e inalterada" de alguém esplende em sua eterna juventude e

erguendo o braço implacável
No gesto indiscutível do domínio
Exclama silencioso: Que tudo cesse!
Os deuses querem passar por aqui.

1996

Lâminas, estilhas, centelhas[15]

Duas coisas chamam de pronto a atenção na leitura de *Íris breve*, livro com que tardiamente se estréia o poeta Álvaro Mendes, que de estreante só tem mesmo a pudicícia de se haver mantido quase inédito até os cinqüenta e sete anos: seu lirismo seco e austero, de cunho não raro reflexivo, e sua intensa fermentação experimental — ou mesmo subversiva — no que toca à trama vocabular e à estrutura sintática. O curioso, porém, é que não se pode filiar o autor a quaisquer das escolas que ainda hoje têm na experimentação verbal o seu ponto de partida (e amiúde de nenhuma chegada). Não se pode, por exemplo, vinculá-lo ao metaludismo concretista, à poesia alternativa dos anos 70 ou ao que restou do naufrágio a que sucumbiu a instauração-práxis. E nada nos autoriza a relacioná-lo às demais tendências que vieram se desenvolvendo a partir dessa tão controversa quão diluída Geração 60, cujo pluralismo estético-doutrinário não chega a configurá-la como tal. O experimentalismo a que se consagra Álvaro Mendes é absolutamente pessoal e, mais do que isso, solitário, o que faz dele um epígono e um prógono de si próprio.

[15] Prefácio a *Íris breve*, de Álvaro Mendes, Rio de Janeiro, Sette Letras, 1996.

Há também em boa parte dos poemas de *Íris breve* uma obsessiva e quase exasperante economia de meios, uma como que síndrome do mínimo, o que leva o autor a cultivar ora a fragmentação discursiva, ora o capsularismo aforismático, sem que isso, todavia, nos permita aproximá-lo da vertente minimalista a que pertencem, entre outros, Sebastião Uchoa Leite e José Paulo Paes. A questão aqui é bem outra, e nos remete sempre à rebelião do autor contra os cânones de uma linguagem poética cujas matrizes lhe parecem cediças ou mesmo esgotadas. Mas não se veja nisso nenhuma descabelada e irrestrita busca do novo pelo novo, ou nenhuma cega aposta nas premissas daquele poundiano *make it new* que, para resolver-se enquanto dado operacional, deveria também dar abrigo a certos procedimentos que caracterizariam, de um ponto de vista minimamente dialético, algo assim com um *make it old* que estabelecesse aquela indispensável ponte entre o antigo e o moderno. É justamente sobre essa ponte, a propósito, que se apóia toda a modernidade de um Baudelaire ou de um Poe.

Mas voltemos à movediça tessitura de *Íris breve*. Em quase toda a primeira seção, que dá título à coletânea, são incontáveis os exemplos daquela fragmentação sintático-fraseológica e do vezo capsular-aforismático a que já aludimos. Tudo aqui parece reduzir-se lapidarmente a lâmina, a estilha, a centelha — enfim, a um fulgurante núcleo de algo que se desbastou à exaustão, ou seja, o verso, o sintagma, a palavra. Essa prática leva amiúde o poeta à obtenção de raros e diferentes cristais, como se percebe em: "abóbada / ouço bulhas de fogo na folhagem / o brilho me aniquila"; ou "um laço de violetas colhe a sombra"; ou também: "relâmpago na sala / arde / safira quebradiça / o fogaréu de vidro"; ou ainda: "(noite / o vento lampejante / envolto em / tirania)"; ou mais ainda: "o vidro coa vapor / na fibra da oliveira: / cárcere azulado, / retângulo de água"; ou enfim: "neblina bulindo / água de aragem no lago / rubor de frio mínimo"; ou afinal e ao cabo: "a lâmpada marinha é uma colméia / onde as abelhas vão, salino mel / fatigadas de brilho e jóias calmas / de bulhas naufragadas no papel". Em dois poemas apenas declina Álvaro Mendes dessa ourivesaria do mínimo ou mesmo do extremo: mais precisamente em dois belíssimos e severos sonetos. Do primeiro transcrevo aqui o segundo quarteto:

arde a razão, seu casto bem cintila
na cinza dessa luz evaporada
o silêncio do mar na madrugada
o choro rumoroso da sibila.

Do segundo, os dois tercetos geminados:

os peixes mais completos se alimentam
de águas que não sobram mas se quebram
contra outras águas. O estio se eterniza

estígio corrompido pela bruma
os barcos enredados são espuma
de um mar que em seixos duros se esvazia.

É bem de ver que tudo o que se vem de citar, embora seja rala a amostragem, nos dá sem dúvida a medida da fina arte poética desse autor que até hoje se escondeu: domínio cabal dos meios da expressão, austera economia vocabular, densa carga metafórica e sábio uso daquela ambigüidade semântica em que se resolve e resume a metalógica da linguagem poética. Mas a "íris" só é "breve" nessa primeira seção da coletânea. Nas demais, exceto a última, o verso de Álvaro Mendes se distende em medidas e ritmos de maior fôlego, mas nem por isso abre mão o autor de sua insubmissão aos cânones do discursivismo tradicionalista. Chega-se assim à desordem fragmentária da "Prosa espessa", onde os ritmos se embaralham e as palavras parecem adquirir um distinto poder de fogo, mesmo porque o que neles se cultiva, como anuncia o próprio poeta, é uma "estética da guerra". Mas ainda aqui esplende aquele lirismo seco a que nos referimos no início deste prefácio. E o emprego que dele faz Álvaro Mendes não raro surpreende pelo impacto que causa no leitor, como nesta passagem a um tempo crua e fantasmagórica:

o tanque de ouro e aço avança lagartixa atormentada
o tanque de ouro e aço avança:
destrói pedras fulguram serras deixa um rastro de
estilhas brancas
capotão poeira tiros.
corta o mato queima a flora bate as árvores
(...)
o tanque de ouro e aço avança em busca de:
lugares/fulgores, pavores lunares.

Em outro trecho, talvez menos "bélico", aflora o esguio estilete do humor:

forjais templos estrangeiros, grandes feytos
seculares,
punheta, cousa francesa:

caves dôbinhi, chartômartél, fingalsqueive,
aqui mora gente d'altas cavalariças.

E ao final regressa o poeta àquela pulsação capsular que se ausculta na primeira e translúcida seção do livro:

nenhum fulgor escapa a meo olhar rapace.
serifa espessa, abro fogo
primeiros pássaros no espaço.

E da "Prosa espessa" nos dirigimos à insólita seção que leva o título não menos bizarro de "Diabolvs in mvsica", que nos remete, como esclarece o autor, àquela "designação pitoresca que na Idade Média se dava ao intervalo de quarta aumentada (trítono), pela dificuldade que havia na sua entonação". O poema de abertura, "Na muralha do vento", figura sem dúvida entre os melhores da coletânea, e há nele, perceba o leitor, algo daqueles "mochos" sombrios da poetisa galega Rosalía de Castro:

agora que os corvos crocitam
sobre a muralha do vento
o ar é um crivo de sofrimento
uma cacofonia de diamantes

no galho as pegas são brilhantes
tudo é grave monumentalismo
o ar é um crivo de diamantes
— agora os corvos são viandantes.

Os principais poemas desta seção — "Diabolvs in mvsica", "Então, quando era noite", "O que resta", "Lagoa" e "Chuva (fragmento)" — nos transmitem, a par de uma funda e obscura estranheza da própria linguagem, uma sensação de agudo niilismo do poeta diante do mundo e da vida. Apesar da cintilação surrealista de certas imagens e metáforas — como, entre outras, "passava o caixão tuberculoso envolto em nuvem roxa" ou "pinheiros vomitavam na taça de resina" —, o que resta na boca é o travo do nada:

depois, mais nada.
restam
o cabo do punhal ornado de harpias,
o turbante enfeitiçado
(dedos altos rodando miçanga
na manhã calva).

Na melhor das hipóteses,

resta um pavão em mim ainda vivo
pronto para o naufrágio.

Pouco adiante, em "Chuva", mais ainda se acentua essa imagística da desolação do vazio, como se lê ao fim do fragmento 2:

não há vestígios:
a pedra que eu perdi no lago nem a opa
apenas o fervor das coisas mortas
iluminados pelo sol oblíquo
ele mesmo também um sol fingido.

E para rematar, este sombrio atestado da vacuidade de qualquer linguagem que se pretenda poética:

poemas são
fagulhas sombrias
coices brutos no cio.
pavios.
poemas cantam
de nada.

O livro se finda com um furioso e caracoleante exercício experimental intitulado "O poema das argolas", que nos lembra às vezes aquela técnica drummondiana de palavra-puxa-palavra tão bem e lucidamente estudada por um arguto crítico literário de que talvez ninguém mais se recorde: Othon Moacyr Garcia. Perceba-o o leitor logo nos primeiros versos do poema, sob a rubrica de "Motel":

Eu, um antro.
Tu, ao centro.
Eu, ao canto.
Tu adentro.
Nós, um adro.
Tu, um quadro.
Voz, ao centro.

Trata-se de um poema no mínimo curioso, pois nele o autor tenta esgotar todas as possiblidades combinatórias entre as palavras que mobiliza segundo um ritmo alucinado e frenético que nenhum repouso concede ao leitor. Aqui e ali, fulgurações intertextuais de Sá de Miranda ("sois todas mudaves?"), de Valéry ("nasceste da testa? / brotaste de Teste? / não és só um texto?") e de Mallarmé ("quantos lanço dados? / quantos lenços-dardos?"). Mas, a rigor, o que fulge aqui é a busca desenfreada (e criticamente sarcástica) de um nexo que se quer, acima de tudo, sem nexo ou desconexo:

quantos ovos chocas?
esguios na toca,
enguias na loca,
exéquias na sala
peixes crus na boca
no ímã da garganta.

Isso é aquilo? Ou não é? Muitas vezes, leitor, a boa poesia nasce de uma proposta aparentemente absurda que se engendra a partir do exaspero em que mergulha o artista por haver tangenciado as franjas daquilo que, para além das palavras ou em suas mais fundas entranhas, sucumbe ao nebuloso e escorregadio reino da expressão. Íris breve, para o qual vaticino vida longa, reflete um pouco disso tudo. E muito mais.

1995

Náusea e transgressão[16]

A poesia de Frederico Gomes, até agora dispersa em revistas e publicações pouco conhecidas — a exceção seria *Poesia Sempre* nº 5, da Biblioteca Nacional, onde figura entre os autores inéditos —, foi em boa hora reunida nestes *Poemas ordinários*, que lhe recolhem a produção compreendida no período de 1968 a 1994. Ela atesta, em primeiro lugar, a multiplicidade de vertentes em que se esgalha a nossa floração poética destas duas últimas décadas, nas quais se cristaliza o impasse em que atualmente se debate a poesia brasileira como conseqüência de movimentos e tendências que, ou abortaram em curto lapso de tempo — e aqui se incluiriam o concretismo, a poesia-práxis e o poema-processo, entre outros —, ou não nos proporcionaram os frutos que deles caberia esperar, como seria o caso de quase tudo o que nos legou a chamada "poesia alternativa" ou "do mimeógrafo" durante a década de 1970. A produção mais recente de nossa poesia, ao contrário do que ocorreu durante os movimentos de 1922 e 1945, reflete uma carência de programas literários ou ideários estéticos em torno dos quais se pudessem reunir os adeptos dessa ou daquela doutrina poética. Dizem alguns que essa situação algo

[16]Prefácio a *Poemas ordinários*, de Frederico Gomes, Rio de Janeiro, Sette Letras, 1995.

caótica e fragmentária é própria de um período de produção a que se poderia chamar de pós-modernismo, conceito que, segundo cremos, se pode aplicar com alguma justeza às artes plásticas — em particular à pintura e à arquitetura —, mas que resulta em cabal malogro nos casos da poesia e da música. Os poetas brasileiros de hoje buscam, mais do que nunca, soluções estritamente pessoais para seus problemas de expressão e dicção. E Frederico Gomes é, sem dúvida, um deles.

Os *Poemas ordinários* caracterizam-se, a rigor, por três elementos que individuam a produção maior do autor: os da transgressão, tanto no nível da escrita quanto no plano do comportamento psicológico, do ludismo verbal (às vezes de cunho intensamente experimental) e da náusea existencial que o leva a escrever, no longo e dilacerado poema em prosa "O informe do inferno": "(...) Sim: estou irremediavelmente preso à existência, irremediavelmente perdido, resguardado nos casulos primitivos da terapêutica moderna. Mas não capitularei: como um sapo emergirei dos pântanos e das cloacas mais sórdidas da alma humana para erigir meu canto." E pouco adiante: "Enfermos, velhos e niilistas, vagamos a mostrar a agudez de nossas faces maceradas pela dor. Nossos costumes, sem cheiro e inexistentes, são flores mortas." Todo o volume está perpassado por este sentimento de desolação e de perplexidade muito próximo àquele que se percebe na "terra desolada" em que deambulam, sem esperança ou crença na redenção, os "homens ocos" a que se refere T. S. Eliot na poesia que escreveu até 1925. Ademais, há também na poesia de Frederico Gomes aquela mesma sensação de náusea eliotiana, como se pode ver no poema "A musa à mesa", no qual se consubstancia tudo o que lhe ocorre de lírico e de repulsivo ao contemplar uma prostituta que come numa mesa ao lado da sua:

À mesa ao lado, bebo pus
enquanto não bebo em sua taça de luz.

Esse sentimento de náusea e desolação não exclui, todavia, uma forte impregnação lírica em boa parte dos versos que escreve o poeta. Não obstante, até mesmo esse lirismo se encontra contaminado por aquela "estética do feio" a partir da qual Baudelaire decretou que tudo poderia ser dito na poesia moderna, contrariando assim, de modo frontal e afrontoso, os que preconizavam as noções de belo muito em voga durante o século XVIII. Poemas como "Ergo sum", "O sagrado contemporâneo", "Os cães" ou o já citado "A musa à mesa" o comprovam à saciedade, como se pode ler no primeiro deles:

Não és o Criador nem a Criatura,
mas a pureza de coisa amanhecida.
Transfigura-se em obscura ciência
para que o fascínio de tua ambiência
faça-me morder o nada em tua fenda
que me perplexa, fragmenta e desvenda.

Ou no segundo:

Ei-los,
sabendo a esperma,
tabaco e anis,
rolando os despojos
no corpo da noite
— negro lençol.

Daí se conclui, também, que a náusea existencial do poeta, muito à semelhança do que ocorre na atmosfera sórdida e repulsiva daqueles "Prelúdios" eliotianos do *Prufrock and other Observations*, acaba por desaguar numa espécie de incomunicabilidade entre os seres, o que mais ainda lhes distende o sentimento de solidão e abandono.

Apesar disso, o poeta, que além de *homo faber* é também *homo ludens*, brinca com as palavras mediante uma intensa cumulação de expedientes estilísticos, como a paronomásia, a metonímia, a paródia, o oxímoro, a aliteração e até mesmo as *port-manteaux words*, visíveis em muitas de suas composições. Mas esse humor é quase sempre negro ou ostensivamente fescenino e mesmo escatológico. É o que se pode ver, por exemplo, no início do excelente poema em prosa "Estado em coma". Confira o leitor: "Tédio. 45 anos. Cheiro de buceta no bigode. Contemplo o redemoinho do vômito no ralo da pia. Febre. Estou condenado à morte. A vida é uma doença mortal." Em suma, a vida e tudo mais sabe apenas a náusea e a desolação existenciais, configurando assim aquela loucura moderna que não é somente mental ou intelectual, mas sobretudo espiritual. Não surpreende, por isso mesmo, que num dos mais altos poemas do livro, "Após o espetáculo Sylvia Plath no Teatro Coreográfico de Heildelberg", no qual se explora o episódio do suicídio da poetisa, escreva o autor:

Não tenham piedade do meu sacrifício;
tudo será claro um tempo...
tão claro que minha sombra
será luz; minha noite, dia;
e o meu nome — poesia.

Vê-se, assim, que a possibilidade tangível do poético reside, em última instância, numa forma de evasão da realidade, dessa realidade caduca e contingente que, à semelhança de algo repulsivo, leva o poeta à renúncia de tudo aquilo que se reconhece como "la douceur de la vie". Sua expressão é sempre amarga e entrecortada, e toda forma de iluminação só pode ser apreendida para além dos limites nauseantes e desolados da existência terrena, como se lê em outro poema, "Virginia Woolf: overture", escritora que, como Sylvia Plath, também se suicidou:

profundamente consternada
diante da página em branco
(como uma ocidental diante
de um príncipe árabe)
ela revivia alguma coisa,
alguma coisa branca como a página
mas que lhe aguçava os sentidos
e lhe preparava o coração:
delicadas iluminações.

Percebe-se em Frederico Gomes algo da loucura violenta de um Artaud, assim como indícios tangíveis da náusea eliotiana e do tédio que impregna boa parte dos poemas de Baudelaire. Sua poesia é, no momento, o que preferíamos identificar aqui como uma espécie de *work in progress*, já que lhe conhecemos muitos poemas que não integram a presente coletânea, mas que lhe acentuam o caráter desolado e nauseante. Esses *Poemas ordinários* remetem o leitor a uma consideração no mínimo ambígua: são eles "ordinários" porque o poeta nos faz crer que sejam "comuns", mas o são também porque refletem a "ordinarice" da vida que todos vivemos, com suas minudências repugnantes ou mesmo pornográficas. Em seus raros momentos de intermediação lírica, mas ainda assim trágica ou melancólica, o autor pode escrever, como o faz em "Mulher no bar-restaurante":

Aquela mulher não é feita
dos homens que a amaram
nem da ternura que distribuiu
ou do amor que doou
(...)
As luzes de néon iluminam
o bar-restaurante onde
está sentada (imóvel, só):
precursora da tarde e da noite.

Ninguém a vê (mesmo se ao lado)
neste instante em que deriva
no mar insuspeitado da memória,
da reinvenção de si mesma.

Mas é na outra vertente, a da meditação desolada sobre os destinos do homem e de sua mísera vida cotidiana, que mais parece se enraizar sua sensibilidade poética e seu compromisso com todas as formas de transgressão. Essa vertente aflora em quase toda a coletânea, particularmente nas seções "Vinhetas", "O informe do inferno" e "Sopa de quarks". Nesta última se inclui um fragmento, sob o título de "Mallarmé", que bem poderia nos dar a dimensão de toda essa *Weltanschauung* nirvânica e desolada de que se nutrem o espírito e o estro do poeta Frederico Gomes:

Mundo sem glória:
sucumbiremos solitários,
corroídos pelas fadigas cósmicas,
pelo desejo de repouso absoluto
— pour rien.

1995

Idílios com a eternidade

Poeta, ensaísta, tradutor e, como se não bastasse, ficcionista de mão-cheia e certeira — lembrar-se-ia o leitor daquele estupendo *Ninho de cobras*, dado à estampa em 1973? —, Ledo Ivo reúne agora seus últimos poemas em *Curral de peixe*,[17] que inclui composições escritas entre 1991 e 1995. Pouco mudou seu estilo, que ao nosso ver se cristaliza a partir de *Magias* (1960), *Estação central* (1964) e *Finisterra* (1972), como pouco mudaram sua dicção e expressão poéticas. E nem seria desejável ou previsível que tal ocorresse, pois, pelo menos em certa medida, todo grande escritor se renova na repetição, na obsidiante insistência com que aborda seus temas e problemas. Se assim não fosse, como poderíamos apreender sua identidade ou seu périplo ontológico? Mas há neste último livro algo que não aflora nas coletâneas anteriores do autor, a saber: seu timbre merencóreo, quase desolado, e uma visão que diríamos nauseante no que tange ao convívio do ser com sua condição terrena, o que vale dizer: com sua caducidade e contingência existenciais. E aqui reside, sem dúvida alguma, o traço de tragicidade de muitos desses poemas, nos quais o autor dialoga, como se num idílio,

[17]Ledo Ivo, *Curral de peixe*, Rio de Janeiro, Topbooks, 1996.

com a morte e a perspectiva de uma fugidia e difusa eternidade. Nesse sentido, um poema como "Os pássaros" constitui, por seu lirismo e sua límpida linguagem, uma composição quase emblemática, como o atestam a primeira e a última estrofe:

À brisa perguntei
o que é a eternidade.
Ela me respondeu:
— Uma simples aragem
(...)
E os pássaros, na aragem,
voavam, voavam
Rumo à eternidade.

Poeta de poetas, Ledo Ivo não esconde — antes e conscientemente o exibe — o tributo que pagamos àqueles que lemos e com os quais, de certo modo, aprendemos a pensar e a viver. No poema "A Rimbaud", por exemplo (poeta que modelarmente traduziu), esplende uma evocação que nos dá, em concisos quatro versos, a medida daquele que foi, ao lado de Poe e Baudelaire, o fundador da poesia moderna, desta poesia de que todos descendemos: "Lívido raio / de sol e glória / E a mosca zumbe / no mictório." O próprio Baudelaire ("L'invitation au voyage") é quase parafraseado na segunda estrofe do poema "Amor", na qual se lê: "No mar passam navios / vagabundos: / haverei de levar-te / ao fim do mundo." Muito ao contrário do que se poderia supor, tais expedientes revelam o quanto a poesia de Ledo Ivo se abastece no padrão clássico dos grandes poetas do Ocidente, nessa herança multiforme que, à semelhança daquele "fenômeno de cultura" a que se refere T. S. Eliot, nos vem desde os tempos de Homero ou Hesíodo, passando depois por Virgílio, Horácio, Dante, Petrarca, os provençais e os chamados "poetas metafísicos" ingleses do século XVII, que a tirania de Samuel Johnson condenou por quase dois séculos ao esquecimento. E se aqui sublinho o pormenor, é apenas porque cada vez mais escasseia em nossos poetas mais jovens esse período crucial de formação literária e humanística, o que os reduz à condição de rebentos enfezados de uma linguagem que ignora suas próprias origens e as matrizes seminais que nos permitem ser hoje o que somos.

É no mínimo curioso que a poesia de Ledo Ivo nos desvele agora essa vertente meditativa sobre aquilo que nos aguarda depois do desenlace terráqueo, depois que cessam os passos daqueles "homens ocos" sobre as sendas gretadas da "terra desolada". E se assim o digo, faço-o apenas porque a poética de Ledo Ivo, pelo menos a de seus primórdios, na já distante década de 1940, se enraíza antes no substrato de uma arte dionisíaca e celebratória. Essa reflexão dolorosa sobre a contingência do ser ou a fugacidade da vida se expressa ora de forma grave e sentenciosa, talvez até ritualística ("Última luz da derradeira festa, / crepita na manhã a eternidade. / E a eternidade é tudo o que me resta"), ora de modo sardônico ou apenas humorístico ("Esquece a promessa / do nada e do céu. / Cala-te. Contenta-te / com teu fardão / e o teu mausoléu"), mas nada se furta aqui ao domínio manriquino da morte ou de tudo aquilo que, antes efusiva emoção, se transmuda agora em pensamento, como se pode ler em dois dos mais altos poemas da coletânea, "O soneto da morte" e, talvez mais do que este, "O sino", em cujos últimos versos nos confidencia o poeta: "Sou o ouvido que o ouviu quando menino. / Sou a mão que o tangeu e sou o vento: / uma imagem mudada em pensamento." Sente-se aqui, como é vezo de certos poetas nos quais avulta o ritmo semântico de que nos falava Gerard Manley Hopkins, aquele mistério da emoção que pensa e do pensamento que se emociona, tal como o vemos, entre nós, em Carlos Drummond de Andrade e, mais ainda, em Dante Milano.

Em suma: Ledo Ivo alcança agora sua plena maturidade como homem e como artista. E está inteiro neste livro, onde, não obstante se refira tanto e tão tenazmente à tangibilidade da morte, nos parece mais vivo do que nunca, mesmo que nos assegure que:

A morte vai na frente, como a proa
do navio que vence o nevoeiro
rumo ao porto final. A morte voa

e, vento exposto ao vento e ao sol poente,
quer ser vida e é morte novamente,
e silêncio do porto derradeiro.

Mesmo que proclame, enfim e ao cabo:

Eis o outono final que encerra tudo.
Depois virá a morte, e o lábio mudo
levará, em segredo, as estações.

1996

Os tormentos da poesia[18]

Não são poucos os poetas que, por serem bilíngües ou por razões que se diriam estratégicas, escreveram em outras línguas que não a sua. Assim o fizeram Pessoa, Eliot, Rilke, Brodski, Moro, Huidobro e até mesmo o nosso Manuel Bandeira, que, tradutor soberbo, jamais conseguiu verter para o português nenhum dos versos que escreveu em francês. É esse o caso de Floriano Martins em *Los tormentos miserables del lenguaje y las seducciones del infierno en los instantes trágicos del amor de Barbus y Lozna*, título de inequívoco sabor quevediano, mas que de Quevedo nada tem, mesmo porque não foi essa a intenção do autor. A intenção é bem outra e, sem dúvida, justificada por sabermos todos ser muito pouco o que sobrevive de quase tudo o que se circunscreve ao gueto da língua portuguesa. E estranha que assim o seja, já que o português, além de língua culta, é a sexta mais falada no mundo. No caso de Floriano Martins — talvez nosso maior especialista em poesia hispano-americana —, a opção foi claramente estratégica, ou seja, buscar maior difusão de sua poesia em âmbito hispânico e, como disse uma

[18]Prefácio a *Los tormentos miserables del lenguaje y las seducciones del infierno en los instantes trágicos del amor de Barbus y Lozna*, ainda inédito no Brasil.

vez Huidobro, furtar-se a certos vícios de linguagem e alcançar assim maior simplicidade na expressão poética. Outro importante detalhe: essa prática nada tem, pelo menos em Floriano Martins, de contumaz ou obsessiva, o que o situa em posição contrária à do bilíngüe cabal ou por fatalidade, como é o caso do romancista carioca Per Johns, que se move muito à vontade em pelo menos duas línguas: a portuguesa e a dinamarquesa. E no caso deste último o impasse se torna amiúde dramático, como ele próprio observa numa das passagens metalingüísticas de *As aves de Cassandra*: "O arraigado é *um* com sua língua. O bilíngüe é *dois* e nenhum."

Ademais — e nesse passo o admite o próprio poeta —, toda a sua produção posterior a *Tumultúmulos* (1993) vinha padecendo de certo barroquismo, de uma cumulação metafórica que acabou por lhe engendrar não uma solução, mas um labirinto no qual nenhum fio de Ariadne lhe poderia valer. E aqui, mais uma vez, se configura aquela opção estratégica a que há pouco aludimos. E a verdade é que toda a sua poesia ganha a partir de então um novo impulso. Na aventura hispânica de *Los tormentos miserables* se entrelaçam harmônica e organicamente a sensibilidade métrica, a forma fixa (no caso, a do soneto, ainda que algo atípico) e a prosa poética de largo fôlego, como desde sempre, aliás, cultivou o autor. É bom que se advirta, porém, que *Los tormentos miserables* não constituem um *récueil* poético, e sim um núcleo temático (ou problemático) que se esgalha em quarenta e seis fragmentos, ou outros tantos poemas, se assim o preferirem. É bem de ver, ademais, que o poema se inclui numa vertente algo rara da lírica brasileira: aquela que privilegia a poesia (e a metapoesia) do pensamento, como a exerceram entre nós Carlos Drummond de Andrade, Jorge de Lima e, talvez mais do que qualquer outro, Dante Milano. Seria assim como uma poesia da poesia, um áspero e pungente esforço de ascese, tal como o vemos no recente *A via estreita*, de Alexei Bueno. E aqui não há como escapar: toda essa práxis, que em boa hora enfrenta e afronta a banalidade e o metaludismo em que se converteu considerável parte de nossa poesia contemporânea, nos remete às matrizes seminais em que esplendem os nomes de Hölderlin, Novalis e Leopardi.

Por isso mesmo é que se vê, nos versos e entrelinhas de *Los tormentos miserables*, uma permanente oscilação entre o lírico e o trágico, vertentes por definição antagônicas entre si, mas que encontram, sobretudo em Leopardi, uma como que superação desse conflito ou, ao contrário, sua mais consumada cristalização. Não foi à toa, a propósito, que a ensaísta Helena Parente Cunha abordou a questão em *O lírico e o trágico em Leopardi* (1980), onde sustenta que a flutuação "de um extremo a outro, da ilusão à desilusão e vice-versa, que movimenta a estrutura dos *Canti*, se estende à alternância do trágico e do lírico". E essa alternância, tal como a vemos em Floriano Martins, nos leva a situar o conflito entre razão e sentimento sob o ângulo da abordagem a que se arriscou aquela ensaísta quando observa: "o sentimento cria a ilusão do espaço lírico, que a razão demole no tempo trágico da desilusão". E é por isso talvez que, já no próprio título do livro, Floriano Martins nos remete a "las seducciones del infierno en los instantes trágicos del amor de Barbus y Lozna". Entende-se assim por que, no fragmento XV, escreve o poeta:

De dónde viene el dolor? Nuestras acciones
están viciadas en tal orden de quejumbres
que la felicidad es una desesperación. Cada uno
habla de si mesmo, en nombre de su amor.

Como melhor se entende ainda quando, no fragmento seguinte, nos adverte:

> *Errante y Barbus, mi amor baja hasta el vacio, pero*
> *que es lo suyo en ese viaje redondo? Lo que fuimos*
> *ya no somos. Que es lo mío sino la nada, el ilusorio?*

Vê-se aqui que o amor se constrói e se destrói como naquela tríade hegeliana em que a maneira de ser do ser é deixar de ser o ser para vir a ser o nada, e a maneira de ser do nada é deixar de ser o nada para passar a ser o ser. Já não o dizia Heráclito de Éfeso sete séculos antes da era cristã? E não o diz agora Floriano Martins quando conclui que "lo que fuimos ya no somos"?

Não bastassem essas "seducciones del infierno", cumpre denunciar ainda que as entranham os "tormentos miserables del lenguaje", vale dizer: os tormentos da poesia. Pois o poema de Floriano Martins constrói e desconstrói também um discurso que se estrutura sob o signo da metalinguagem, como se vê em diversas de suas passagens. E tanto Barbus quanto Lozna são como que emblemas tangíveis desse conflito: "Hacia el principio caminan todas las muertes. Eres el infierno de las transfiguraciones, un abismo de huesos abierto em tu desnudez de cortafuegos. Tu nombre es Lozna." E logo adiante, no fragmento X: "*Lozna es una herida que no cicatriza:* son palavras con que el tiempo quiere desperdirse de nosotros. La lengua tocando la sal en su primero día de olvido, la oscuridad tomando el pulso de un alma sin regocijos." E apesar de toda essa desolação leopardiana, os amantes dançam enquanto o mundo esplende em desastres, "mientras el hombre no esperaba nada del hombre, mientras el asombro quedaba solo". Mas a decepção avassaladora do trágico volta a subjugar a efusão lírica, como o atestam os dois últimos versos, ainda de cunho metalingüístico, do fragmento XV:

La mismísima flor del mundo es siempre nada,
no hay pausa, solamente una palabra decepcionada.

Ainda assim, o poeta resiste às ameaças de esfacelamento da palavra, daquela mesma palavra de que nos fala T. S. Eliot no quinto movimento do primeiro de seus *Quatro quartetos*, quando escreve: "As palavras se distendem, / Estalam e muita vez se quebram, sob a carga, / Sob a tensão, tropeçam, escorregam, perecem, / Apodrecem com a imprecisão." Também Floriano Martins ergue sua voz contra o exílio que a desterra, tal qual se lê no fragmento XXII:

Hasta la humedad más profunda
del silencio buscaré la desterrada unidad del verbo,
bajo el limo de las asfixias, bajo la dimensión del exilio.

Dissemos no início que *Los tormentos miserables* é também um poema de abissal e dolorosa ascese. É que entre esses "tormentos miserables del lenguaje" e as "seducciones del infierno en los instantes trágicos del amor de Barbus y Lozna" interpõe-se, absoluta e inumerável, a presença da morte, que se insinua de fragmento em fragmento. Barbus e Lozna só poderão superá-la pela dinâmica da ascese, pois tudo em derredor sabe apenas a caducidade e a contingência terrenas. E não os socorre nenhuma crença religiosa, nem mesmo a nossa arraigada e tenaz fé cristã. Pelo menos é o que se conclui da leitura do fragmento XXV, onde sentencia o poeta:

No se resuelve la historia en su repertorio
de agonias. El Calvario no es centro de nada.

E adiante, no fragmento seguinte:

Me gustaría
aceptar tus versiones de la muerte, pero tus versos hablan
de un paraíso perdido que es un emblema del horror
que vivimos. No hay la podredumbre del cuerpo ni una
trayectoria de ángeles. Los que piensan en la vida
deben entender que el dolor es parte de la misma alegría,
que no hay una tumba de turno ni felicidad prometida
El centro del hombre es lo que hacemos de nosotros.

Ou seja, como o pretendia o sofista pré-socrático Protágoras de Abdera no século V a.C.: "O homem é a medida de todas as coisas: das que são, enquanto são; e das que não são, enquanto não são." Se de um lado é lírico o amor de Barbus e Lozna, de outro é também trágico, porque vive ao desamparo cósmico e sob o signo de uma luta que, aqui, sim, se confunde àquela agonia que Unamuno vislumbrou na resistência desse mundo cristão que, conquanto moribundo, não morre jamais. Barbus e Lozna vivem assim no limiar da morte, como também às portas da morte vive o poema inteiro. E a tal ponto é nessa condição que vive e fulgura o texto que o poeta será levado a perguntar, como o faz no fragmento XXXIV: "Es la poesía una forma posible de la vida o de la muerte?" O amor em ruínas de Barbus e Lozna, que não é "una sagrada revelación", mas apenas a "prueba del amor reconocida por Hölderlin", ilumina todavia toda a atormentada tessitura desse longo e pungente poema, um poema raro e quase solitário no panorama de nossa presente literatura, um poema em que o amor, para ser aceito e compreendido, desdenha das provas que o atestam. Ou como diz o próprio poeta:

No hay pruebas del amor; todo es risible en los argumentos.

1997

A essência da linguagem

Tem razão Nogueira Moutinho quando, nas orelhas desta *Rosácea*,[19] se refere com incontido entusiasmo à poesia de Orides Fontela. Já o tinha feito, aliás, Antônio Cândido ao escrever-lhe o prefácio para *Alba* (1983), o terceiro volume de versos da autora e que lhe valeu o Prêmio Jabuti. Quanto a este último livro, a primeira impressão que nos assalta é a de um misto de júbilo e de espanto. Júbilo, porque não é sempre (ou melhor, é muito raro) que uma autora nos concede a dádiva do milagre da poesia; espanto, porque — mais raro ainda — quase não se chega a entender como pôde Orides Fontela extrair tanto de tão pouco, como pôde dizer tudo o que nos diz a partir de estruturas e recursos formais tão sucintos e singelos.

Mas o segredo dessa altíssima poesia reside justamente aí, nessa linguagem de essencialidades, nesse discurso cuja limpidez dói até no próprio espírito, nessa dicção exata e cristalina na qual o *que* e o *como* da expressão poética convivem num diálogo de harmonia e organicidade absolutas. Não há em *Rosácea*, como tampouco em *Alba*, um único poema de que se possa dizer seja sequer mediano. É tudo de extraordinária al-

[19]Orides Fontela, *Rosácea*, São Paulo, Roswitha Kempf, 1986.

tura e dignidade literárias. E isso alegra. E desconcerta. Embora herdeira de umas tantas conquistas do ideário estético de nossos dias, como seriam as da fragmentação, do sentido mágico que o pós-simbolismo conferiu às palavras ou dos recursos retóricos da alusão e da elipse, a poesia de Orides Fontela se individua numa expressão insólita e inédita na medida em que a autora as utiliza apenas à sua maneira, a partir de uma sintaxe pessoalíssima que nada tem a ver com as de seus antecessores mais recentes ou ilustres.

Avessa ao barroquismo da metáfora e ao fluvialismo dos metros mais distensos, há nessa poesia um tácito e inexorável compromisso com o significado, o que a aproxima dos poetas que, entre nós, lograram alcançar aquele dificílimo nível do que Sérgio Buarque de Holanda qualificou de "ritmo semântico", como se vê em Manuel Bandeira e, mais do que neste, em Dante Milano. Pode-se assim dizer de Orides, como certa vez disse aquele ensaísta da poesia de Milano, que "seu pensamento é de fato sua forma", fenômeno raro não apenas em nossa poesia, mas também na que se escreveu ou se escreve em qualquer outra língua. Não se percebe nos poemas de *Rosácea* nenhuma intermediação entre o significado e o significante, nenhuma perda de tempo com palavras que não sejam estritamente as necessárias, nenhuma concessão a artifícios de qualquer espécie. Apenas plenitude e serenidade, êxtase de quem recolhe a emoção "in tranquility". Resta ao crítico, porém, fazer com que o leitor acredite no que foi dito. E eis o impasse: o espaço é exíguo, o exemplário infinito. Tomemos logo o primeiro poema, "Aurora". São apenas três versos singelos. E imensos. "Rosa, rosas. A primeira cor. / Rosas que os cavalos / esmagam." Toda a aurora está aí, da declinação de *rosa*, *rosae* à delicadíssima e difusa "primeira cor" que os cavalos liricamente "esmagam".

Veja-se em seguida a tensão dilemática criada em "Pirâmide", cujos versos nos sugerem a permanência do esforço coletivo e a caducidade ontológica do indivíduo: "Ei-la / dor de milhares força / da humanidade / anônima / (do faraó / nem cinzas.)." Ou a paródia às avessas do triunfalismo cesariano, como em "O anti-César", que não veio nem viu: "Não vim. / Não vi. / Não havia guerra alguma." E afinal alguma coisa desses nove exemplares sonetos finais. Por exemplo, aquele que nos diz que a ternura

> *nos alimenta em sua sombra. Torna-nos*
> *em sombras sem alento. E sofremos*
> *como pássaros frágeis: desprendidos*
> *do vôo pleno nos cristalizamos*
> *realizando a morte em que vivemos.*

E vivendo a poesia em que, cristalizados, nos realizamos.

1986

A poesia "do pouco"[20]

Não me parece gratuito que Antônio Carlos Secchin seja o autor do premiadíssimo *João Cabral: a poesia do menos*, o maior e o mais arguto estudo que já se escreveu entre nós sobre a obra do poeta de *Morte e vida severina*. Digo-o aqui porque também ele, Secchin, só poderia ser definido com um poeta "do menos" ou, melhor considerado, "do pouco", já que toda a sua obra poética não passa de três magros volumes, ainda assim expurgados. E o enigma consiste em deslindar por que assim o é. Ou por que o autor preferiu que o fosse. Poder-se-ia argüir que contribuem para tanto não apenas sua intensa atividade magisterial — convém não esquecer que, além de tudo o que já fez no âmbito universitário, Secchin é hoje o titular da cátedra de literatura brasileira da Faculdade de Letras da Universidade Federal do Rio de Janeiro —, mas também o tempo que o autor tem consagrado ao ensaísmo e à crítica literária, como bem o atesta sua última coletânea nessa árdua e delicada terra de ninguém, publicada em 1996 sob o título de *Poesia e desordem* e que tanto êxito alcançou junto aos leitores e à própria crítica especializada. Caberia ainda argumentar que, sendo ele essencialmente

[20]Conferência pronunciada no Centro Cultural São Paulo em 26 de maio de 1997.

um crítico de poesia, tal condição o inibisse para escrevê-la. É bem de ver que tais conjecturas têm lá o seu grão de verdade, pois o pleno e ininterrupto exercício de cada uma dessas atividades, às quais se acrescenta agora a espinhosa e multitudinária responsabilidade que lhe cabe como editor-geral da revista *Poesia Sempre*, da Biblioteca Nacional, decerto o levaria, como de fato o levou, à fímbria daquela exigência que se impunha Leonardo da Vinci: *ostinato rigor*. O rigor que ele próprio, Secchin, se impôs como crítico e poeta. E esse rigor, se não inibe, sem dúvida concorre para que o autor só publique o que julga digno de si e de sua pena. Mas esse, pelo menos para nós, continua a ser apenas um dos lados de uma questão que nos lembra aquele verso de Carlos Drummond de Andrade: "Das mil faces deste prisma / quantas há que não presumo."

Muito embora tudo o que acabamos de dizer concorra para uma poesia do pouco, parece-nos que o fio da meada principia no próprio comportamento do autor, que se oculta, de todo arredio às efêmeras glorietas literárias, sob o manto de uma quase paradoxal e extrema sociabilidade mundana, talvez decorrente, é bem verdade, de suas atividades no campo do ensino. É que, num dos poemas de seu segundo livro, *Elementos*, que absorve a poesia do primeiro, *Ária de estação*, "revisitada e diminuída" (comprove-se aqui aquela tendência ao menos e ao pouco a que já nos referimos), encontramos estes versos: "Na sonância do que vive, / minha fala é resistência, / e dizer é corroer o que se esquiva." Comportamento idêntico é o que se vê nas últimas linhas da estranha novela metapoética *Movimento*, publicada oito anos antes: "Coloco uma folha na máquina. Penso no que vou escrever. Por alguns segundos fico indeciso. É preciso contar. Meu corpo treme de frio, o papel parece aumentar seu limite em branco nas minhas mãos. Mas eu resisto." Resiste, claro está, como resistia Mallarmé quando escreveu o célebre verso: "Sur le vide papier que la blancheur défend." De tanto lidar com as palavras, Antônio Carlos Secchin passou a duvidar delas. Por isso mesmo, ainda em *Elementos*, refere-se à "língua iludida da linguagem", pois aquilo a que o poeta almeja é exatamente o que se situa "aquém do nome, / movendo a voz que se / publica enquanto cala". O que ele quer é a "matéria / plena, / e não a fala". É tanta a pudicícia do autor diante da sacralidade do verbo poético que chega a nos pedir: "me emudece para o jogo desse dia, / resgata em prosa o que eu perco em poesia". Sua metalinguagem está crivada de versos que comprovam à saciedade essa desconfiança quanto à eficácia das palavras, tema com que T. S. Eliot, aliás, conclui o último movimento do primeiro de seus *Four Quartets*. Sem incidirmos aqui em nenhuma estapafúrdia comparação, o que lemos em Secchin é, *mutatis mutandis*, quase o mesmo, sobretudo quando nos diz: "enquanto na garganta do meu canto / um sol solene me assassina". Ou quando, desolado, nos confessa:

O que faço, o que desmonto,
são imagens corroídas,
ruínas de linguagem,
vozes avaras e mentidas.

O que eu calo e que não digo
entrelaçam meu percurso.
Respiro o espaço
fraturado pela fala
e me deponho, inverso,
no subsolo do discurso.

É claro que, ao "purifier les mots de la tribu", qualquer poeta — e o próprio Mallarmé é o exemplo supremo dessa escassez no que toca ao volume da obra poética — tende não apenas à concisão de tudo o que escreve, mas até mesmo à redução daquilo que se entende como o *corpus* poético de sua produção. A rigor, o exemplário vem desde Leopardi, cujos *Canti* somam apenas 40 poemas. O conjunto de *Les fleurs du mal*, de Baudelaire, totaliza somente 167 poemas, e nele está toda a poesia que escreveu o autor, se aqui desprezarmos sua irrelevante *Juvenília*. E é pequena, também, a obra poética de Valéry, o mais ilustre dos discípulos de Mallarmé. Pequena, entre nós, é a obra fundamental de Dante Milano, que morreu aos 91 anos de idade e nos deixou uma exígua produção de 141 poemas. Esse Dante Milano que Drummond, ao fim da vida, considerava o maior dentre todos os poetas brasileiros. E se os cito aqui, é porque todos encarnam essa poética do pouco, que teria a coroá-la aquele juízo do poeta alemão Gottfried Benn, segundo quem o que de fato permanece para sempre de cada grande poeta não chega a oito ou dez poemas dignos desse nome. Não quero dizer com isso que esse reducionismo seja, necessariamente, sinônimo de qualidade estética: pode-se escrever pouco e, ainda assim, escrever mal. O que quero dizer é que, quando se trata de um grande e verdadeiro poeta, essa avarícia equivalerá, quase inevitavelmente, a um salutar exercício de concentração intelectual que tende a expurgar o que não presta. E é isso o que vemos desde o primeiro livro de Antônio Carlos Secchin, onde já se lê muita poesia que merece esse nome, sobretudo, por exemplo, no poema que dedica a João Cabral de Melo Neto e no que leva o título de "Onde este fardo molhava", cujos versos aparecem algo modificados (vale dizer: reduzidos) em *Elementos*. Não resisto aqui, muito a propósito, a transcrever os esplêndidos versos de sabor camoniano que abrem a terceira parte desse poema que nos recorda também certa ambiência que Jorge de Lima criou na *Invenção de Orfeu*:

E olhamos a ilha assinalada
pelo gosto de abril que o mar trazia
e galgamos nosso sono sobre a areia

num barco só de vento e maresia.
Depois, foi a terra. E na terra construída
Erguemos nosso tempo de água e de partida.

Sonoras gaivotas a domar luzes bravias
em nós recriam a matéria de seu canto,
e nessas asas se esparrama nossa glória,

de um amor anterior a todo estio,
de um amor anterior a toda história.

Dizem alguns que a poesia de Secchin paga tributo à sintaxe desértica de João Cabral. Por mais que essa dívida fosse algo previsível, já que o autor mergulhou mais fundo do que ninguém nas vísceras do verso cabralino, não vemos dela qualquer indício nos poemas de Secchin, que soube manter-se incólume ao jugo dessa influência, à qual, diga-se logo, sucumbiram incontáveis epígonos do autor de *Uma faca só lâmina*. É que não se deve confundir a poesia do menos com a poética do pouco, muito embora sejam ambas quase tangenciais. E mais: há que se entender que os processos verbais de João Cabral e Secchin são inteiramente distintos. A poesia do primeiro é essencialmente visual e guarda poucas relações com aquilo que poderíamos definir como a música da língua, com essa melopéia que nos vem desde Camões e Sá de Miranda e que entranha boa parte dos versos de Secchin, nos quais a todo instante aflora a chamada índole da língua, como o vemos, de forma cabal, na primeira estrofe do poema "Vou armar as margens dessas lendas":

Vou armar as margens dessas lendas
alugadas pela garra da alegria.
Sobre o cimo de uma voz zombada
Avisto o nada, e meu avesso me recria.

E surpreende até que assim o seja, pois quem freqüenta a poesia de João Cabral — ou, mais grave ainda, quem a estuda a fundo, como o fez Secchin —, conhece como ninguém seu fundo e insidioso poder de contaminação estilística. Conviver com essa poesia, sobretudo quando se é poeta, é como anular-se na fímbria de um sortilégio que se quer impor e imprimir seu estigma sobre tudo o que porventura medre ao seu redor. Penso que todos nós já corremos esse risco, e alguns foram por ele devorados. Estranhamente, Secchin não o foi. E talvez ele próprio nos deva uma explicação. De nossa parte, arriscamos aqui um paradoxo: talvez justamente por conviver à exaustão com a poesia de João Cabral é que o autor tenha se furtado ao seu fascínio.

Depois de *Ária de estação* e de *Elementos*, Secchin só volta à poesia publicada em 1988, e, ainda assim, de raspão. Ou *en passant*, como sugere o título de uma plaquete que lhe reúne apenas oito poemas: *Diga-se de passagem*. É bem de ver a preocupação metalingüística do autor, já que quatro desses oito poemas de algum modo a ilustram, conquanto em dois deles,

"Notícia do poeta" e "Remorso", predominem antes o humor e o sarcasmo antiparnasiano, como naquele segundo, onde se lê: "A poesia está morta. / Discretamente, Alberto de Oliveira volta ao local do crime." Interessa-nos mais de perto, entretanto, o primeiro poema do livro: "Biografia". É que sua primeira estrofe proclama uma poética que jamais poderia ser endossada pela *raison raisonante* que preside a poesia de João Cabral:

O poema vai nascendo
num passo que desafia:
numa hora eu já o levo,
outra vez ele me guia.

No processo cabralino, o que se percebe é a mão tenaz e dominadora do poeta, de modo que o poema jamais o guia, sendo antes por ele controlado e mesmo subjugado. É claro que sobre esse assunto de precedências caberia aqui toda uma discussão que essa breve exposição não comporta. O que quero deixar claro, mais uma vez, é que, embora haja analisado com rara acuidade a poética de João Cabral, é outra a matriz a partir da qual se articula o processo poético de Antônio Carlos Secchin, tal como o vemos, ainda em *Diga-se de passagem*, num belo poema veladamente metalingüístico que leva o título de "Cintilações do mal", cujas duas primeiras estrofes tomo aqui a liberdade de citar:

Cintilações do mal. Precipício de poemas,
travessia para um sol que vem de longe.
Minha sombra aparecendo na calçada
repentina feito a mão de um monge.

Enroladas nos panos da cama,
na malícia de serpente e lã,
dormem as mulheres que não tive
na delícia vermelha da maçã.

Vejam bem que, nesse caso, o tom seria antes bandeiriano do que cabralino. Ou mesmo eliotiano, se alguém se lembra daqueles "Preludes" que constam de *Prufrock and other Observations*. E isso atesta aquilo que costumo chamar de boa formação poética. Em outras palavras: quanto mais influências ou pontos de tangência, tanto melhor para a saúde de qualquer poeta.

Os poemas ainda inéditos de Secchin confirmam-lhe todas as anteriores virtudes, além de acrescentar-lhes outras. Assim, paralelamente ao domínio cabal da língua e da linguagem poética, assiste-se ao amadurecimento expressivo do autor, essa maturidade que não se deve apenas a uma conquista do espírito e da alma, mas também a uma refinada educação sentimental, como nos sugere o romance de Flaubert. Vê-se nesses poemas que o autor renuncia a qualquer efeito verbal ou pompa estilística, o que o leva àquela difícil e harmônica comunhão entre o *que* e o *como* da expressão poética. Não há neles nem sobras nem arestas: são apenas exatos, como exatas são a vida e a morte. Sua música weberiana já não mais recorre àqueles traiçoeiros e amiúde fáceis artifícios da paronomásia ou da aliteração. Percebe-se ainda que a poesia de Secchin se avizinha cada vez mais daquela concepção wordsworthiana segundo a qual o fenômeno poético poderia ser entendido como uma "emotion recollected in tranquility". É pelo menos isso o que comprovam estes soberbos "Dois sonetos da circunstância", cuja pompa é nenhuma e cuja poesia é absoluta. Assinale-se em ambos o misterioso estigma de um tempo que passou e deixou suas marcas, essas marcas que devem aqui ser compreendidas como uma "busca do tempo perdido" na qual o ser humano se redescobre porque alcança a dimensão estética do tempo, como no ápice do romance proustiano. Nesse sentido, é exemplar o primeiro quarteto do segundo soneto:

O menino se admira no retrato
e vê-se velho ao ver-se novo na moldura.
É que o tempo, com seu fio mais delgado,
no rosto em branco já bordou sua nervura.

Há também nesses poemas uma vertente a que Secchin jamais renunciou: a do humor. Se é verdade que ela aflora mais intensamente em seus ensaios críticos, nem por isso podemos desconsiderar sua existência desde os primeiros textos poéticos do autor. Essa "rebelião do espírito contra a miséria da nossa condição", como escreveu certa vez Aníbal Machado a propósito do humor, faz-se visível em dois dos últimos poemas do autor: aquele em que Secchin explora um breve episódio das peregrinações amorosas azevedianas, quando o grande poeta romântico cumpre certa visita no Catumbi; e um outro em que confessa não poder dar-se "em espetáculo", pois "a platéia toda fugiria / antes mesmo do segundo ato". Não bastasse essa fuga, teria ele ainda contra si um crítico que, "maldizendo a sua sina, / rosnaria feroz / contra minha verve / sibilina". Mas é antes fina do que sibilina a verve com que o autor relata a tal visita naquele primeiro poema:

No Catumbi, montado a cavalo
lá vai o antigo poeta

visitar o namorado.
Não leva flores, que rapazes
nem sempre gostam de tais mimos.
Leva canções de amor e medo.
Cachoeiras de metáforas,
oceanos de anáforas, virgens a quilo.
Ao sair, deixa de lembrança
ao sono cego do parceiro
dois poemas, um cachimbo e um estilo.

Sim, um estilo: eis aqui uma das chaves, se não a principal, para que possamos entender não apenas a poesia, mas também a prosa e o ensaísmo de Antônio Carlos Secchin. Esse estilo austero e de poucas palavras, não obstante a tal da verve sibilina, que ele cultiva em sua linguagem poética e que não se pode dissociar daquele que o autor esgrima em seus textos ensaísticos, nos quais, como sublinha Antônio Houaiss, "há um lastro preciso de elegâncias (na linguagem, nas imagens, no encaminhamento das idéias, no respeito ao leitor, no pudor para com seus criticados)". Esse estilo, remata ainda Sérgio Paulo Rouanet, que "mantém uma misteriosa afinidade" com a "matéria poética que trabalha". Refiro-me aqui a tais circunstâncias porque é amiúde importante, para compreendermos a poesia de certos autores, que lhe examinemos mais de perto a prosa crítico-doutrinária que nos legaram. É isso, por exemplo, o que acontece com Horácio, Boileau, Coleridge, Baudelaire, Valéry, Eliot e tantos outros, cuja crítica literária tem a iluminá-la a condição de poetas que sempre foram. Como poucos, Secchin atende, enquanto crítico, àquela célebre exigência baudelairiana: "Sois toujours poète, même en prose." E mais crucial ainda do que todas essas ponderações que faço aqui para lhe compreender melhor o estilo poético seja talvez esmiuçar-lhe o próprio pensamento doutrinário a respeito do assunto, ou seja, o que ele entende por poesia. No ensaio "Poesia e desordem", que abre sua última coletânea de escritos sobre poesia e alguma prosa, nos diz ele que "a poesia não pretende ser o espelho do caos, hipótese em que, ausente qualquer padrão de reconhecimento, tudo, isto é, nada, seria poético". É ainda neste ensaio que o autor nos esclarece quanto à sua própria concepção do fenômeno poético quando escreve que "a poesia representa a fulguração da desordem, o 'mau caminho' do bom senso, o sangramento inestancável do corpo da linguagem, não prometendo nada além de rituais para Deus nenhum". Ou seja, o ato poético, como ele próprio o entende, seria uma espécie de "desordem sob controle". E nos sugere que, nessa perspectiva, "a poesia poderia ser também encarada como uma espécie de grande metáfora da língua, um discurso que, simulando ser à imagem do outro, já que dele utiliza as palavras e a sintaxe, acaba produzindo objetos que desregulam o modo operacional e previsível da matriz". E como que para firmar sua postura exegética, diz ao fim do segundo ensaio do volume: "Por isso, desconfio da crítica que escamoteia, por pudor epistemológico, sua condição de navegante à deriva do texto, na busca infatigável da invenção do sentido."

Temos aqui, efetivamente, o que Secchin é, ou, na pior das hipóteses, o que sua atitude nos leva a crer que seja: um poeta de poetas e um crítico de poetas. E não apenas sua poesia mas também sua prosa o atestam. E há nessa mesma poesia um dado que talvez a explique melhor. Refiro-me aqui a uma breve e concisa inscrição a partir da qual se articula sua meditação pré-socrática sobre aqueles quatro elementos que serviram de base à especulação filosófica dos primeiros pensadores gregos. Diz essa inscrição:

O real é miragem consentida,
engrenagem da voragem,
língua iludida da linguagem
contra a sombra que não peço.
O real é meu excesso.

É graças a essa inscrição, verdadeira declaração de princípios poéticos, que se pode começar a entender o pensamento do autor, sempre avesso à evanescência da música simbolista ou às fantasmagorias da ilusão romântica. Sua preocupação é antes com a palavra concreta, e não com o vazio de um "signo precário". Em certa medida, Secchin reage contra aquele esforço no sentido de dizer o indizível que caracteriza quase toda a poesia rilkiana. E não creio aqui que assim o seja apenas por influência da dura e áspera sintaxe cabralina, mas por algo que nele, Secchin, preexistia, quer como crença estética, quer mesmo como desígnio poético, ao seu monumental estudo sobre João Cabral de Melo Neto. É que supomos que essa aproximação com a poesia do autor da *Pedra do sono* resultaria antes de uma goethiana afinidade eletiva. A mesma, por exemplo, que levou Baudelaire a difundir na França o *Poetic Principle* de Edgar Poe e a traduzir-lhe para o francês quase toda a obra ficcional. E no que toca a essa obsessão secchiniana pela visibilidade concreta do signo poético ou à sua desconfiança com relação a tudo o que não seja emocionalmente tangível, se aqui não me derem ouvidos, não os façam moucos para o que diz o próprio autor no primeiro poema de seus *Elementos*:

Palavra,
nave da navalha,
gume da gaiola,
ave do visível,
invente em mim
o avesso do neutro
— o não-assinalado,
o lado além
do outro lado.

O bom combate

A primeira e mais intensa pulsação que percorre os versos de *Antevéspera do anjo*, de Márcio Tavares d'Amaral,[21] é a de sua intrínseca e funda religiosidade, vertente esta, aliás, quase extinta na poesia que hoje se escreve entre nós. Bastaria isso, inclusive, para singularizar o livro nos tempos que correm. Mas claro está que ele não se esgota nesse veio solitário. Há aqui, também, um amplo espectro de outros elementos a serem considerados, a começar pela linguagem, cuja austeridade e autêntica emoção poética distinguem o autor dessa poesia experimental ou quase anêmica que continua a confundir boa parte dos leitores. Embora difícil e às vezes hermética, a poesia de *Antevéspera do anjo* nos remete sempre ao coração, mas não àquele coração que apenas pulsa ou sente, e sim àquele outro que, como pretendia Proust, constitui a "suprema dimensão da inteligência". É isso o que se observa, aliás, nas três exemplares elegias que compõem a primeira seção da obra. Nelas haverá o leitor de perceber que algo de misterioso e esplêndido se avoluma e se aproxima, mas sem dizer seu nome, sem que se saiba ao certo do que se trata e como poderá ser compreendi-

[21]Prefácio a *Antevéspera do anjo*, de Márcio Tavares d'Amaral, São Paulo, Massao Ohno, 1995.

do. Somente através do abandono, leitor, é que irás intuir a luz que aflora destes versos:

Mas dá-lhe a mão. Chegue o teu amor
à origem do seu florescimento. Vês? É uma menina.
Tem nomes de que já não suspeitavas
e quer ensinar-te a falar.

É o abandono que te pede. Vai com ela.

Há nessas primeiras composições — como de resto em todos os poemas do livro — um acento elegíaco, também muito raro em nossa poesia atual, que, por sua densa e pungente meditação filosófico-religiosa, nos remete à poesia de São João da Cruz, Hölderlin, Novalis, Rilke e Eliot. Não se trata aqui, é óbvio, de nenhuma descabelada comparação, mas de parentesco espiritual, de genealogia poética. O anjo contra o qual luta o poeta não deve ser confundido com o terrível anjo rilkiano ou o "demônio das escadas" a que alude Eliot numa das seções de *Ash-Wednesday*. Ele é apenas uma como que transfiguração da mitologia cristã, terrível à sua maneira, mas não uma réplica daquele a que se refere Rilke na primeira de suas *Elegias de Duíno*. E sobre esse anjo diz o autor:

Porque ele, que conhece a palavra inominável,
o próprio e indizível nome de Deus,
não conhece os nomes das coisas e das gentes
os que aliciam e envolvem, as palavras amorosas.

Mas eu sei.

O anjo de Márcio Tavares d'Amaral é como um símbolo da luta em que nos empenhamos contra a contingência e a caducidade de nossa própria condição humana. A ele compete apenas o eterno; a nós, a fugacidade do tempo. Nada ele entende do que é terrestre e perecível. Mas não cabe sucumbir à sua magnificência. É por isso que aconselha o poeta:

Não se ajoelhe, não peça misericórdia.
É do que ele precisa, o poderoso. Antes,
Abra bem os olhos, olhe bem,
Cuspa no chão, com raiva.

De um ponto de vista alegórico, *Antevéspera do anjo* consubstancia a aventura cósmica e ontológica do ser que busca a compreensão derradeira do sentido da vida e de si próprio. Não poderia assim o autor compactuar com uma linguagem que privilegiasse o ludismo, o efeito, a filigrama ou os *feux-d'artifice* verbais. Sua expressão é, muito a propósito, quase sempre abafada, grave, não raro solene, entrecortada de silêncios e reticências. E o tom, invariavelmente baixo, confessional. Enfim, tudo se expressa aqui de forma condizente com o que se pretende transmitir, realizando assim aquela difícil adequação entre o *que* e o *como* da expressão poética. É isso o que se vê ao longo de todo o livro, em alguns poemas mais do que em outros, como seria o caso daquele que talvez seja o mais exemplar da coletânea e em cuja primeira estrofe se lê:

Jogos de vida e morte, lenta dança,
força da vida lentamente aberta
sobre os corpos silenciosos, na deserta
solidão que a verdade espanta.

À sua maneira, Márcio Tavares d'Amaral enfrentou com destemor aquela escarpada "subida del Monte Carmelo" e, como São João da Cruz, banhou-se na luz da "noche oscura del espíritu".

1995

"In my end is my beginning"[22]

Concebida e escrita sob o signo de um pensamento que se emociona, como bem o caracterizaram Fernando Pessoa e T. S. Eliot — aquele ao examinar a obra de Antero de Quental, este ao resgatar a *metaphysical poetry* de John Donne —, a poesia de Ayrton Pereira da Silva o situa entre os poucos que absorveram aquela difícil, conquanto inefável, lição de Wordsworth quando nos ensina que o poema é, em última instância, a expressão cabal de uma "emotion recollected in tranquility". É essa, pelo menos, a funda impressão que nos causa a leitura de cada um dos poemas, alguns deles modelares, que constituem o mosaico de *Umbrais.* E o que mais surpreende nesses versos reside talvez no fato de que, para recolher em tranqüilidade aquela emoção que a si mesma se pensa, não se ocupa o poeta senão da anônima e dispersa miudeza que lhe oferece o cotidiano. O que vale dizer: como Manuel Bandeira, o mais "humilde" dentre todos os nossos grandes poetas, Ayrton Pereira da Silva faz da simplicidade não apenas a sua tônica verbal, mas também um desiderato poético. Avessa ao transbordamento expressivo ou às metáforas e imagens de efei-

[22]Prefácio a *Umbrais*, de Ayrton Pereira da Silva, Rio de Janeiro, Sette Letras, 1997.

to, sua poesia quase se esconde, lembrando-nos assim aquele aforismo de Heráclito de Éfeso que tão aguda e longamente Heidegger comentou: "A natureza ama ocultar-se." Por isso mesmo, muito a propósito, é que nos dirá o autor, no belo poema "Um cemitério em Praga", que ali o aguarda um lacônico jazigo vazio, "onde a erva daninha na indisciplina grassa,/ abraçando as ossadas/ sob o olhar dos pássaros". E por isso, também, haverá de perguntar ao final do poema:

Que mais, me digas,
Pode querer alguém depois de morto:
Uma revoada de anjos
Um canto gregoriano
Um duvidoso pranto?

Poder-se-ia dizer até que essa "humildade", a rigor a mesma que o ensaísta Davi Arrigucci encontra na poesia de Bandeira, entranha todos os poemas de *Umbrais,* pois já no primeiro deles, "Fixando a essência dessas tardes", o autor se identifica, em linguagem humílima, com "o que subia a passo essas ladeiras",

Onde ecoavam sons do dia-a-dia
fragmentos às vezes de sonata
pedaços de frase pelo rádio
me acompanhando no caminho estreito,
como uma sombra um cão ou um defeito.

É quase impossível imaginar-se humildade maior em alguém que se faz acompanhar de uma "sombra", um "cão" ou um "defeito". E é nessa "humildade" que reside o segredo mais secreto do pensamento que se emociona e, ao emocionar-se, filosofa, como se lê no esplêndido poema "Teorema", cuja última estrofe nos remete à urdidura conceitual de Calderón de la Barca quando escreveu, quase quatrocentos anos atrás, *La vida es sueño*, a mais profunda peça filosófica do teatro espanhol:

Suponhamos, amada,
que só passamos a vida nos amando
como se tal fosse possível entre os mortais.
Suponhamos que a vida não é fato
mas apenas aquilo que sonhamos.
Suponhamos que nossa vida é sonho
e já por sê-lo é tão-somente vida
e não a vida que ambos sonhamos.

E não se veja nessa vertente onírica nenhuma fuga da realidade, nenhum surrealístico escapismo do mundo em que vivemos, pois, como nos diz o próprio poeta em "Ouve o tempo que passa", só nos compete entender-nos como seres

cientes enfim de que somos
criaturas do tempo
e nossos sonhos
não vão além de nós como pensamos.

E o mais curioso na poesia de Ayrton Pereira da Silva é que esse sonho que jamais nos ultrapassa constitui exatamente uma como que via de acesso ao lirismo cósmico que inerva muito de seus versos, como, entre outros, todos os dos três "Trípticos", os da admirável "Marinha", os da longa e grave "Elegia", os de "Quinta-feira" ou, enfim e ao cabo, os do crucial poema "Vocês":

Sei que é difícil imaginar castelos
onde não os há sob o luar
e antever de longe um fogo-fátuo
desses que brilham intensamente sem brilhar.
Esses mistérios são os dons cativos
dos que nasceram e viveram à beira-mar
entre golfinhos anêmonas sereias
afogando-se na secura das areias
até a voz faltar.

É bem de ver, ademais, que a linguagem poética do autor não abriga nenhum vestígio de arabesco ou artifício, nenhum efeito "literário" ou sequer estilístico. É que essa poesia não foi escrita para os olhos, e sim para o coração, mas aqui naquele sentido em que Proust o define, como "la suprême dimension de l'intelligence". É que essa poesia, essencial em cada uma das suas sílabas, é toda substantiva. E se assim o é, entenda-se que não poderia sê-lo de outra forma, pois, caso contrário, dispensaria aquela sábia comunhão entre o *que* e o *como* da expressão verbal, que outra coisa não é senão o mágico e indissolúvel consórcio entre forma e fundo. Com sê-lo, a linguagem poética de Ayrton Pereira da Silva roga pelo silêncio e por aquela coleridgiana *understanding* que, antes intuição do que razão, não pode ser confundida com a lógica da *reason*. De modo que não se busque em *Umbrais* nenhum desses contumazes e ardilosos *feux-d'artifice* verbais em que se comprazem e se perdem incontáveis de nossos poetas. Chega mesmo a estranhar que um poeta que nos roga esse silêncio como condição para ser entendido haja escrito o poema (aliás excelente) que leva o título de "Algaravia". Mas é que aqui se antepõe o aristocrático ruído da literatura à grossa algaravia dos esgotos, desse feio que Baudelaire tornou belo para fundar a poesia moderna, pois, como escreve o próprio autor, são-lhe antes preferíveis

> *As vozes dos lacraus*
> *e a melodia*
> *das fezes liquefeitas na urina,*

as quais, num derradeiro momento, lhe recordariam

> *Por licença poética as fontes*
> *de Versailles sob os dutos das latrinas*

Homem do mar, marinheiro e marinista, Ayrton Pereira da Silva não escapa ao jugo de uma certa contaminação oceânica. E o mais correto seria dizer que o poeta antes a celebra como parcela integrante de seu próprio organismo. Ou, mais grave ainda, de seu próprio caráter. É o que se vê, por exemplo, no "Tríptico (I)", em "Vocês", "Metalinguagem", "Quinta-feira", "Intransitável" e, acima de tudo, nos nove fragmentos que compõem sua longa e solene "Marinha", onde nos diz o autor que esse mar imenso

> *é o mar de Homero*
> *e do meu tempo*
> *porque os dois não acabam*
> *o mar e o tempo.*

E adiante:

um mar urbano
exposto ao olhar profano dessas gentes
que desconhecem trirremes e tridentes
e só por isso não temem sua fúria
quando os tritões assopram as grossas nuvens
desatando os nós dos ventos e das chuvas.

Um mar, enfim, que desde sempre existiu e ainda sobrevive, na reminiscência talvez mediterrânea e decerto eliotiana, graças a um "cemitério naval",

Para mostrar a todos que como Flebas
um dia essas carcaças foram belas.

É também ancorado nas águas, mas já agora fluviais, que o poeta esgrima sua sugestiva metalinguagem, visível pelo menos em duas das passagens de "Intransitável":

Pescam-se sílabas ao invés de peixes
nesse rio de pedras que é o texto.

E logo depois:

É imprescindível preparar as redes
para a colheita estéril das linguagens
que se ocultam sob o claro texto.

E seria ainda metalingüístico, bem como algo "marinho", o poema em que o autor nos evoca o ostinato rigor da lírica de Marianne Moore:

... lá onde a poesia pousava no seu ombro esquerdo
e ali ficava esperando a hora
em que a senhora lhe dava
o dom de se expressar pelas palavras.

Há algo de antigo e, por conseguinte, a um tempo de eterno e de moderno na poesia de Ayrton Pereira da Silva, o que poderá ser apreendido se nos dispusermos a lê-la nas entrelinhas do intertexto que amiúde a sustenta. Há aí também qualquer coisa de melancólico e mesmo pessimista, o que nos levaria a considerá-la como herdeira de certas vertentes do romantismo, desse romantismo que ainda pulsa em certos modernos e pós-modernos. Quase todos os seus poemas o atestam, mas, por sua singularidade, uma singularidade que nos remete ao clima de santidade encantatória daquela "menina morta" de Cornélio Pena, ficaremos aqui com apenas um deles, "As meninas", que transcrevo na íntegra para que o leitor perceba como o tempo e a memória perduram, ou antes fluem numa *durée* que se diria bergsoniana, na poesia do autor:

Acho que ainda estão lá
as meninas
perdidas naquela imensidão
olhando com as íris vazias
os dias
que como moscas vêm e vão
as meninas
eternas infantas
de fitas e tranças
contemplam o tempo
que a pêndula reteve

na redoma
e já não voa
borboleta
ancorada no céu de uma bandeja.

Dissemos há pouco que, por ser "antiga", a lírica de Ayrton Pereira da Silva é irremediavelmente moderna naquele sentido em que o entenderam poetas como Eliot e Baudelaire. Por isso é que já sublinhamos aqui a vívida pulsação da trama intertextual e epigráfica que nela subjaz. É o que se vê, por exemplo, num poema apical de *Umbrais*: "Alteridade". Nele, mesmo sem as ondas do mar, o poeta navega com Yeats a bordo de "Sailing to Byzantium", ainda que seu destino seja Roma e Atenas, quando escreve que pouco importam ele e o outro, senão o "anonimato" do ser humano que contempla apenas a "sucessão dos fatos"

com o mesmo olhar que viu talvez
ou nem sequer verá
as ruínas de Roma ou de Atenas.

Cumpre aqui saudar em Ayrton Pereira da Silva um poeta que reaparece (sua estréia em livro data de 1982) pronto porque consagrou toda a sua vida aos aprontos que lhe permitiram apresentar-se dessa forma: duro, maduro, despojado de quaisquer plumas e destituído de toda aquela aura em que se dissolve a efêmera glorieta dos falsos poetas. Enfim, um *uomo qualunque*. Tudo em *Umbrais* se reduz ao osso da expressão e à sua transfiguração numa poesia que nos comove do princípio ao fim, como seria o caso destes versos derradeiros que extraio ao poema "The end":

Tudo ocorreu tão rápido...
É o salão que acende.
São as figuras que apagam.
Enfim no fim nem um the end
(Não era assim que os filmes terminavam?)

Não obstante, como o disse Eliot no final de *East Coker*, o segundo de seus *Four Quartets*, diríamos também a propósito deste poeta que somente agora retorna: "In my end is my beginning."

1997

Aura: *raro ouro*[23]

Como poucas — ou talvez nenhuma — das que se escrevem hoje entre nós, a lírica de Renato Rezende nos remete a uma questão de que pouco se ocupam não apenas nossos poetas, mas também boa parte da crítica literária brasileira. Aludo aqui, especificamente, ao tópico da idéia poética enquanto tal, dessa *avis rara* do pensamento puro (a julgar-se que de fato haja algum) cuja plumagem voltei a entrever quando traduzi para o português a poesia completa de Dylan Thomas. Mais exatamente na última estrofe do poema "Se brilhassem os faróis", incluído em *Vinte e cinco poemas*, lá estava ela, a pura idéia poética, esguia e solitária, graças à qual o autor nos sugeria que, embora finda, a infância jamais se finda: "A bola que lancei quando brincava no parque / Ainda não tocou o chão." O culto à idéia poética, aliás, constitui, ao lado da música verbal — não precisamente a "música de idéias" que ouvimos na poesia de T. S. Eliot —, uma das chaves que abrem à nossa compreensão não apenas a essência da lírica de língua inglesa, com todo o seu cortejo de polissemias e ambigüidades, mas também as razões além da razão que a tornaram talvez a mais poderosa e

[23]Prefácio a *Aura*, de Renato Rezende, Rio de Janeiro, 2AB, 1997.

aliciante poesia que já se escreveu em qualquer idioma. O substrato e a breve estrutura dos poemas de Renato Rezende (diz-nos ele, a propósito, que só lhe interessa a essência ou aquilo que se reduza a "cápsulas de amor preservadas em poemas") não guardam qualquer relação de parentesco com a poesia obscura, sacramental e, em certo sentido, "metafísica" de Dylan Thomas, aqui evocado apenas para que se compreenda que, no tocante ao gosto daquela idéia poética, ambos de algum modo se tangenciam. Nos poemas de *Aura*, entretanto, o que predomina é justamente o avesso do hermetismo metafórico dylaniano, pois há neles algo de claro, de elegante e de conciso que jamais vislumbramos na espessa floração barroca que inerva a linguagem do poeta galês.

O poema que abre a segunda parte de *Aura* e leva o título de "A perna", por exemplo, dá bem uma idéia de como se cristaliza essa idéia poética na linguagem de Renato Rezende. O texto nos fala de uma mendiga que vive perto da casa do poeta e tem uma perna amputada. Já na primeira estrofe, confessa-nos o autor que lhe assalta o desejo de beijar "a perna que falta" ou acariciar "aquele pedaço de nada", admitindo ao fim do poema que lhe deu vontade de

Entrar em seu corpo e ser ela,
ser a perna que falta.
Ser a falta da perna dela.

Em outras palavras — e aqui estaria o cerne antinômico dessa idéia poética —, o autor deseja apenas o que já *não é* no *ser* da mendiga, o que a rigor lhe falta à atualidade ôntica. E daí escrever, nos dois últimos versos, que teve "Vontade de amar / e ser nada". Poder-se-ia nesse passo, muito a propósito, recordar aquela premissa da dialética hegeliana que tanto aturdiu o pensamento ocidental (já o aturdia, é bem de ver, desde os tempos de Heráclito): "A maneira de ser do ser é deixar de ser o ser para passar a ser o nada." É esse o trânsito antitético que aflora nos dois versos citados. Já não se trata aqui daquela drummondiana "falta que ama", mas de alguém que ama a própria falta. Outro exemplo da utilização da idéia poética é o poema que leva o título de "O elo perdido", muito embora suas conotações não mantenham nenhuma genealogia com o anterior. O poeta nos informa que soube, pelo *National Geographic*, que na Etiópia ingleses e nativos "descobriram ainda mais antigos restos de hominídios / que os famosos vestígios de Lucy". E conclui:

Dentes
e ossos de um indivíduo, que certamente
não se considerava indivíduo, mas vagamente
sentia-se parte indivisível de um todo.
Talvez esse sentimento seja o elo perdido.

A poesia de Renato Rezende deve muito de sua louçania e humor ao uso pessoalíssimo que faz o autor da idéia poética. É ela, por exemplo, que lhe nutre o capsularismo quase aforismático das vinhetas que constituem a primeira parte de *Aura*. Atestam-no à saciedade poemas como "Mulher", "Sobre o mar", "O anjo na calçada", "A boca", "Vislumbre", "Cupido", "O outro", "Piazza San Marco" (em cuja primeira estrofe o poeta encadeia com sabedoria três rimas toantes: "H*om*ens", "p*om*bas", "gô*n*dolas") e esta breve e concisa jóia que atende por "Ao redor do fogo":

O fogo consome
a madeira
na lareira ardente.
Enquanto um outro fogo
chamado tempo
nos consome
— mais lentamente.

Há em todos esses poemas uma transparência conceitual e uma limpeza de fatura que se diriam modelares, longe da turbulência fenomênica dos sentidos, desse transbordamento emocional e discursivo que tanto deitou a perder a nossa poesia desde o romantismo. E entenda-se aqui que a linguagem poética de Renato Rezende esquiva-se a toda forma de arroubo para alçar-se aos píncaros da pura reflexão sobre a realidade. Daí sua concisão, sua elegância, seu humor, sua *wit* e seu rotundo não à eloqüência verbal. Perceba-se, a propósito, o fino comentário a certa crise de identidade em que consiste o poema "O outro":

Por um segundo, nos olhos do outro
vejo o reflexo do meu próprio susto,
e o espelho do meu verdadeiro rosto.

Ou a exasperante delicadeza de "O anjo na calçada":

Douradas, rosas, azuis
na calçada
duas pétalas de flor
como asas,

borboleta
crucificada.

Ou, ainda, a fluida — e a um tempo corpórea — queda deste "Cupido":

Quando te vi
deixei cair minhas asas.

Caí como uma pluma
de pedra.

Flecha

presa na carne.

Ou, enfim e ao cabo, a singeleza desnuda desta "Mulher" que se beija a si própria:

A mulher, nua
diante do espelho.

Eis, no meio da vida,
o prazer verdadeiro.

Em círculo beija
a própria ferida,
o próprio seio.

E desnuda é também toda essa linguagem escassa de imagens e metáforas grandiloqüentes, de elipses barrocas ou qualquer outro artifício que nos faculte o abuso do estilo. Ele aqui é seco, exato, quase ósseo, fiel, aliás, àquilo que se propõe o autor desde o esfíngico sentido da epígrafe tomada a John Donne — "Twice or thrice had I loved thee, / Before I knew thy face or name" —, ou seja, àquela ambigüidade sêmica em que se resolve e a que se reduz toda a autêntica e alta poesia. O jogo supremo do *homo ludens*. O que se emociona em Renato Rezende não são os sentidos, mas o espírito. E talvez a alma. Daí essa rarefação expressiva, essa palavra que não se afasta da inteligência por saber que, se o fizer, correrá o risco de ser abatida por aquilo que Eliot chamou, em *East Coker*, de "indisciplinadas esquadrilhas da emoção". E há ainda que considerar, no tocante àquela epígrafe, o que nos ensina esse mesmo Eliot sobre aquele mesmo Donne no memorável ensaio "Os poetas metafísicos", onde se lê: "Para Donne, o pensamento era uma experiência; ele modificou a sua sensibilidade." Quem o compreender estará mais próximo do caráter reflexivo e antitético que permeia toda a poesia de Renato Rezende.

Os poemas reunidos em *Aura*, esse raro ouro que o autor garimpou entre 1988 e 1996, foram escritos em Salamanca, Cambridge, Boston, Nova York, Virgínia, Nova Jersey, Roma, Turim, Veneza e Bombaim. Pertenciam ao mundo. Mas o poeta acaba de regressar ao nosso convívio. Menos mal: eles agora nos pertencem.

1997

O intertextualismo das Visitações

A poetisa portuguesa Leonor de Almeida e Lencastre, a marquesa de Alorna, nasceu em Lisboa em 1750 e aí faleceu em 1839. Até os dezoito anos viveu no convento de Chelas por determinação do marquês de Pombal, enquanto seu pai cumpria pena por haver participado de um atentado contra o rei em 1759. Na clausura, D. Leonor dedicou-se ao estudo das ciências naturais, da filosofia, da literatura, do latim e do francês, sob a orientação do padre Francisco Manuel do Nascimento (Filinto Elísio). Seu casamento com um oficial austríaco, o conde de Oyenhausen, aproximou-a de algumas das personalidades literárias da época, entre as quais Mme. de Staël e Metastasio. Após viver por vários anos em Viena e Londres, em 1814 retornou a Lisboa, reunindo em seu círculo de amizades um punhado de intelectuais e políticos de diversas gerações. A marquesa de Alorna, que sempre se assinou com o pseudônimo de Alcipe, deixou seis volumes de *Obras poéticas* (1844) em que são flagrantes as influências advindas de suas leituras filosóficas. Sabe-se que seu papel nas letras portuguesas é antes histórico do que propriamente literário, mas tal circunstância não impediu que Ivo Barroso, ocupante de uma das alas do Palácio da Fronteira entre 1977 e 1982, se debruçasse sobre os textos da marquesa para escrever estas *Visitações de Alcipe*.[24]

Esse breve perfil da marquesa de Alorna nos parece indispensável na medida em que, sem ele, o leitor brasileiro jamais poderia entender as razões que levaram aquele poeta brasileiro a mergulhar nas brumas de um tempo que já dista de nós quase um século e meio. Ao regressar às sombras do Palácio da Fronteira e ao sopro de vida que um dia percorreu suas salas e corredores, Ivo Barroso tenta conciliar, como ele mesmo diz, "os recursos da poesia clássica, hoje considerados peremptos, tais como a narração, a descrição, a eloqüência, e o instrumental da poesia moderna, igualmente tido por esgotado, diante do impasse formal a que esta chegou". Busca assim o poeta fazer aflorar da trama arcaica ou arcádica da poesia antiga um segundo ou concomitante tratamento estilístico em termos atuais. Daí o subtítulo "Quatro tocatas para clavicórdio e sintetizador" que apôs ao seu poema. Ao regressar no tempo para criar o clima necessário ao desenvolvimento de um texto poético que se pretendia longo, contrariando de início a pulsação taquicárdica da poesia moderna, Ivo Barroso viu-se na contingência de recorrer a uma das práticas mais freqüentes e rentáveis entre os poetas contemporâneos: a do intertextualismo. É assim que, ao longo das quatro visitações em que se desdobra o poema, vamos encontrar alusões a Ronsard, Shakespeare, Goethe, Valéry, Rilke, Edgar Poe, Rimbaud, Proust, Olavo Bilac, Luís Guimarães, Gabriel Pereira, Alcipe, Camões e Pessoa. Fiel à técnica do palimpsesto, o poeta escreve o *seu* texto por cima daqueles que escreveram seus antecessores, levando o leitor a deixar-se flutuar na correnteza de um tempo cujos limites lhe

---

[24]Ivo Barroso, *Visitações de Alcipe*, Lisboa, Fundação das Casas de Fronteira e Alorna, 1992.

estavam interditos. Tal proposta, aliás, já figura no "Exórdio" das *Visitações de Alcipe*:

> *Aqui sob este teto onde algum dia*
> *o peito vos sangrou, mas onde o riso*
> *também vos alvejou a boca,*
> *evoco a vossa imagem como alguém*
> *que desejasse celebrar um rito:*
>
> *ao mesmo tempo um desafio à sombra*
> *que vos envolve e a crença que permite*
> *imaginar transpormos o limite.*

Como todo poema longo, *Visitações de Alcipe* tem momentos de maior e menor intensidade, embora não caiba fazer quaisquer restrições à sua técnica e dignidade literárias, que são altíssimas, como se pode atestar a partir desta "Sarabanda", cujos últimos versos aqui transcrevo:

> *dos cestos surgem frascos:*
> *rompido o rubro lacre,*
> *sente-se esse gosto acre*
> *dos pêssegos e damascos;*
> *sorvidos os refrescos,*
> *atira-se a garrafa*
> *na água que, diáfana*
> *à borda da varanda,*
> *forma uma guirlanda*
> *de arabescos.*

1992

Quase em surdina

Tem razão Sebastião Uchoa Leite quando escreve, no prefácio a *Feixe de lontras*, livro de estréia da poetisa Ângela de Campos,[25] que a autora se inicia "com passos seguros de quem procura um caminho próprio". Esse caminho próprio não reside tanto no domínio que revela a poetisa quanto aos meios de expressão de que se vale, como tampouco na música em surdina que sussurra em seus versos, já que Ângela de Campos, como ocorre amiúde na natureza, é muito mais de esconder-se do que se dar a ver. Trata-se, pois, de uma poesia sem alarido, parca de metáforas ou imagens que arrebatem o leitor. Assim, aquele caminho próprio a que alude Uchoa Leite se enraíza, segundo entendemos, no capsularismo aforismático que inerva aquilo que chamaríamos aqui não propriamente de poemas no sentido tradicional do termo, mas antes de fragmentos poéticos cujo discurso verbal parece cristalizar-se em blocos construtivos, como acontece neste austero núcleo radiante: "Violetas borbulham — / são borboletas que beijam / soluçando o ar." É bem de ver que, nesse pequeno exemplo, o que reina, soberano, é o silêncio, o que quase não se expressa, como aquela linguagem

[25] Ângela de Campos, *Feixe de lontras*, Rio de Janeiro, Sette Letras, 1996.

sem voz que Baudelaire atribuía aos elementos da natureza. Toda essa poesia parece esquivar-se, renunciando assim ao ruído das palavras e, mais ainda, aos timbres agudos das vogais. A música verbal de Ângela de Campos é, portanto, bem mais consonantal do que vocálica, privilegiando antes o silêncio apolíneo do movimento do que a pulsação cromática das metáforas explosivas. Exemplo disso seria um poema como "À mon seul désir", onde se lê: "o estojo do corpo se despoja / com as contas no cofre / e os olhos escuros, / mas o císnico pescoço interroga / na oferta do colo". Ou os dois últimos versos do poema "Frugal", que nos segredam em surdina: "só escuto um rumor de gotas d'água / amamentando musgos". E é quase nenhum o ruído que se evola quando ela nos remete à miúda e quase inaudível vibração do "vidrilho do dia derramado".

Na última parte do volume, "Bouquet", encimada por uma epígrafe extraída a Valéry — "J'y suivais un serpent qui venait de me mordre" —, essas sensações retraídas nos transmitem certo estranhamento, tornando-se mais "envenenadas", como lucidamente observa Uchoa Leite. Seria o caso, sem dúvida, dos poemas "Peçonhas pessoais" e do soneto inortodoxo que leva o título de "A aranha", cuja primeira estrofe, em registro algo perverso, nos descreve que o aracnídeo

Teceu a teia
com vagar e simetria,
seccionou a veia
e esperou a mosca vadia.

Mas nem por isso se dilui aquela atmosfera de silêncio e de ocultação do que a autora pretende nomear, o que pode ser atestado pelo farto emprego das labiodentais e das alveolares surdas, audíveis num poema como "Tapeçaria". Certas passagens humorísticas, como aquela que nos dá conta de que "à margem / a mão / coça os pés / da página", poderiam desmentir o que dissemos, mas constituem apenas uma exceção à regra, e esta é a do lirismo quase sempre retraído, como se a poetisa temesse desvelar-se. É por isso que, em Ângela de Campos, a poesia se articula como um processo de funda e obsessiva interiorização. Pouco lhe interessa o que esplende do lado de fora. Antes a seduz o fascínio abissal que a submerge nas franjas do que, à beira do sono, parece dissolvê-la na bruma surrealista que flutua entre a lógica da consciência desperta e a onírica metalógica da linguagem poética, como cabalmente se vê no último poema da coletânea:

A sonegação é um não que sonha
retrospecto
no círculo inflexo
de um bouquet.
(Quem vigiará nossa vigília,
se o tempo
não tem pálpebras?)

1996

Destino: Bizâncio

Dizer que Marco Lucchesi somente agora estréia como poeta seria, no mínimo, falsear a verdade, já que ser poeta pressupõe amiúde não apenas o ato de escrever seus próprios versos, mas também o de reescrever venturosamente os de outrem. Em outras palavras: o *homo ludens* que recria a invenção do *homo faber*, como o fez Marco Lucchesi em relação aos versos de Leopardi, Marino, Quasimodo, Campana, Khlebnikov, Iessenin, São João da Cruz, Trakl, Rilke, Hölderlin, Enzensberger e tantos outros, já é também poeta. Como poeta o foi ainda quem escreveu *A paixão do infinito*, que nos lembra muito mais uma fina poética do que uma vetusta tese universitária, ou o recente *O sorriso do caos*, onde o ensaísta poetiza borgianamente suas infindáveis e prismáticas leituras. É bem de ver, portanto, que o poeta de outros e tantos poetas antecipa o poeta de *Bizâncio*,[26] que agora se dá a lume para afinal transformar-se em ato o que desde sempre fora aristotélica potência. Marco Lucchesi traz para a poesia não apenas um punhado de versos — de bons versos, aliás —, mas ainda o que nele subjaz como filósofo, erudito, humanista e leitor de alta estirpe. Se há em *Bizâncio* o

[26]Marco Lucchesi, *Bizâncio*, Rio de Janeiro, Record, 1998.

estigma incidental de uma viagem à Turquia, há também o de uma peregrinação espiritual que se processa antes no tempo do que numa tangível e caduca dimensão espacial. E o mais correto seria mesmo dizer que essa aventura se desenrola na circularidade daquele pantempo eliotiano em que o presente e o passado estão ambos contidos no futuro, e este sepulto no passado. Daí escrever o poeta, como quem traz à tona a pulsação de um defunto insepulto:

Eis o volume de coisas
passadas e podridas,
segredos, nostalgias, terras
desoladas, regidas pelo
assombro: escuridões
abalroando escuridões,
abismos procurando
abismos, mortos
fustigando mortos.

Digo-o aqui por que a visitação poética de Marco Lucchesi está antenada não propriamente no que vêem seus olhos hodiernos, mas antes no que estes resgatam de uma humanidade que já se foi (e contudo não se foi) às margens daquele rio heraclitiano cujas águas não cessam e jamais são as mesmas. A Istambul que o autor vê não é tanto a agitada e cosmopolita capital da Turquia, e sim a eterna Bizâncio de que nos falam Yeats e Durrell. E daí, claro está, o título que se deu à coletânea. Essa Bizâncio que, coberta pelos farrapos de Istambul, ainda "sabe amanhecer, / constelada de minaretes / e luas indormidas", e cujas árvores, calcinadas e solitárias, se encolhem "neste / universo / de pura / celulose / e desespero". E ali deambula a sós o poeta, acompanhado apenas pelos autores. Ali, ou pouco adiante, no Bósforo, "onde pássaros / de asas espalmadas / contrastam com áspides / que esperam a vítima", essa vítima que pode estar "sob o céu / da tarde morta, / onde as coisas / choram". O que se vê em Bizâncio é, por isso mesmo, uma celebração daqueles antigos valores que o mundo moderno, em sua estúpida e suicida arrogância, se empenha em destruir num ritual cujo altar é o nada. E assim o é porque, quando Marco Lucchesi regressa ao passado — lembrar-se-ia o leitor das insólitas razões que levaram Hölderlin a retornar em espírito à velha Grécia? —, não o faz em busca do que já morreu, e sim — e sempre — daquilo que, embora morto, ainda vive.

1997

Dois poetas

Dois poetas jovens e que mal acabaram de estrear: Felipe Fortuna, com *Ou vice-versa*,[27] e Paulo Ramos Filho, com *Attis & outros & outros*,[28] este último recentemente desaparecido em trágicas circunstâncias aos vinte e cinco anos. Guardam ambos algo de comum e de muito raro: uma surpreendente maturidade literária e um convívio com a palavra que jamais nos levariam a supor a idade que têm. Aos vinte e dois anos, Felipe Fortuna revela-se artesão da maior competência. Aos vinte e cinco anos, Paulo Ramos Filho foi capaz de criar uma sintaxe que, como observa Gerardo Mello Mourão no "Epitáfio para um poeta", "nenhum poeta deste país conheceu antes dele". Vai aí certo exagero, mas compreende-se: a linguagem de que se vale o autor é de fato insólita. Quanto a Felipe Fortuna, a intimidade que revela no trato com a palavra permite afirmar que é um poeta que já aparece pronto, senhor de seus recursos e de uma emoção extremamente decantada.

O compromisso maior de Paulo Ramos Filho parece radicar na técnica oswaldiana da fragmentação, da ruptura do dis-

---

[27]Felipe Fortuna, *Ou vice-versa*, Rio de Janeiro, Achiamé, 1986.

[28]Paulo Ramos Filho, *Attis & outros & outros,* Rio de Janeiro, Record/RioArte, 1986.

curso lógico, mas o autor vai ainda mais além, o que o leva, de um lado, a romper com a sintaxe tradicional, e, de outro, a desintegrar o próprio núcleo das palavras. Não se trata — é bom advertir — de nenhuma prática concreta. A poesia de Paulo Ramos Filho nada tem de abstrata, não briga com a língua nem a dilui, buscando apenas adequá-la às exigências de uma opção estética e existencial particular, de uma aposta pascaliana que lhe custou a vida. Não creio que o autor se haja imolado necessariamente em nome da poesia: seu suicídio sugere antes um impasse diante da própria existência, do drama sisifiano que nos leva à conclusão de que o ato de viver nada mais é do que um inexorável absurdo.

Felipe Fortuna é uma grata surpresa e uma promessa da qual se poderia dizer já estar em parte cumprida. Não é comum estrear com um livro de que não consta um único poema ruim, embora, é claro, haja desníveis. Fortuna se mantém ao nível de sua linguagem límpida e sóbria, de sabor às vezes quase clássico, tamanho é seu zelo pelo idioma e pelo seu bom uso. O verso é sempre bem trabalhado, e o autor se move muito à vontade dentro de medidas métricas quase regulares. Há poemas muito bons e pelo menos três excepcionais: "Meditação", "Poema escrito por Borges" e este comovidíssimo "Menina morta", em dísticos arrímicos, do qual transcrevo aqui o começo e o fim:

Tua morte não foi tão imediata
Como foi saber que estavas morta
(...)
Tuas mãos não sabem mais tocar as minhas
Teu nome líquido não sei se resta

Só sei que morreste com segredos
Pois o mundo é a doença mais secreta.

O exemplo, além de avaro, é precário, mas sugere que a fortuna de Felipe tende apenas a prodigalizar-se.

1986

A linguagem como problema

Para que se entenda corretamente a poesia de Moacir Amâncio, cumpre distinguir, antes de mais nada, aquela vertente que define o fenômeno poético como atividade reflexiva, ou talvez, como o pretenderam T. S. Eliot e Fernando Pessoa, entre outros, nos termos de uma linguagem na qual a emoção pensa e o pensamento sente. Essa é a linhagem a que pertencem, nos parece, quase todos os poemas de *Do objeto útil*,[29] no qual à secura da dicção se conjuga a austeridade do discurso verbal e, mais do que esta, uma pertinaz preocupação com os aspectos fônicos e plástico-visuais do tecido poético, sem que isso — é bom que se advirta — filie o autor a quaisquer propostas ou expedientes concretistas. Muito ao contrário, o discurso verbal de Moacir Amâncio se move ostensivamente dentro dos limites do sistema da língua e, não raro, revela-se atento às boas tradições dessa mesma língua e da linguagem que ela instrumenta, o que não é muito comum nos poetas brasileiros de hoje. O que ocorre aqui consiste apenas, como oportunamente sublinha o poeta Fernando Paixão, numa prática estilística destinada a "problematizar a linguagem" e a "concebê-la sob um

[29] Moacir Amâncio, *Do objeto útil*, São Paulo, Iluminuras, 1992.

relevo plástico e sonoro que vincule a instantaneidade da visão". Mas dizer que essa poesia se reduz à plasticidade ou à música de seus signos seria o mesmo que negar a reflexão da qual ela se nutre e se ilumina.

Embora límpida e direta em cada um de seus enunciados, a poesia de Moacir Amâncio não é fácil de ser lida ou compreendida, sobretudo porque a informa um sentido crítico da realidade que, cartesianamente, põe em dúvida essa mesma realidade, como se pode ver num poema como "Férteis horrores", em cuja primeira estrofe se lê: "ossos insones/falam pelos olhos/no escuro:/construção de sombras/sombras de quê?" Ou que a destitui de sua existência utilitária, embora lhe conserve a essência daquilo que a torna visível ao olho, como ocorre em "Os frutos", onde ao final pondera o poeta: "frutos que apenas provam com seu nada/a estranheza perfeita dos vermelhos". É a partir desse olho, aliás, que a poesia de Moacir Amâncio resgata o que há de plástico e sonoro no universo, fazendo-o quase como quem pinta uma tela na qual não há começo nem fim, mas apenas "relevos", os quais "expõem vários horizontes, configuram o flagrante". E esse flagrante, que capta às vezes um banalíssimo incidente, resulta amiúde na composição de um instantâneo irretocável, como este "A propósito do retrato de Eliot", que aqui transcrevemos na íntegra:

Paletó e gravata (funcionário público?)
o poeta moderno
senta-se nos alfarrábios,
apóia o queixo no cabo do guarda-chuva
— como se o fizesse sobre um grito
dobrado em suas asas —
e cita: nunca mais.

Todas essas virtudes avultam ainda em outros poemas, como "Desencontro do poeta Dantas Mota ou O anjo de capote", "Os mortos", "O caracol e a flecha", "Vestígios", "Os exemplos da casa", "Aventura", "Do objeto útil", "Notícia de outono", "1987", "Jerusalém", "Os frutos", "Os fantasmas" ou "Ensaio". Em todos eles se pode observar não apenas o afinco com que o poeta trabalha as palavras, mas também a maneira como se esquiva às facilidades da expressão e ao transbordamento da emotividade. Trata-se, insistimos aqui, de uma poesia da inteligência, não propriamente a daquela que escreveram Dryden ou Pope ao satirizar com inexcedível *witt* a sociedade inglesa de sua época, mas como a de alguém que, ao acreditar que "o olho é o alvo/do que mira sem olhar", deseja apenas ver as absurdas entranhas da realidade que nos cerca. Vê-las sem compaixão. E sem distração.

1992

Do Ensaísmo e da Crítica

Lins do Rego além da ficção

1

Qualquer leitor brasileiro medianamente informado — não me refiro aqui aos letrados, tampouco aos livrescos ou eruditos — já ouviu falar em José Lins do Rego. Alguns o conhecem apenas de nome; outros, de dois ou três romances; e os mais sabidos decerto não o ignoram como um dos principais representantes do romance nordestino, que ele haveria de levar às culminâncias ficcionais através das obras que integram os ciclos "da cana-de-açúcar" e "do cangaço, misticismo e seca". Este, o Lins do Rego antológico e curricular. O romancista que já pertence ao domínio público e à legenda literária. O menino de engenho. O moleque Ricardo. Todavia, são poucos — talvez pouquíssimos — os que se deram à fruição (ou sequer imaginaram que se pudesse fruir o autor de *Fogo morto* para além de suas fronteiras ficcionais) dos outros engenhos daquele irrequieto e versátil menino, do poeta que ele foi amiúde sem sabê-lo e que, ironicamente, costumava deplorar jamais haver sido; do diuturno amante de poesia, que por vezes incontáveis se debruçou sobre o texto poético no afã de capturar-lhe a misteriosa e evanescente essência; do ensaísta a um tempo ingênuo e sagaz, leitor assíduo de Montaigne e filiado à melhor tradição do ensaísmo inglês e espanhol; do memorialista de míope visão microscópica; do andarilho que calçou "botas de sete léguas" para bisbilhotar "gregos e troianos"; e do cronista, enfim, que retratou com rara mestria e desconcertante lirismo os múltiplos e heterodoxos aspectos da vida brasileira e de outras partes do mundo, extraindo-lhes a seiva lírica e a prosaica no decorrer dos dias idos e vividos ou, como ele próprio o disse com as palavras de Goethe, não fazendo "outra coisa, na vida, que tirar partido das coisas vividas".

Este, o Lins do Rego para além da ficção: objeto e tácito compromisso deste estudo, cuja pretensão vale antes como esforço destinado a preservar os outros engenhos do escritor. Mesmo porque — e creio que isto se aplica a qualquer outro — não seria recomendável avaliar-lhe o legado literário estimando-o apenas através da ótica ficcional. O romancista — e se foi graças a ele que Lins do Rego alcançou sua suprema instância criativa, nem por isso se deve considerá-lo com floração desgarrada de suas demais inflorescências literárias —, jamais poderá ser suficientemente compreendido e estimado se visto apenas como um valor absoluto, desvinculado daquelas outras vertentes e características, sobretudo quando se pensa que nesses ensaios e crônicas o autor busca muita vez interpretar-se a si próprio, contribuindo assim para a formação de um acervo de subsídios e indícios que hoje nos permitem decifrar com maior pertinência enigmas relacionados à sua psicologia da composição, a seu método ficcional (ou, como ele sustentava, à sua turbulenta e telúrica assistemática), às raízes de seu estilo objetivo e despretensioso, às suas fontes e preferências estético-literárias.

Nesse sentido, conviria transcrever aqui alguns pequenos trechos do esplêndido estudo introdutório que lhe escreveu Ledo Ivo para a primeira obra de publicação póstuma, *O vulcão e a fonte*: "De início, é preciso que se saliente, com a maior ênfase e talvez alguma impertinência, que a pequena constelação de livros de ensaios e crônicas de José Lins do Rego é um aparelho literário indispensável à total compreensão de sua personalidade de criador. Aqui, nesta área de impressões, julgamentos, conceitos, lembranças, cotejos, definições e polêmicas, não se acha um Lins do Rego residual, não estão as sobras do grande romancista."[1] E adiante: "Todos esses volumes de ensaios e crônicas têm, portanto, um papel importantíssimo no conjunto de sua obra. Constituem o melhor roteiro ao alcance do leitor desinteressado ou do crítico para a compreensão de sua totalidade criadora, inclusive a área autobiográfica, confessional."[2] E conclui Ledo Ivo: "Em suma, o que José Lins do Rego praticou, no terreno do ensaio e da crônica, da confissão jornalística e do artigo de jornal, pode ser considerado como o seu *Diário de escritor*",[3] o seu *notebook*, onde ele ia organizando "todo esse complexo de acontecimentos que formam o pecúlio humano e ideológico de cada dia."[4]

Ao contrário do que afirma inicialmente o ensaísta, quer nos parecer que suas observações quanto à circunstância de que os ensaios e crônicas de Lins do Rego constituem um segmento imprescindível à compreensão de sua personalidade como um todo são de extrema pertinência, particularmente por se adequarem como luva — e que me perdoe o poeta de

---

[1]Ledo Ivo, "O ensaísta José Lins do Rego", prefácio a *O vulcão e a fonte*, Rio de Janeiro, Edições *O Cruzeiro*, 1958.

[2]*Idem, ibidem.*

[3]*Idem, ibidem.*

[4]*Idem, ibidem.*

Finisterra o uso que ora faço de seu lúcido *insight* — não apenas às intenções de nosso propósito crítico, mas também à nossa convicção de que toda essa vária, dispersa e marginália não é assim tão inarticulada e marginal quanto possa parecer à primeira vista. Como agudamente observou Ledo Ivo, não cabe em absoluto falar-se aqui das "sobras" que caracterizariam uma atividade "residual" do romancista, e sim de uma densa e complexa matéria-prima que, por sua inervação especulativa e crítico-judicatória, implicaria até mesmo a possibilidade de um discurso paralelo de acentuado e inequívoco sabor metalingüístico.

Não é que essa atividade ensaística lhe explique ou fundamente a criação ficcional, mas o fato é que ela abre um leque de perspectivas e sugestões que nos proporcionam uma angulação quase prismática da personalidade do autor. A partir do conhecimento, pelo leitor ocioso ou pelo crítico atento, das idéias e dos conceitos de que compartilhava Lins do Rego relativamente à poesia, à pintura, à arquitetura, à ecologia, à música, à política, à expressão literária ou mesmo à vida em geral, torna-se possível ler-se ou reler-se — às vezes relidamente —, de maneira mais compreensiva e inteligível, qualquer um de seus romances, como se o escritor, num movimento de harmônica e recíproca circularidade, nos remetesse continuamente do ensaio ao romance, da reflexão crítica à ação ficcional, da metalinguagem à linguagem propriamente dita — enfim, de uma atividade que se diria sistemática (ou dela vizinha) àquela instintiva e telúrica desordem em que, segundo o próprio romancista, se resume e resolve toda a sua demiúrgica floração ficcional.

2

Não são poucos os que denunciam em Lins do Rego certa adiposidade expressiva, além de contumazes descuidos com a linguagem e o estilo. Argúem, ainda, que se trata de escritor cuja formação literária pagaria óbvio tributo à pressa e à *leviandade* jornalística e que lhe faltaria, a rigor, o embasamento filosófico e cultural de uma *Weltanschauung* capaz de absorver e projetar, em nível ficcional e ensaístico, toda a complexidade do homem contemporâneo. Concordo em que tais características, ditas talvez ingenuamente *negativas*, coexistam ao lado das altas virtudes do escritor. Mas quem pretende julgar Lins do Rego apenas desse ângulo, exigindo-lhe uma imagem que não era a sua e a qual o autor em momento algum se empenhou em projetar, jamais o verá de corpo inteiro. Ou dele verá somente um fantasma, um espectro já destituído de um impulso vital, daquele transbordamento a um tempo lírico e telúrico que foi seu traço mais genuíno e ao qual, sabiamente, o ficcionista jamais renunciou. Lins do Rego — tanto faz se o romancista, o ensaísta, o cronista ou o memorialista — deve ser analisado apenas e necessariamente como exigiu certa vez Ledo Ivo que o fizessem relativamente a seus próprios escritos: "através do abuso e do excesso",[5] desse abuso e desse excesso que o levaram a interpretar a realidade de um ponto de vista antes romântico do que sociológico e a aceitar a criação artística enquanto cósmica e torrencial manifestação da vida. E se o romancista assim o prefigurou ao nível da intriga e da ação ficcionais, o ensaísta o cristalizaria no plano da reflexão crítico-judicatória.

[5]Ledo Ivo, *Confissões de um poeta*, cap. I, São Paulo, Difel/INL-MEC, 1979.

E Lins do Rego foi, na verdade, um ensaísta de alta estirpe, discípulo de Montaigne, de Barbey d'Aurévilly, de Azorín, de Unamuno, de Ortega y Gasset, de De Quincey, de Samuel Johnson, de Thoreau. Pouco importam seu estilo raso e despretensioso, sua linguagem não raro negligente, seu discursivismo algo flácido, seu incorrigível maniqueísmo exegético ou seus juízos críticos às vezes ingênuos e inconsistentes. O autor de *Gordos e magros* os superava sempre graças à sua garra de escritor, à sua funda condição de humanista e, acima de tudo, à consciência que possuía de que, ao escrever, se tornava partícipe de um processo cujo propósito escatológico era o de fazer com que a vida triunfasse da morte. Toda a ensaística de Lins do Rego nada mais é, portanto, do que uma lírica e apaixonada interpretação da vida — ou, se preferirem, "a criticism of life" —, um hino aos princípios vitais e impulsos telúricos da existência humana. E a quem o acusasse de tosco ou desleixado, fazendo-lhe reparos ao estilo e à linguagem, ou intimando-o a acatar as normas gramaticais do bom escrever, o escritor respondia: "Reflito sobre os conselhos, faço o meu exame de consciência, e prefiro continuar como sou, incorreto, mas claro, sem a riqueza vocabular dos estilistas, mas fácil, e capaz de chegar ao entendimento de todos."[6] Em outras palavras, "prefiro Montaigne". *Et pour cause!* Pois aqui o que se lê é quase a transcrição do que escreve o autor dos *Essais* ao criticar o tom solene e doutoral do "style plaideresque" de sua época, confessando-nos que "le parler que j'aime c'est un parler simple et naïf, tel sur le papier qu'à la bouche". E, como seu mestre, Lins do Rego preferiu ser *soldatesque* a cultivar aquelas pedantes "longueries d'aprêt".

[6]José Lins do Rego, "Prefiro Montaigne", em *A casa e o homem*, Rio de Janeiro, Organização Simões, 1954.

Conquanto sempre preocupado em formular e desenvolver uma visão do mundo que lhe fosse tanto mais abrangente quanto coesa e orgânica, a verdade é que, em quase toda a sua produção ensaística, Lins do Rego revela um curioso ranço maniqueísta, que tacitamente já se acusa no próprio título de seu primeiro volume de ensaios: *Gordos e magros*. O antagonismo entre escritores "gordos" e "magros" — sugerido pelo autor no ensaio homônimo com que abre a coletânea e no qual parafraseia a proposta de Azorín no sentido de distingui-los entre "ricos" e "pobres" — emerge aqui como um paradigma exegético que Lins do Rego agenciará à saciedade em diversos de seus ensaios posteriores. Ao analisar a questão do estilo literário, sublinha o ensaísta: "Azorín, em admirável ensaio, pôs outra vez em foco a velha questão do estilo literário. Dividiu-os em ricos e pobres. Não deixam de estar com a época do 'homem econômico' essas duas categorias. Entretanto me parece que ficaria melhor fazermos a diferença entre gordos e magros. Dá da cousa a sua expressão mais verdadeira, o seu autêntico caráter."[7]

À parte a cunha maniqueísta que aí já se insinua (e à qual logo a seguir voltaremos), considere conosco o leitor que, embora datado de 1926 — três anos antes, portanto, de o escritor dar início à sua criação ficcional —, este ensaio não é só peça madura e de corretíssima avaliação crítico-exegética, mas também texto que antecede o primeiro de seus romances, *Menino de engenho*, lançado apenas em 1932. E tal circunstância nos concede irretorquível aval para aquela suposição de que o romancista Lins de Rego jamais poderá ser compreen-

---

[7]José Lins do Rego, "Gordos e magros", em *Gordos e magros*, Rio de Janeiro, Casa do Estudante do Brasil, 1942.

dido ou estimado sem o concurso subsidiário de sua produção ensaística. Atente o leitor, ainda no ensaio citado, para a pertinência destas observações sobre o estilo de alguns escritores brasileiros:

> E estes estilos que se querem exibir em formas rotundas atingem logo o feio com suas linhas de caricatura. Coelho Neto vive entre estes. É um fraco dos peitos fazendo todo o possível para ganhar peso. E consumiu adjetivos com fúria, a tantos gramas por dia. Mas a grandeza não está nestes gordos nem entre os magros por greve de fome. A grandeza está, como a beleza nas mulheres, nas *fausses-maigres*, no milagre do equilíbrio, na proporção instintiva das formas. Machado de Assis foi destes, mantendo-se toda a vida sem palavras de mais, sem palavras de menos. (...) Alencar engordou muito. E Nabuco de vez em quando saía de seu peso normal, mas voltava logo à abstinência que lhe restituía a *performance*. (...) Machado de Assis foi até o último dia com o mesmo peso. (...) Machado escrevia vernáculo e escrevia bem. O seu requinte foi um exercício de domínio sobre si mesmo. A perfeição gramatical não chegou a ser tudo para a sua arte, porque se tivesse feito assim seria um gordo como foi Rui Barbosa.[8]

Sim, leitor, o ensaísta Lins do Rego precedeu o romancista, o romancista que, nele, era então um nebuloso e incorpóreo vir-a-ser. O que à época o mobilizava — e o próprio escritor o confessaria no prefácio de *Gordos e magros* — era, isto sim, "a necessidade de escrever sobre os outros, de pretender criticar, de discorrer sobre a criação.

---

[8] *Idem, ibidem*.

Nunca imaginava que *fosse capaz de fazer um romance*."[9]

Mas o maniqueísmo de que sempre padeceu o pensamento crítico de Lins do Rego, aliado a seu apego por uma concepção telúrica do fenômeno artístico, o induziria a alguns equívocos no que respeita à justa compreensão seja da gênese do processo artístico, seja da língua literária ou seja, ainda, da linguagem poética sobre a qual tanto se manifestou o escritor, promovendo amiúde uma perigosa dissociação do consórcio entre forma e fundo ou, como agudamente observa Ledo Ivo, vendo sempre no "estilo o espelho de uma cosmovisão",[10] concepcão esta que o levaria a transcrever em causa própria, como o fez em "Arte e vida", de *A casa e o homem*, aquele conceito de Edmond Jaloux segundo o qual a grandeza do estilo de um escritor não reside tanto na circunstância de que possa ele escrever bem, ou "escrever como um parnasiano" (tal pressuposto parece dever-se à freqüente confusão que fazia Lins do Rego entre forma e fôrma), mas antes na possibilidade que tenha de fazer "un choix dans les materiaux que la vie nous donne et à les soumettre a un certain rythme qui est en nous et qui accompagne notre vision du monde". Nem sempre, todavia, Lins do Rego cedeu ao fascínio dessa romântica desordem telúrica ou daquele dualismo a que nos referimos. Assim é que, em um de seus ensaios sobre Mário de Andrade, nos confessaria que o espírito criador — ou seja, o daquele que brinca com a forma — "é íntimo da verdadeira forma, sem a qual não haveria criação, arte".[11] Aqui, como se vê, arte e vida não mais se hostilizam, ascendendo ambas àquele plano de absoluta comunhão cósmi-

---

[9] *Idem, ibidem*. (O grifo é nosso.)

[10] Ledo Ivo, *op.cit.*

[11] José Lins do Rego, "História do nosso modernismo", em *Poesia e vida*, Rio de janeiro, Universal, 1945.

ca que levaria o escritor a batizar uma de suas mais belas e coesas coletâneas de ensaios com o título de *Poesia e vida*.

E já que tão diretamente tocamos numa das preocupações polares — se não mesmo a mais nuclear — do espírito de Lins do Rego (isto é, a poesia), demoremo-nos um pouco, leitor, tu e eu, na análise de como a entendia este ficcionista que jamais cometeu sequer um poema. Como se sabe, Lins do Rego sempre cultivou um ideal romântico de poesia, o que não o impediu, contudo, de compreender e até mesmo aplaudir as conquistas formais do modernismo de 1922, movimento contra o qual assestou golpes certeiros e de extrema pertinência. Isto mais ainda se compreende e justifica quando nos lembramos de que Lins do Rego possuía um temperamento essencialmente lírico, como o atestam inúmeras passagens de sua prosa "sociológica". Mas não foi tanto contra o bulhento *happening* da Semana de Arte Moderna que se voltou o escritor, e sim contra a hierática tirania imposta aos nossos poetas pelo espartilho parnasiano no início do século, o que o levou a dizer de Jorge de Lima, referindo-se à produção do primeiro período sonetístico do autor, que este havia tirado "dez anos de prisão celular".[12] Aqui, entretanto, como em várias outras ocasiões, Lins do Rego sucumbe àquela confusão entre forma e fôrma, o que o induz à dissociação do consórcio forma-fundo a que anteriormente nos reportamos. É claro que há muito mais de fôrma do que de forma nos primeiros sonetos de Jorge de Lima, mas a impressão que se tem é a de que, ao denunciar a camisa-de-força a que se achava submetido o autor da *Invenção de Orfeu*, o ensaísta não distingue muito nitidamente entre o soneto enquanto forma parnasiana e o soneto enquanto forma de que se ser-

[12]José Lins do Rego, "Jorge de Lima e o modernismo", em *Gordos e magros*.

viram os poetas de todas as épocas, desde Petrarca, Camões, Wyatt, Surrey ou Shakespeare até Bandeira, Drummond de Andrade e o próprio Jorge de Lima, que voltaria depois a essa forma de composição para escrever, já liberto de todos os cacoetes e trejeitos parnasianos, um dos maiores e mais belos ciclos sonetísticos de que já teve notícia a literatura de língua portuguesa, o *Livro de sonetos*.

Outro aspecto mal compreendido por Lins do Rego relaciona-se a uma espécie de *imbroglio* conceitual que o levou a confrontar, às vezes de modo excessivamente frontal, a "disciplina" dos clássicos e a "libertação" dos românticos. Considerar, por exemplo, que um clássico o é "no sentido de ser um romântico que se mede, um romântico que não teme as fúrias da desordem",[13] equivale a criar um conflito falso e ingênuo entre o rigor classicista e o transbordamento romântico. Em certos momentos percebe-se que o ensaísta opera uma redução do espírito clássico à inércia acadêmica. E o verdadeiro clássico poderá ser tudo, menos acadêmico. Em outras passagens, porém, como seria o caso de algumas pertencentes ao ensaio "Clássicos espontâneos", de *Poesia e vida*, o autor revela uma lúcida visão do problema quando acusa aqueles que não "procuram a fusão da matéria-prima na forma" e, mais ainda, quando endossa aquele crítico de Proust para quem a "condition d'un classique sain et bien vivant est toujours, ou presque toujurs, un mouvement romantique". Por outro lado, a forma, como deu muita vez a entender Lins do Rego, não é um cárcere onde jaz aprisionado o conteúdo, e sim uma exteriorização orgânica e demiurgicamente inteligível desse mesmo conteúdo, que jamais poderá sobreviver sem a forma que lhe é própria e intransferível,

[13]*Idem*, "História do nosso modernismo", em *Poesia e vida*.

sendo ele próprio também forma em potência, do mesmo modo que esta é conteúdo em ato, interando-se ambos num processo dialético de convívio indissolúvel no qual, como queria Hegel, aquilo que é, para ser, deixa de sê-lo e transita em direção ao nada, enquanto o nada abdica de sua vacuidade para encaminhar-se rumo à plenitude do ser. Vítima de seu maniqueísmo dualístico, Lins do Rego parece aferrar-se à idéia de uma tensão falsamente conflitante entre forma e fundo, considerando aquela como inimiga natural da liberdade criadora. É mais do que pertinente, portanto, o reparo que lhe faz Ledo Ivo àquela suposição de que há "duas poesias: uma que está na perfeição das palavras e a outra que está no sangue dos poetas",[14] ou seja, uma que está na forma e outra que está na inspiração: "Pois a verdade é que os poetas, que andam só com a Inspiração, andam sempre mal acompanhados. Há que convidar para o passeio a outra moça, chamada Forma, irmã gêmea da primeira, se é que ambas, Inspiração e Forma, não são a mesma criatura."[15] E que não venha ninguém objetar-me que este é um conceito exclusivo dos poetas da Geração de 45!

Não obstante, há que reconhecer em Lins do Rego, para aquém e além dessas imprecisões e equívocos, um faro quase infalível para a grande e verdadeira poesia. Fiado nos poderes telúricos que lhe outorgava o instinto e no aguçado gume de sua privilegiada sensibilidade, o ensaísta nunca errou no que se refere à identificação dos autênticos e duradouros talentos poéticos. A esse propósito, são antológicas as páginas que nos deixou sobre Goethe, Heine, Verlaine, Valéry, Milton, Shakespeare, Shelley, Whitman, García Lorca, Antonio Machado, José Hernández, Gil Vicente, Pessoa, Antero de

---

[14]*Idem*, "Poesia e vida", em *Poesia e vida*.
[15]Ledo Ivo, *op. cit.*

Quental e, dentre os nossos, particularmente sobre Bandeira, Jorge de Lima, Augusto Frederico Schmidt, Augusto dos Anjos, Fagundes Varela e Junqueira Freire. Embora sem dispor de instrumental técnico ou especializado (o que, no seu caso, talvez haja sido mais benéfico do que nocivo) que lhe permitisse uma análise mais vertical e percuciente do fenômeno poético, Lins do Rego jamais deixou de separar o joio do trigo, identificando sempre, sob as artimanhas do embuste verbal e os *feux-d'artifice* de quaisquer exercícios de indigente ou fátuo metaludismo, o que era verdadeira poesia e genuína metalinguagem.

Será talvez no ensaio "Poesia e vida", da coletânea homônima e por nós aqui já citado, bem como no prefácio que escreveu para esta, que melhor se possa avaliar a inervação telúrico-romântica do conceito de poesia a que se filiava o pensamento de Lins do Rego. É nesses dois textos, também, que mais nítido se denuncia seu irremediável maniqueísmo dualístico, em razão do qual, para ele, a "única poesia é a que se finca assim na terra, que se alimenta de nossa própria carne e de nosso próprio sangue. Esta poesia é eterna. A outra pode estar no metro, no rigor da forma, mas será devorada pelo tempo, como matéria que se decompõe".[16] Em outras palavras, Ormuz e Arimã, o bem e o mal, mas nunca "para além do bem e do mal". A essa angulação vitalista do fenômeno poético aliava Lins do Rego a sua convicção de que a poesia deveria ser entendida como um instrumento a serviço da vida e do homem, como algo que, no plano da expressão, o tornasse ainda mais humano, talvez até "demasiadamente humano". É a partir e em torno do que lhe transmite Manuel Bandeira através de sua "humanidade

[16]José Lins do Rego, Prefácio a *Poesia e vida.*

irônica de tísico" que dirá o ensaísta: "E poesia começou a ser para mim o que é realmente a verdadeira poesia: a mais comunicativa força humana de expressão."[17] Para coroar toda essa grandiosa visão telúrica e humanística da poesia, elegeu Lins do Rego o amor, sentimento através do qual o artista se eternizaria, alcançando assim sua redenção ôntica e seu *pathos* ético: "E assim o poeta terá que se fixar no amor como em um caminho de salvação. Só da vida lhe virá a salvação. A mulher que ele ama se transforma em Vênus Urânia, a fonte original da natureza, a vida e a alegria de toda a criatura, a beleza celeste, a Rainha do mundo, a mediadora entre os deuses e os homens."[18] Foi tal o fascínio exercido pela poesia sobre o espírito de Lins do Rego e tamanha a sua fidelidade a ela que, em seu último artigo, ditado pelo escritor pouco antes de morrer, haveria ele de referir-se, como nos conta Ledo Ivo, àquilo "que é o mais importante do homem, que é a sua elaboração poética".

Apesar de todo esse obsidiante interesse pela poesia, são muitos e distintos os outros temas e aspectos da vida e da arte versados por Lins do Rego em seu itinerário ensaístico. É assim que o surpreendemos a discorrer sobre teoria da literatura, língua literária, estilo, doutrinas estéticas, movimentos e correntes de vanguarda, crítica e ensaio, problemas da ficção contemporânea, humor, música, pintura, teatro, dança e balé, política e economia, história, sociologia, arquitetura e urbanismo, ecologia (tema que lhe forneceu matéria-prima para ensaios de uma antevisão crítica quase premonitória) e a sua grande paixão depois da literatura, o futebol. Em todos esses setores, Lins do Rego se move com extraordinária agilidade e perma-

[17] *Idem*, "Manuel Bandeira, um mestre da vida", em *Gordos e magros*.
[18] *Idem*, "Poesia e vida", em *Poesia e vida*.

nente encanto, imprimindo em seus textos aquela marca indelével que lhe caracteriza o substrato ideológico do pensamento e da ação: sua irrevogável fé na criatura humana, nessa criatura em que o escritor jamais poderia deixar de confiar, pois, se o fizesse, a vida e o mundo perderiam para ele todo o sentido e propósito.

Vale a pena, por exemplo, acompanhá-lo um pouco em suas abordagens à questão ficcional. Talvez — e ainda uma vez — porque adepto de uma concepção telúrica (e, como tal, necessariamente assistemática) da arte, Lins do Rego negava a existência de qualquer método no processo da elaboração romanesca. Apoiado nas teorias do crítico norte-americano Henry Louis Mencken, segundo quem "não há método possível no romance", afirma o autor de *Pureza*: "Não há método para fazer-se romance, como não existiu método para a criação do mundo. Deus não teve sistema para o seu trabalho, como não tivera Tolstoi para compor o *Guerra e paz*. Ambos trabalharam como agentes fecundadores, pela força do grande instinto criador."[19] Tal ponto de vista, de passionalismo assistemático quase delirante, merece pelo menos um reparo, o que lhe fez Ledo Ivo no estudo introdutório anteriormente aqui citado e que tomamos a liberdade não apenas de endossar, mas também de ampliar. Ao admitir que "não existiu método para a criação do mundo" e que "Deus não teve sistema para o seu trabalho", o ensaísta nega toda a concepção finalista e teleológica da doutrina cristã, dando quase a entender que, guiado pelas forças cegas do instinto criador, Deus, ao criar o universo, o fez apenas graças ao acaso, o que equivaleria, de um lado, a privá-lo de sua condição de ser onisciente e, de outro, a rebaixá-lo, en-

[19]*Idem*, "O romance e os caminhos da vida", em *Poesia e vida*.

quanto supremo espírito criador, a uma categoria inferior à do demiurgo grego, que jamais criou coisa alguma, mas que sempre revelou extrema competência em organizar a matéria caótica pré-criada. Mesmo para um agnóstico (e Lins do Rego nunca deixou de admitir a existência de Deus) é difícil aceitar que o criador haja organizado ao acaso sistemas tão absolutamente perfeitos como os da precessão dos equinócios, do ritmo sazonal ou do regime dos ventos e chuvas, isto sem falar na infalível ordem sideral. E se assim o é para um agnóstico, o que dizer no caso de Lins do Rego, que foi sempre cristão convicto? Penso que cabe aqui — e ainda uma vez — ficar com Ledo Ivo, segundo quem o ensaísta confundiu "método pessoal" com "receita eficaz" para escrever um romance. E faço-o incontinenti, quando mais não seja porque, contrariamente ao que preconiza o descabelado Mencken, jamais romance algum foi escrito sem método.

Deve-se ainda ao vitalismo instintivo da concepção ficcional de Lins do Rego o equívoco em que incorreu o ensaísta ao abordar os problemas do estilo e da língua literária. Neste caso, contudo, é bastante possível que tal confusão corra um pouco a expensas do combate que moveu Lins do Rego, às vezes de forma correta e mesmo contundente, ao experimentalismo construtivista do modernismo, o que o levou a dizer de *Macunaíma*, em violento artigo contra Sérgio Milliet, que era "uma coisa morta, folha seca, mais um fichário de erudição folclórica do que um romance" e que a "língua que Mário de Andrade quis introduzir com seu livro é uma língua de fabricação; mais um arranjo de filólogo erudito do que um instrumento de comunicação oral ou escrito".[20] Ora, não deixa de ter lá sua razão Lins

[20] *Idem*, "Espécie de história literária", em *Poesia e vida*.

do Rego, mas o fato é que não se pode admitir como válida apenas a língua literária que mergulhe suas raízes no telurismo das formas populares, denunciando-se como postiça a que atenda às exigências normativas de quaisquer outros sistemas lingüísticos, como o era a do experimentalismo modernista, em tudo contrária à linguagem regionalista e memorialisticamente "conservadora" do autor de *Pedra Bonita*. E mais uma vez recorro aqui à extrema lucidez de Ledo Ivo, quando observa: "O problema do estilo não se reduz a um choque entre os escritores dotados de uma energia popular, como é o caso de José Lins do Rego, e os escritores que obedecem aos cânones da gramática normativa. Em verdade, cada escritor cria sua língua."[21]

Lins do Rego sempre revelou imenso interesse pela pintura e as artes plásticas, tendo escrito excelentes ensaios sobre Portinari, Cícero Dias, Di Cavalcanti, Van Gogh, Picasso, Ticiano, Tamayo e Goya, entre outros, nos quais sugere um curioso parentesco entre as artes plásticas e a literatura: "E o caso é que os movimentos de revolução na pintura são sempre cheios de lances mais próximos da vida literária."[22] Assim o considerava o ensaísta por julgar "que a composição de um quadro reúne elementos mais dramáticos, mais vivos, que provocam e interessam aos chamados críticos da arte".[23] Fiel à sua crença (talvez herdada a Novalis) de que o único universo real era o da poesia, Lins do Rego via em cada um desses pintores um poeta. Sua aguda análise do drama de Van Gogh o confirma: "Ele viveu a razão até a loucura. Foi do outro lado, atravessou o rio da vida a nado. E criou um mundo. Pode-se dizer que seu mundo é um

[21]Ledo Ivo, *op. cit.*

[22]*Idem*, "Portinari" (I), em *Gordos e magros.*

[23]*Idem, ibidem.*

mundo de louco. Mas é um mundo como o Apocalipse, cheio das mais duras realidades e dos mais absurdos contos de fada, o único mundo real, *o mundo dos poetas*."[24] E confirmam-no também suas palavras sobre Cícero Dias, ao admitir que dele se poderia dizer "sem medo que (...) é um poema do povo".[25]

Em muitos dos ensaios de Lins do Rego percebe-se uma viva preocupação com a realidade brasileira, com aquilo que ele entendia como "civilização" nacional, o que o levou a estudar o substrato étnico, sócio-cultural, geográfico e mesmo ecológico de nosso processo de formação e de sedimentação como povo, como nação que se conquistou a si própria, outorgando-se afinal um destino e um desiderato históricos. E foi justamente essa preocupação que o instigou a escrever talvez seus mais expressivos e monumentais ensaios, entre os quais se incluem "A casa e o homem" e "Eduardo Prado", ambos de *A casa e o homem*, a nosso ver a coletânea que mais intensamente nos revela o talento ensaístico de Lins do Rego, aquela em que o autor menos tangencia o gênero fronteiriço da crônica. Estes dois ensaios, ao lado dos que dedicou a Jorge de Lima e Fialho de Almeida, bem como aqueles que escreveu sobre Mauá, Gilberto Freyre, Eça, Gide, Varela, Augusto dos Anjos, Feijó e Azorín, e as admiráveis seqüências em que nos fala de Cabo Frio e Vassouras, são verdadeiras obras-primas do gênero, dignos de figurar entre as maiores que se produziram em outra línguas e de com elas suportar confronto. Na ensaística de Lins do Rego somente se lhe igualam o ciclo em que o autor avalia a *Presença do Nordeste na literatura* e os três estupendos ensaios "orais" reunidos nas *Conferências no Prata*.

---

[24]*Idem*, "Van Gogh", em *Gordos e magros*. (O grifo é nosso.)
[25]*Idem*, "O pintor Cícero Dias", em *Gordos e magros*.

No longo ensaio "A mãe e o filho", por exemplo, afloram observações da maior argúcia e lucidez psicológicas, de uma compreensão ao mesmo tempo vertical e globalizante do que foi o complexo drama político-religioso em que se viu engolfado o autor da *Ilusão americana*. Partindo do pressuposto psicanalítico (segundo cremos, bastante viável e não menos afiançável) de que Eduardo Prado, ao reagir contra o mecanismo positivista do fim do século passado e a emergente tirania tecnológico-científica de inícios do presente século, reagia basicamente contra a leviana atitude de permissivismo liberal de sua mãe, Lins do Rego extrapola esse dado extraído aos estratos profundos da psique para o contexto político e religioso dentro do qual iria o grande historiador cristalizar sua proposta de restauração monárquica, concluindo que contra "a loucura do século Eduardo Prado opunha a loucura da eternidade, a gula que chegou a ser a maior loucura de todos os tempos, a loucura da Cruz".[26] Apontamentos da mesma têmpera, conquanto de distinta natureza, podem também ser encontrados em "A casa e o homem", da coletânea homônima, alcançando alguns deles pertinência que diríamos premonitória, como seria o caso daquele em que o ensaísta ironiza e deplora a fátua afirmação de que "o Rio civiliza-se". Retruca Lins do Rego: "Mas não era propriamente civilização aquilo que se fazia contra a paisagem, que era a nossa originalidade. Não era civilização *entupir baías, cobrir morros, pentear árvores*. A civilização que era a nossa força *estava justamente no que desprezávamos*. (...) O homem para bem viver não pode ser conduzido contra a paisagem. Ele não deve ser nunca *um assassino de paisagens*."[27]

---

[26] *Idem*, "A mãe e o filho", em *A casa e o homem*.
[27] *Idem*, "A casa e o homem", *op. cit.*

O universo ensaístico de Lins do Rego comportaria ainda uma série de observações complementares e subsidiárias relativamente às incursões do autor a territórios aqui apenas referidos, como os da política, da história, da música, da arquitetura e do urbanismo, do cinema, do futebol e de alguns outros. Não obstante, parece-nos que o essencial — conquanto por essencial se deva entender aquilo que necessariamente não o é — foi por nós de certa forma aflorado. Advirta-se, além disso, que este breve estudo sobre o ensaísta jamais pretendeu esgotá-lo, como tampouco decifrá-lo por completo. Ele é apenas — e quando muito — um tosco bosquejo, uma tímida tentativa de aproximação e compreensão.

3

Talvez porque, como já se observou, seja o ensaio um gênero tangencial ao da crônica, não se observam distinções muito precisas entre diversos dos textos ensaísticos de Lins do Rego e suas crônicas, exceção feita às de impressão de viagem. Por definição, o ensaio comportaria maior fôlego e amplitude exegética, além de especulação estético-filosófica mais intensa e um maior distanciamento dos fatos da realidade imediata, enquanto a crônica estaria mais próxima do registro jornalístico, por natureza efêmero e perecível. A rigor, pode-se mesmo dizer que muitos dos "ensaios" de *Poesia e vida* e de *A casa e o homem* seriam antes e apenas crônicas.

O que não muda em absoluto de um gênero para o outro é a atitude do autor com relação à vida, ao homem ou à arte. Aqui como lá, Lins do Rego permanece idêntico a si mesmo, sempre atento aos "homens, seres e coisas" de um universo que ele sentia e entendia enquanto telúrico indício de uma realidade essencialmente fenomênica. E não será exagero afirmar-se que o cronista Lins do Rego se nutre do ensaísta que o habitava, assim como este recorre àquele sempre que a caducidade do fato ou do problema abordado o exija. Não cabe, pois, analisar aqui o cronista, que deve ser entendido apenas enquanto redução operacional ou circunstancial do ensaísta. Este é o motivo pelo qual me restrinjo, nesta emergência, a remeter o leitor para o estudo que anteriormente fizemos sobre aquele.

Acrescente-se, ainda, que esse critério é algo arbitrário, podendo o leitor dele discordar e acolher como ensaio o que tomamos por crônica ou vice-versa. A este propósito, aliás, conviria talvez recordar que, na bibliografia do autor, os volumes intitulados *Poesia e vida*, *A casa e o homem* e até mesmo *Gordos e magros*, que é coletânea de óbvias intenções e abordagens ensaísticas, aparecem não raro com a indicação de "crônicas", muito embora Lins do Rego os entendesse como de "ensaios". E atente-se, afinal, para a instigante circunstância de que, pelo menos a nosso ver, há muito mais (e autêntico) ensaísmo do que efêmera *causerie* jornalística em um livro da têmpera de *Homens, seres e coisas*.

4

Paralelamente à sua produção ensaística e à grande quantidade de crônicas ou artigos que deixou dispersos em jornais e revistas do país, Lins do Rego nos legou também volumosa literatura de viagem, como o atestam *Bota de sete léguas* (1952), *Roteiro de Israel* (1955), *Gregos e troianos* (1957) e a primeira seção de *O vulcão e a fonte* (1958). Trata-se de herança de um andarilho ou, como ele próprio escreveu, "do esforço de um míope que não quer passar por cego" e que "precisa fixar-se mais nas coisas para senti-las melhor", que "recorre aos ouvidos, ao tato e ao cheiro e se confunde com o objeto e se transforma em íntimo amigo das coisas", no afã de contemplar a realidade "como se estivesse numa sala de espetáculos".[28] É isso que talvez explique o intenso colorido que matiza as impressões de viagens escritas pelo autor sobre terras e costumes, cidades, casas, tumbas e monumentos, pequenos acidentes geográficos e toda uma heterodoxa miuçalha urbana e humana dos países e regiões por onde andou, sobretudo os da Europa, cujo solo palmilhou até os confins em que este se confunde com o Oriente Médio.

Amante da pintura e de todas as formas das artes plásticas, da luz e da proporcionalidade, das linhas ora suaves e difusas, ora precisas e quase geométricas com que fixou rostos e paisagens, Lins do Rego revela, nestas impressões, aquele profuso magnetismo cromático que exercem sobre nós os retábulos, painéis e afrescos dos grandes mestres. E permito-me pensar aqui não ter sido à toa que, em seus ensaios ou crônicas sobre pintores, haja o escritor dado tanta ênfase aos aspectos justamente seriais ou muralísticos de obras de Portinari, Picasso, Goya, Rivera e Tamayo. Ainda aqui fiel à lição de Montaigne — mas dessa vez não o da prosa especificamente ensaística, e sim o do evanescente ensaísmo de suas impressões de viagens à Itália ou à Suíça — e à dos incansáveis *travellers* ingleses, Lins do Rego demonstra um senso acuradíssimo da observação, processo este que sempre entendeu e agenciou enquanto forma gnosiológica de vivência e de conhecimento pessoais ou como

[28]José Lins do Rego, "Gregos e troianos", em *Gregos e troianos*, Rio de Janeiro, José Olympio, 1957.

périplos culturais e humanísticos. É talvez por isso que, mesmo nessas impressões ou notas de viagem, perdure o vezo ensaístico do autor, pois o que são senão estupendos ensaios as crônicas nas quais ele nos fala de Cabo Frio, de Vassouras, de uma "pequena expedição" a Delfos, dos gregos e de sua civilização, da luz e da nova poesia helênica, de "um homem chamado Eurípedes", da terra de Shakespeare ou do milagre israelense?

Assim, a literatura de viagem do autor de *Bota de sete léguas* participa também (e de modo mais intenso do que se possa imaginar) da estrutura daquela sua personalidade global a que anteriormente nos referimos. Essas notas e impressões de andarilho constituem uma óbvia e enfática mostra de como e de quanto a elas recorreu o romancista para de certa forma não apenas recriar seu universo ficcional, mas também e ainda uma vez deambular pelo interior de si próprio. São elas, pois, apenas um segmento do *continuum* ontológico do escritor, de uma mesma e única personalidade, de um ser que só poderá ser visto e entendido se nos apresentado como tal, ou seja, uno e indivisível.

5

Embora toda a prosa de ficção de Lins do Rego esteja infiltrada de reminiscências que remontam à infância do autor, é no *Menino de engenho* que melhor e mais claramente se podem observar as raízes dessa vertente memorialística, cujos filetes irão aflorar ainda não apenas em seus dois romances seguintes, *Doidinho* e *Bangüê*, com os quais aquele primeiro forma uma inequívoca e harmônica trilogia, mas também em *O moleque*

Ricardo, que já é romance urbano, e até mesmo em *Usina*. Como oportunamente observa Josué Montello em seu arguto estudo introdutório à *Ficção completa de José Lins do Rego*, são todos eles "romance de sertão" cuja intriga ficcional evoca o "mundo do menino de engenho", acrescentando logo a seguir, com base nas observações alinhavadas por Olívio Montenegro em *O romance brasileiro*, que, dentre esses primeiros romances, "os mais intensos são aqueles de transparente sentido autobiográfdico".[29] É o próprio Olívio Montenegro, aliás, quem detecta, na obra citada, o substrato confessional desse "dom de evocar" a que recorria Lins do Rego para viabilizar seu universo novelesco, dessa sabedoria ficcional de "não evocar somente pela memória, mas evocar com o auxílio da imaginação, evocar menos como quem recorda do que como quem recria e alonga o passado no presente".[30] Em muito pouco difere desse ponto de vista o que defende Álvaro Lins, por exemplo, em *Os mortos de sobrecasaca*, em cujas páginas se lê que, no "caso de José Lins do Rego, encontramos sem esforço uma memória muito aguda e uma imaginação muito poética que operam juntas e se desenvolvem em harmonia".[31]

Já se disse — e não sem alguma razão — que Lins do Rego teria escrito "duas vezes" o mesmo livro, a cuja primeira versão deu ele o título de *Menino de engenho*, batizando a segunda de *Meus verdes anos*. É claro que o leitor não deverá jamais tomar essa afirmação ao pé da letra, tanto assim que tivemos o cuidado de aspeá-la. Mas o fato é que os dois livros se tangenciam intimamente enquanto florações quase contíguas de

[29]Josué Montello, "O romancista José Lins do Rego", introdução geral à *Ficção de José Lins do Rego*, 2 v., Rio de Janeiro, Nova Aguilar, 1976.
[30]Olívio Montenegro, *O romance brasileiro*, Rio de Janeiro, José Olympio, 1938.
[31]Álvaro Lins, *Os mortos de sobrecasaca*, Rio de Janeiro, Civilização Brasileira, 1963.

uma única e mesma matriz memorialística, induzindo-nos à suposição de que o escritor valeu-se aqui de um curioso processo de desdobramento da reminiscência, entretecendo como que duas formas de discurso confessional: uma, que parte do registro da memória e recria, liricamente, todo um universo ficcional, alongando assim "o passado no presente"; e outra, que se elabora ao nível de uma decodificação operada a partir do texto anterior cuja matéria-prima lhe é comum. Mas, se é verdade que Lins do Rego escreveu "duas vezes" o mesmo livro, também o é a circunstância de que os haja escrito com intenções inteiramente distintas. A *Meus verdes anos* falta por completo qualquer indício de autêntica urdidura ficcional, ao passo que, no *Menino de engenho*, se o ponto de partida é a memória, decerto não será ela o ponto de chegada. Em outras palavras: naquele, os fatos e episódios são evocados através de uma memória que se pretende apenas enquanto testemunha ocular da história, de uma história que ela apenas registra, mas não reinventa; neste, a memória só relembra quando a serviço da imaginação, ou seja, da ficção, motivo pelo qual o escritor evoca — repito-o aqui — "menos como quem recorda do que como quem recria e alonga o passado no presente". E não será preciso ir muito longe para que se perceba esse desdobramento da memória, essa cúmplice duplicidade do tecido ficcional. O leitor que o comprove através do cotejo entre os capítulos iniciais de *Meus verdes anos* e de *Menino de engenho*.

6

Ainda em seu magnífico estudo introdutório à *Ficção completa de José Lins do Rego*, Josué Montello se refere à oralidade que impregna o estilo do autor e que dele fez, como sublinha Otto Maria Carpeaux em seu prefácio à terceira edição de *Fogo morto* (1943), "o último dos contadores profissionais de história" do Brasil. E é a pura verdade. Quem quiser que se empenhe em compreender a essência do estilo ficcional ou ensaístico de Lins do Rego deverá antes *ouvi-lo* do que *lê-lo*, embora, claro está, uma atitude não exclua a outra. Não é à toa, portanto, que o romancista se apegue àquela noção de "língua do povo", tema sobre o qual muito escreveu em seus ensaios e crônicas. E nesse apego é que se encontram as raízes de sua literatura popular, de sua concepção telúrica e instintiva do fenômeno literário.

Onde melhor se pode observar o exercício desse dom da palavra, entretanto, não é nos romances nem nas crônicas que nos deixou Lins do Rego, e sim em suas conferências, não apenas na que pronunciou em 1943 sobre Pedro Américo, mas sobretudo nas três que proferiu, ainda naquele ano, no Colégio Livre de Estudos Superiores de Buenos Aires, depois conhecidas e publicadas sob o título de *Conferências no Prata* e que se incluem, a nosso ver, entre os maiores "ensaios orais" de toda a literatura brasileira, categoria a que também pertence o que ele escreveu sobre Eduardo Prado. Ora, essas conferências comprovam ao cansaço aquele "algo de palestrado" de que nos fala Josué Montello e que é, segundo este mesmo ensaísta, "uma das forças do estilo de Lins do Rego". E se o é, não pode ficar à margem do inventário de subsídios e achegas organizado por quem, como nós, desde logo dissemos aqui estar interessados na "total compreensão de sua personalidade de criador". Cônscio de seu ofício de escritor e do crucial papel desempenhado pela palavra — sim, essa palavra, sem o fundo conhecimento da qual Heidegger afirmou que jamais alguém chegaria à apreensão da essência do ser —, Lins do Rego advertiu àqueles que então o ouviam de que nós, "os homens donos da palavra, temos tido medo de tudo, até de nossas próprias sombras. Temos tido medo de Deus e do homem. Medo de falar, medo da palavra, que é o nosso instrumento, e muito mais medo ainda de fantasmas que nos dominaram".[32] E mais não digo nem transcrevo. O leitor que o *ouça falar* sobre a arte de Raul Pompéia. E, se puder, que lhe atenda o dramático apelo no sentido de "salvar a palavra".

1981

[32]"A palavra", introdução às *Conferências no Prata*, Rio de Janeiro, Casa do Estudante do Brasil, 1946.

A astúcia de Merquior

1

A primeira singularidade que chama a atenção de quem percorre as páginas que compõem *De Anchieta a Euclides*,[33] essa breve história da literatura brasileira que nos legou a astúcia de José Guilherme Merquior e que em boa hora volta a circular entre nós, não é tanto a prodigiosa galáxia de juízos críticos ou de certeiros *insights* com que o autor brinda seus leitores, mas sim a análise contextual que harmonicamente se conjuga às agudas interpretações textuais dos poetas e ficcionistas aqui contemplados. Em outras palavras: Merquior, mais do que qualquer outro historiador de nossas letras, faz com que a literatura brasileira dialogue não apenas com as literaturas de outras línguas, mas também com o substrato das idéias que as informam e iluminam ao longo das etapas de sua evolução estética e doutrinária. Ou como ele próprio sublinha na advertência que faz ao leitor: "Há histórias da literatura nas quais os textos não passam de pretextos para falar da realidade social ou 'espiritual' de cada época." E logo adiante: "mas é pre-

[33]José Guilherme Merquior, *De Anchieta a Euclides*, 3ª ed., Rio de Janeiro, Topbooks, 1996.

ciso não esquecer que o texto só 'fala' se posto em contexto — no contexto de seus irmãos de gênero e estilo, e no contexto concreto de sua época". Muito ao contrário de nossos historiadores do passado, em particular Sílvio Romero e José Veríssimo, excessivamente contaminados por certa filosofia (dir-se-ia até filosofismo) que aqui medrou em fins do século XIX e princípios deste — ou seja, aquela que se enraizava nas teses positivistas ou evolucionistas de Comte, Haeckel, Spencer ou Lamarck —, Merquior nos descortina um panorama filosófico, ainda hoje vivo, que se estende desde o antigo pensamento grego até as idéias que se imbricam nas diversas vertentes do pensamento contemporâneo, oferecendo assim ao leitor não propriamente uma estática moldura histórica em que se congelasse a evolução dos gêneros e estilos literários, mas antes uma paidéia em que estes florescem na comunhão sob o signo da qual sempre conviveram as idéias e as letras.

Outra distinção que aqui cumpre fazermos — e fá-la desde o início o próprio Merquior — relaciona-se ao caráter de brevidade que o autor confere à sua obra. Ela é breve apenas na medida em que se encontra "subordinada a um critério de alta *seletividade*", o que vale dizer que o leitor só encontrará aqui os *principais* autores brasileiros — o que, numa literatura ainda tão jovem como a nossa, nos reduz, no período considerado, a algumas dezenas de nomes. E para que mais, quando se sabe que, até o fim dos Oitocentos, nossa literatura está vincada de mediocridade ou de embriões que, na imensa maioria das vezes, não chegam a vingar? E mais uma lição da *sagesse* de Merquior: os outros dois critérios que lhe regem essa breve história são os da acessibilidade e do senso da forma. Acessibilidade, sim, porque a obra se pretende ao convívio do público geral, o que levou o autor a recusar-se "a toda erudição de cunho rebarbativo e a todo excesso de terminologia especializada", mas sem negligenciar "as conquistas da análise 'técnica' da literatura, nem encobrir a complexidade dos problemas envolvidos em questões de arte e de estilo". E viva preocupação com o senso da forma, também, porque aqui se almejou "focalizar a interpretação crítica *na estrutura do texto literário*", resultando daí, acima de tudo, "o cuidado em caracterizar cada obra, ou conjunto de obras, a partir de suas peculiaridades de escrita e de estilo, já que o conteúdo da obra literária transparece na intimidade de sua *forma*".

De Anchieta a Euclides reduz-se assim, ainda que o faça substancialmente, a apenas quatro capítulos: "A literatura da era barroca no Brasil (até c. 1770)", "O neoclassicismo (c. 1760-1836)", "O romantismo (1836-c. 1875)" e "O segundo oitocentismo (1877-1902)." O que decerto haverá de deliciar o leitor é que, além das análises amiúde lapidares, cada um desses capítulos principia com aquele diálogo a que aludimos entre o que aqui se fez e o que se fazia acolá, sobretudo na Europa, de onde vêm, muito mais do que esse tão decantado quão falaz caldeamento de raças, as origens de tudo o que somos enquanto pretensa nação civilizada, enquanto usuários não de tupis ou guaranis — e muito menos de qualquer dialeto bunda —, mas de uma língua de cultura que se chama português. É assim que se entende — tomando-se por base o espírito da colonização, com sua literatura de celebração e conhecimento da terra, a tentativa de colonização jesuítica e a literatura de catequese ou o primeiro estilo da cultura ocidental moderna, ou seja, o barroco — como e por que eclodiu o estilo seiscentista de Vieira e Gregório de Matos e como, a partir deste, se cristalizou o rococó durante o primeiro quartel do século XVIII. É assim que se entende, ainda, o aparecimento entre nós, na segunda metade desse mesmo século, do neoclassicismo e da ilustração, dessas vertentes que confluem no arcadismo da chamada "escola mineira" e que se prolongam na segunda fase neoclássica durante a época da Independência e na última poesia neoclássica que já tangencia as franjas da produção pré-romântica.

De Anchieta a Euclides — e cabe aqui lamentar apenas que sua trajetória se interrompa no período em que foi escrito *Os sertões* — não é tão-só uma obra de juízos críticos lapidares: toda ela é lapidar mercê de sua concisão contextual, de sua organicidade estrutural, de sua agudíssima inteligência exegética, de seu amplo e poderoso aparato filosófico, de sua erudição sem nenhuma pedanteria e, talvez mais do que tudo isso, de sua linguagem elegante e sedutora que em tudo se opõe ao estilo empolado e pedregoso de Romero ou Veríssimo. Pena que não possamos aqui comentar as argutas análises que faz Merquior de Vieira e Gregório de Matos, dos árcades mineiros, dos românticos desde Gonçalves Dias até Castro Alves. Mas registro à parte merecem as páginas antológicas que dedica o autor a Machado de Assis. Não são poucos nem tampouco ingênuos os que o precederam nessa espinhosa, conquanto deleitável, empreitada. E é bem de ver que não se podem esquecer aqui, entre tantos outros, os nomes de Astrojildo Pereira, José Veríssimo, João Ribeiro, Augusto Meyer, Lúcia Miguel Pereira, Eugênio Gomes, José Oiticica, Afrânio Coutinho, Raimundo Magalhães Júnior, Barreto Filho, Dirce Cortes Riedel ou Maria Nazareth Lins Soares. Mas em certo sentido — aquele em que com um mínimo de palavras se diz o que de mais essencial existe sobre determinado escritor — Merquior os supera a todos. Supera-os, de início, quando observa que a "grandeza de Machado de Assis foi ter posto os instrumentos forjados no primeiro Oitocentos — a língua literária elaborada por Alencar — a serviço do aprofundamento filosófico de nossa visão poética, em sintonia com a vocação mais íntima de toda a literatura do Ocidente". E excede-os, ao fim e ao cabo, quando decifra o enigma talvez mais fundo do gênio machadiano: "Deste modo, Machado de Assis, que desprezou até o fim a literatura localista e folclórica, que *universalizou* mais que ninguém a nossa arte literária, permaneceu fiel a uma componente medular da alma brasileira. O seu humorismo não se limitou a abrir nossa cultura à visão problematizadora, vocação mais forte da estética moderna: ele *abrasileirou* profundamente *essa* mesma visão *problematizadora*."

2

Publicado pela primeira vez em 1965 — há mais de trinta anos, portanto —, *Razão do poema*,[34] de José Guilherme Merquior, guarda ainda uma surpreendente aura de louçania exegética, de atualidade crítico-literária e de coerência estético-doutrinária, muito embora se saiba que, desde aquela data até a morte precoce do autor, em 1991, muito evoluiu e se transformou o pensamento daquele que findou seus dias como um "liberal neoiluminista", na correta avaliação de Eduardo Portella. O resgate desse livro — assim como de dois outros, *A astúcia da mímese* (1972) e *De Anchieta a Euclides* (1977), como nos promete a Topbooks ainda para este ano — tem por mérito principal o de restituir ao leitor os textos em que Merquior esgrime seu talento e sua argúcia de crítico literário, esse talento

[34] *Idem*, *Razão do poema. Ensaios de crítica e de estética*, 2ª ed., Rio de Janeiro, Topbooks, 1996.

que, pouco depois, ele poria a serviço do debate das idéias, tornando-se oponente do marxismo e arauto do liberalismo a que já aludimos. E é no mínimo curioso perceber, em *Razão do poema*, que, na época em que foi escrito, Merquior ainda mantinha estreitos vínculos com o pensamento marxista, como se pode observar em textos tão "comprometidos" quanto "Crítica, razão e lírica — ensaio para um juízo preparado sobre a nova poesia no Brasil", "Notas estéticas" ou "Responsabilidade social do artista", todos pertencentes à segunda parte do volume, "Estética", em que o autor aprofunda também as relações entre a estética e a antropologia, no afã de estatuir uma fundamentação antropológica da universalidade da arte. É a época em que se contam entre seus mestres não apenas aqueles que se filiaram à chamada "esquerda hegeliana", mas também pensadores mais recentes, em particular Sartre e Lukács. Todavia, em muitos dos dezenove ensaios reunidos em *Razão do poema*, já se pode imaginar o futuro liberalismo de Merquior, o que, ainda nessa época de breve namoro com a doutrina marxista, revela sua sempre saudável autonomia intelectual.

Diz o autor na "Advertência" com que alerta seus leitores: "Doa a quem doer, permaneço um racionalista — embora firmemente convencido de que o único racionalismo conseqüente é o que se propõe, não a violentar o mundo em nome de seus esquemas, mas a apreender em seus conceitos, sem nunca render-se ao ininteligível, sem jamais declarar o inefável, a essência de toda realidade, ainda a mais esquiva, mais obscura e mais contraditória." É à luz dessa divisa — e já se vê que não poderia ser outro o título da obra — que se deve entender a crítica literária de Merquior, ou seja, a que fulgura, lúcida e astuciosa, sobretudo ao longo dos treze estupendos ensaios incluídos na primeira parte do livro. É neles que melhor e mais agudamente se podem atestar a inteligência crítica, a finura exegética, a cultura literária e a fundamentação estético-doutrinária de que se nutria o pensamento de um jovem que, à época do aparecimento de *Razão do poema*, beirava tão-somente os vinte e três anos. Ensaios como "Uma canção de Cardozo", "O poema do lá", "Murilo Mendes ou a poética do visionário", "*Quand vous serez bien vieille*", "A escola de Bocage" e "Coppelius ou a vontade alienada" não só nos dão conta da pujança e da agudeza intelectuais do autor, como também constituem um veemente desmentido a certo juízo que lhe denuncia a obra como datada. O que se vê aqui, ao contrário, é a mais vívida permanência, a mais indiscutível e indiscutida originalidade, essa mesma originalidade que lhe permite, depois de tudo o que se escreveu sobre a "Canção do exílio"— e a propósito diríamos: *excusez du peu* — extrair algo de novo, do ponto de vista estilístico, do célebre poema gonçalvino, como ocorre nesta passagem: "A 'Canção do exílio' é um poema simples e desnudo, mas não porque haja nela, em alusão poética, os elementos essenciais da terra nativa. A verdadeira razão, o verdadeiro segredo de sua direta comunicabilidade é a unidade obstinada do sentimento que a domina. Esta é a qualidade distintiva da canção, o que faz dela um poema realmente 'sem qualificativos'; precisamente porque *todo* o poema é qualificativo: todo ele qualifica, em termos de exaltado valor, a terra natal." E sublinhe-se que é essa mesma nudez expressiva, essa mesma e franciscana simplicidade, que só voltaremos a encontrar nos versos de Manuel Bandeira.

O que se vê no ensaísmo de Merquior, muito ao contrário da acusação descabida que lhe fizeram de pedanteria erudita, é antes e amiúde invejável robustez literária, essa mesma robustez que vimos no passado em Álvaro Lins, Otto

Maria Carpeaux, Augusto Meyer ou Sérgio Buarque de Holanda, e que hoje vemos em Wilson Martins, Benedito Nunes, José Paulo Paes, Davi Arriguci e nesse jovem crítico Antônio Carlos Secchin, que agora desponta entre nós. Se Merquior mobiliza essa espantosa multiplicidade de fontes — as quais, como autêntico pensador, não esconde de ninguém —, não o faz por exibicionismo acadêmico, mas apenas porque lhe serviram de subsídio à compreensão de determinado texto. E nada existe nesse processo mobilizatório que se possa acusar de epidérmico. Há, isto sim, uma absorção orgânica do que foi lido e que, lucidamente digerido, permite ao autor distender e aprofundar sua visão sobre esse ou aquele escritor. Nesse sentido, por exemplo, são paradigmáticos os ensaios "*Quand vous serez bien vieille*", no qual o autor engendra um sutilíssimo cotejo entre o conhecido soneto de Ronsard e os que sobre o mesmo tema escreveram Samuel Daniel, Andrew Marvell e Yeats; e, talvez mais do que estes, o magistral "Coppelius ou a vontade alienada", sobre as múltiplas implicações do conto fantástico "O homem de areia", de Hoffmann, no qual aparece a personagem sinistra do doutor Coppelius. Graças à prismática visada com que Merquior surpreende o liberalismo em certas preferências de Hoffmann, há análises tão astutas quanto esta: "Coppelius é o produto do erro da vontade; Caligari, porém, um século depois, é menos o resultado do *poder do indivíduo* do que a figuração de uma *ameaça do indivíduo*. A sensibilidade hoffmanniana pressentiu a ameaça *do* indivíduo; mas o expressionismo, num outro estágio de alienação, revelou a ameaça *ao* indivíduo." Dizer que há nesses textos algo de datado é passar ao largo, por ignorância ou má-fé, de um dos mais altos momentos a que chegou a crítica literária entre nós. Pena que, tão polêmico em vida, Merquior não possa mais responder aos estúpidos e medíocres que, liliputianamente, tentam morder-lhe os calcanhares.

1996

3

Antes mesmo de iniciar a leitura de *A astúcia da mímese*,[35] de José Guilherme Merquior, deve o leitor entender o que se esclarece na "Memoranda" da coletânea, onde sublinha o autor: "A opção pela forma proparoxítona visa a salientar a diferença entre mimese, figura de retórica, e o conceito de poética e de estética homônimo." Logo, o que aqui se estuda não é a *imitatio* ou, muito menos, a *ethopea* ou *sermocinatio*, e sim uma concreção específica daquela "faculdade de imitar" a que se refere Aristóteles, o que faz da mimese uma espécie do gênero mímese. É sob esse ângulo que Merquior abre este volume de ensaios com o magistral estudo "Natureza da lírica", dessa lírica que, como se sabe, era de início apenas um gênero da poesia, mas que, a partir do declínio do grande poema narrativo e do verso dramático, passou a confundir-se com a própria poesia. É com base nessa comunhão que o autor chega ao conceito de que "poesia é o tipo de mensagem lingüística em que o significante é tão visível quanto o significado, isto é, em que a carne das palavras é tão importante quanto o seu sentido". Vista desse prisma, a lírica torna-se, por conseguinte, uma forma de imitação, o que leva o ensaísta a concluir que a "história da poética moderna é, em grande parte, a crônica de um retorno a Aristóteles" ou,

[35] *Idem*, *A astúcia da mímese*, 2ª ed., Rio de Janeiro, Topbooks, 1997.

mais exatamente, à sua nunca assaz louvada *Poética*. É por aí que enveredam críticos como Elder Olson, Kenneth Burke e Roman Jakobsen, entre tantos outros, ao contrário do neoplatônico Yvor Winters, que, ao considerar a ação mimética como algo estritamente moralizante e intelectualístico, entendia o poema "em termos de simples *statement*". Mas advirta-se que o fenômeno que Merquior define como "astúcia da mímese" não se restringe especificamente ao lírico. Essa astúcia deve aqui ser compreendida como o "*modus operandi* da literatura em geral". Ou seja: ela "indica a causa final do literário, que guarda o segredo da universalidade das suas obras: essa capacidade de interessar aos homens em qualquer tempo e lugar".

É sob essa ótica que Merquior examina "O lugar de Rilke na poesia do pensamento", ensaio modelar por sua argúcia em separar o joio do trigo, vale dizer: a de discernir entre o conceito de poesia filosófica e a idéia de literatura doutrinária que amiúde a contamina. E para resgatar essa noção de uma poesia do pensamento sustenta Merquior que "é preciso recorrer ao antídoto de outra convicção moderna: a de que, na alta literatura, a força do sentimento convive harmonicamente com a energia intelectual". Não foi outra a razão pela qual T. S. Eliot exumou os poetas metafísicos do século XVII, entre os quais avulta a extraordinária figura de John Donne, cuja poesia Samuel Johnson condenou ao esquecimento por mais de dois séculos. Na verdade, o que Merquior privilegia aqui é aquela denúncia eliotiana quanto à visão viciosa que promovia um divórcio entre a idéia e a emoção, ou seja, o que o autor dos *Four Quartets* entendia por uma "dissociação da sensibilidade". Assim, para que se desfrute dessa poesia do pensamento nas *Elegias de Duíno* e nos *Sonetos a Orfeu* será preciso entender que "as origens do lirismo moderno remontam à poesia filosófica de Goethe", passando depois por aquela articulação explícita de uma concepção do ser tal como a vemos em Hölderlin, Novalis, Keats, Leopardi e Baudelaire, que, mais do que Poe, lança os fundamentos da poesia moderna. Tal como a vemos em Rilke quando nele intuímos que "o belo é apenas o limiar do terrível, da força violenta da verdade".

Fiel à vertente que aflora em Goethe, a orquestração das *Elegias de Duíno*, com suas ressonâncias de caráter sinfônico, "prende-se antes de tudo à articulação de todos os motivos no pensamento tematizante, dirigido a uma interpretação global e explícita da realidade". É aqui, como se vê também nos *Sonetos a Orfeu*, que se comprova o fato de que Rilke, ao contrário do que muitos ainda julgam, não acreditava na transcendência ou em nenhuma metafísica. O que Rilke celebra, terrestre e dionisíaco, é a metamorfose "de todas as formas no impulso vital, na euforia da destruição criadora". Mas o Deus de Duíno não é Dionisos, e sim Orfeu, que "começa a cantar a partir da experiência da morte". É por isso, conclui Merquior, que a profundidade da poesia de Rilke "deriva da dimensão de perplexa perturbação em que o declínio da aura coloca o espírito moderno, em sua preocupação com a autenticidade da vida". Pode-se até dizer, em termos estritamente filosóficos, que o caráter celebratório da poética rilkiana remonta à *logique du cœur* de Pascal, mas a interioridade pascaliana "era uma face complementar da razão cartesiana". Eis por que, insinua o ensaísta, "o Anjo de Duíno, em que se realiza a salvação do visível pelo invisível da celebração, é da mesma família que Zaratustra".

É com a mesma astúcia que, logo em seguida, Merquior se debruça sobre certos aspectos da "poesia da poesia" drummondiana e, com particular afinco e lucidez, sobre boa parte da obra poética de João Cabral de Melo Neto, nele revelando a "poética" a que se consagrou o autor em *O engenheiro*, *Psicologia da composição*, *Fábula de Anfion e Uma faca só lâmina*. São páginas antológicas sobre o poeta pernambucano e que não podem aqui ficar sem registro, sobretudo quando Merquior observa, com relação a *O engenheiro*, que ele "não celebra a lucidez humana contra qualquer cegueira, contra qualquer 'caos' do mundo físico: ele louva a lucidez do homem como forma específica e altamente estimável da ordem natural". E mais: "O poema não se ergue 'contra a inspiração'; ele mostra que a inspiração só é válida quando *ativa*, quando acolhida sem passividade e transformada conscientemente." Quanto a *Fábula de Anfion*, é com toda razão que sustenta o ensaísta: "Ora, não se reconhecendo na obra do acaso, Anfion se resolve pela esterilidade. A *Fábula* seria uma crônica amarga e clarividente da 'luta pela expressão', cujo final inevitável seria a derrota da linguagem." Merquior chega mesmo a admitir que a experiência de Anfion não constitui apenas o modelo de uma poética, mas "também o símbolo do fenômeno do conhecimento e, em termos ainda mais abrangentes, da experiência global do homem em relação ao ser". E essa experiência (que é estética, mas também ética) se prolonga e se aprofunda na *Psicologia da composição* e, mais ainda, em *Uma faca só lâmina*, pois aqui haverá o leitor de perceber que ao "estilo das facas" corresponde tanto "um modelo de vida" quanto um ideal de poesia. Depois de descartar certas analogias ingênuas que tentam aproximar o estilo cabralino do abstracionismo simbolista de Mallarmé e Valéry, pondera enfim Merquior que, se fôssemos "buscar-lhe um modelo, na linguagem do verso ocidental, não remontaríamos ao cultismo, e sim a Dante", cujo estilo chega ao símbolo "através da apresentação direta da fisionomia do mundo, seja real ou ficto".

A astúcia de Merquior só tropeça quando, no final do volume, de volta a mobilizar todo o seu opulento aparato para avalizar a qualidade dos versos de Capinan e de Francisco Alvim. Concordamos com Merquior quando diz que ambos fogem "a essa discurseira, a esse lamentável alto-falante de coisas óbvias, de clichês demagógicos e de platitudes esquerdeiras" que deitaram a perder considerável parte da messe de nossa poesia de participação social. Mas o exemplário que nos oferece o autor no afã de atestar que Capinam e Alvim se alçaram um pouco além dessa aluvião palavrosa não passa, na maioria das vezes, de um acervo de banalidades, de uma poesia que, transcorrida apenas uma década, envelheceu de forma irremediável. Felizmente, Merquior volta à lucidez nos dois últimos ensaios do livro, sobretudo no que dedica a "A pulga parabólica", de Murilo Mendes, onde se pode colher, por exemplo, esta bela síntese sobre a trajetória da poesia que hoje se escreve (ou dever-se-ia escrever) entre nós : "A tese muriliana da criação poética de *pathos* apocalíptico é um dos ramos fundamentais com que a tradição modernista — nessa inspiração sacralizada de Murilo, na 'poesia da poesia' de Drummond ou na po-ética de João Cabral — afastou irreversivelmente o conceito de lírica brasileira do formalismo inconseqüente e do sentimentalismo sub-romântico."

1996

O excesso e suas representações[36]

Sempre que — seja por estrito e ocioso deleite de reler relidamente o que já li, seja porque o sortilégio vocabular ou imagístico-metafórico que lhe entranha os versos insiste em desafiar a nossa argúcia exegética — retorno à poesia de Augusto dos Anjos, eis que afloram não apenas os enigmas de sempre, mas também os deploráveis equívocos em que se comprazeu boa parte da crítica brasileira ao interpretar a gênese e a essência poética deste livro único em nossa literatura que é o *Eu*, cuja última edição, *Augusto do Anjos. Obra completa*, organizada pelo poeta Alexei Bueno para a Nova Aguilar, data de 1994 e reúne, em definitivo, a *opera omnia* de Augusto dos Anjos, além de incluir, entre diversos outros apêndices, uma considerável fortuna crítica sobre o autor. Tais equívocos, que são de ordem vária e distinta, têm início na própria biografia do poeta, e são tanto mais injustificáveis porquanto resultam de depoimentos ou informações veiculadas por contemporâneos seus, por amigos ou escritores que dele privaram na Paraíba, no Rio de Janeiro e em Minas Gerais, mais precisamente em Leopoldina,

[36]Prefácio a *A carne da ruína. Sobre a representação do excesso em Augusto dos Anjos*, de Sérgio Martagão Gesteira, João Pessoa, Editora Universitária/ São Luís, Edufma, 1998.

onde o poeta morreu de *pneumonia*, na madrugada de 12 de novembro de 1914. É alarmante o número de críticos e estudiosos da época — e aqui se incluem os nomes de Antônio Torres, Órris Soares, João Ribeiro, Gilberto Freyre, Agripino Grieco, Medeiros e Albuquerque, Raul Machado, Manuel Bandeira — que o dão como vítima da tuberculose e, o que é pior, não hesitam em atribuir à doença, uma doença de que o autor jamais padeceu, papel decisivo na formação de sua personalidade literária e do desesperado pessimismo que lhe inerva os poemas. Essa mesma crítica, que de crítica nada tinha, prestava ao leitor informações tão disparatadas quanto esta, veiculada por Medeiros e Albuquerque: "Ele foi um tuberculoso. Essa moléstia o minou durante muitos e muitos anos e acabou por dar-lhe a sua obsessão." E, logo adiante, a conclusão determinista: "Esse rapaz era — e não podia deixar de ser — um pessimista amargo."

Por aí já se vê como se engendra o substrato da fortuna crítica anjosiana. Não é de estranhar, como alerta Fausto Cunha em "Augusto dos Anjos salvo pelo povo", que os "estudos que sempre parasitaram as edições do *Eu*, sobretudo os de Antônio Torres, nada fizessem por sua poesia — salvo propagar uma visão não-crítica e caricaturada para o trágico". Foram tais estudos, sem dúvida alguma, que induziram o leitor a prezar o que há de pior em Augusto dos Anjos, ou seja, aquela outra face de que nos fala Álvaro Lins em "Augusto dos Anjos poeta moderno" (*Jornal de crítica*, 4ª série, 1951), talvez o primeiro que lhe tangencia a medula dos versos: "Ele tem com efeito duas faces: a do autêntico poeta e a do poeta vulgarmente sensacional, a do artista, com uma enorme riqueza de pensamento e de sensibilidade, e a do artificial, com a gritante roupagem de uma precária terminologia científica. Encontramos nele o mais puro valor literário e o mais horrendo mau gosto." Esse mesmo gosto que levou a terceira edição da obra, *Eu e outras poesias*, de 1928, a vender cerca de três mil exemplares em quinze dias, como nos assegura Medeiros e Albuquerque em "O livro mais estupendo: o *Eu*" (*Jornal do Commercio*, Rio de janeiro, 30.9.1928). E parece não haver dúvida de que para tamanho êxito terá contribuído, mais uma vez, o "Elogio de Augusto dos Anjos", do já citado Órris Soares, que, nessa mesma edição, enfia ainda uma "Nota urgente" de cujo teor já podemos desconfiar. É nessas condições, portanto, que se forma o público leitor de Augusto dos Anjos, cuja obra póstuma começou a ser psicografada por médiuns. O próprio bestialógico do autor, aliás, serve de subsídio a essa destemperada admiração, e não se pode aqui discordar de Fausto Cunha quando sublinha: "Não se pode negar o fato de que às vezes o poeta incorre no disparate unicamente para completar um verso, formar uma rima — ou simplesmente por falha de formação científica." E é bem de ver que nem seria o caso de considerarmos aqui nenhum indício do que se poderia entender por formação científica, pois, a rigor, nunca a teve o poeta. Com toda a pertinência, Álvaro Lins pondera a respeito: "De resto, o que se chama a ciência de Augusto dos Anjos era uma ciência bastante primária, com um papel secundário em sua obra." E remata o grande crítico: "Os conhecimentos que revela de ciências físicas e naturais não estavam num nível muito superior ao de um bom estudante de curso secundário, completados com a leitura de algumas obras de Haeckel."

Embora de caráter mais delicado e controverso, é justamente aqui que emerge a segunda vertente dos equívocos que se amontoam em torno da poesia anjosiana, toldando-lhe às vezes por inteiro aquela comunhão orgânica e harmoniosa entre o *que* e o *como* da expressão verbal, desse consórcio de que o autor foi mestre insuperado. Houve até quem o pretendesse tributário de um poeta tão pífio quanto Martins Júnior, com quem se inicia entre nós, mais exatamente em 1883, com a monografia *A poesia científica*, a tola preocupação de chegar-se a uma síntese lírica nesse terreno, o que decerto jamais teria ocorrido ao espírito atormentado e convulso de Augusto dos Anjos. E ainda uma vez somos aqui obrigados a endossar o que disse Álvaro Lins sobre o assunto: "Em rigor, não há poesia científica como não há poesia religiosa, em categoria superior, mas homens de espírito científico ou de espírito religioso que são poetas com as suas personalidades assim caracterizadas." Nesse passo, aliás, cumpre distinguir apenas o que nos parece basilar: se a nomenclatura científica pouco ou nada acrescenta ao mérito intrínseco da poesia anjosiana — e mais bem o vemos que antes a prejudica em razão do prosaísmo e do mau gosto a que não raro a submete —, o espírito científico, como observa ainda Álvaro Lins, "dá à sua visão de poeta uma extraordinária amplitude, como um instrumento de penetração e acuidade". Ademais, cumpre esclarecer também que não foram os ensinamentos que hauriu ao monismo simplista ou ao naturalismo primário de Haeckel e Büchner, ou ao evolucionismo transformista de Darwin e Spencer (a propósito, José Paulo Paes nos fala hoje de um "evolucionismo às avessas" no pensamento anjosiano), ou mesmo às noções da filosofia de Comte então em voga, o que mais pesou na formação de intelectual de Augusto dos Anjos. O que de mais perto lhe toca, se cabe aqui considerarmos tais influências, é o pessimismo de Schopenhauer e, através deste, a dissolução nirvânica no grande todo universal, isto para não falarmos de dívidas literárias mais explícitas, mas nem por isso mesmo cruciais, como as que ele de algum modo paga a Cesário Verde, a Antônio Nobre, a Cruz e Sousa ou a Baudelaire, muito embora Augusto dos Anjos, pelas alucinações e visões macabras que lhe povoam a poesia, esteja mais próximo de Poe ou Hoffmann do que, a rigor, do cristianismo travestido que entranha boa parte dos poemas de *Les fleurs du mal*.

Mas é curiosamente entre aqueles antigos estudos sobre a poesia anjosiana que iremos encontrar o primeiro *insight* exegético de alguma astúcia, o de Gilberto Freyre, em "Nota sobre Augusto dos Anjos", publicada em setembro de 1924 em *The Stratford Monthly*, em Boston. É aí que se cogita, com lúcida premonição, de um possível e sugestivo vínculo entre a angulosidade do verso anjosiano e seu fascínio pelas palavras asperamente científicas e o processo de decomposição empreendido pelos poetas do expressionismo alemão, entre os quais Gottfried Benn, Georg Trakl e Georg Heym. É claro que Augusto dos Anjos não conheceu nenhum desses autores, como tampouco os mestres da pintura alemã. Mas a aproximação é aqui de todo cabível, como se veria, aliás, cerca de quarenta anos depois, nos argutos estudos de Anatol Rosenfeld e, mais recentemente, de José Paulo Paes. O autor de *Casa grande e senzala* chega mesmo a dizer, e com toda justeza, que em muitos dos versos de Augusto dos Anjos "a aspereza de sons não é evitada nem mesmo disfarçada, mas procurada", indo ao ponto de sublinhar que nele há "alguma coisa que faz pensar em Euclides da Cunha", como viria também a assinalar Fausto Cunha. Há outra observação de Freyre que não pode ficar aqui sem registro: a de que "nenhum amor pela natureza tropical revela Augusto dos Anjos em seus poemas". E acrescenta: "Afastou-se dela quanto pôde. Afastou-se dela heroicamente." Para enfim rematar, com maior pertinência ainda: "Mas não foi somente da natureza do trópico que Augusto dos Anjos divorciou-se. Ele afastou-se também do ritmo da vida crioula." E essa é, entre muitas, mais uma das razões que faz dele o poeta solitário e único que foi em nossa literatura, esse poeta mórbido e doentio que a ciência e a concepção mecanicista do mundo tornaram ainda mais infeliz e descrente de tudo o que pudesse um dia florescer para além da contingência e da caducidade fenomênicas da existência terrestre. É muito oportuna, a propósito, esta outra consideração de Gilberto Freyre: "Augusto dos Anjos foi como aquele indivíduo que G. K. Chesterton não podia compreender: um homem cujo destino a ciência desgraçou por completo por lhe terem ensinado os nomes de todos os vermes que o comiam e os nomes de todas as partes de seu corpo comidas pelos vermes."

Esses estudos anjosianos — e aqui não seria o lugar aconselhável para inventariá-los *ad infinitum* — ganham notável impulso a partir das contribuições decisivas de Manuel Cavalcanti Proença, Fausto Cunha, Antônio Houaiss, Francisco de Assis Barbosa e, sobretudo, do audacioso pronunciamento de Otto Maria Carpeaux na primeira edição de sua *Pequena bibliografia crítica da literatura brasileira* (1949), onde considerou o poeta, contra a maré consagrada, um importantíssimo caso de nossas letras, uma vez que até então era de mau gosto "admirar, apreciar, amar ou ter em conta a poesia de Augusto dos Anjos". Seria, ademais, "prova de imaturidade, vulgaridade ou incultura", como ressalta Antônio Houaiss. Mas nem mesmo essas novas angulações, como de resto as que se ensaiariam depois — e, neste caso particular, teremos que nos deter um pouco adiante nos estudos que escreveram Anatol Rosenfeld e José Paulo Paes —, explicam ou esgotam a trágica e macabra lírica anjosiana. Como muito bem pondera Houaiss, Augusto dos Anjos seria "o caso de um prógono que não derivasse do cansaço de epígonos de prógonos anteriores e que ademais conseguiria o milagre de não poder ter epígonos". Mas a essa altura o leitor já dispunha de uma edição digna do *Eu*, a 30ª, de 1965, corrigida e acrescentada com o "Texto e nota" de Houaiss, à qual se seguiu, em 1971, a 31ª, também da São José, com o acréscimo de mais trinta e nove títulos na seção referente aos "Poemas esquecidos". Atendia-se assim àquela justa e irritada reivindicação de Fausto Cunha: "Para repetir uma velha expressão, ainda não começamos a falar sério de Augusto dos Anjos."

Sem nenhum demérito para os que, daí em diante, se debruçaram sobre a poesia anjosiana — e não se podem ignorar aqui os importantes estudos de José Escobar Faria, Carlos Burlamaqui Kopke, Wilson Castelo Branco, Eudes de Barros, José Lins do Rego, Ferreira Gullar ou Elbio Spencer —, cumpre relevar, mais recentemente, duas abordagens exegéticas que nos parecem cruciais para a compreensão cabal de tão esfíngico e labiríntico poeta. Refiro-me aqui às de Anatol Rosenfeld ("A costela de prata de Augusto dos Anjos", in *Texto/contexto*, 1969) e de José Paulo Paes, sendo que a deste se esgalha em quatro estudos de rara e aguda perspicácia: "Augusto dos Anjos e o *art nouveau*" e "Do particular ao universal" (*Gregos e baianos*, 1985), "Augusto dos Anjos ou o evolucionismo às avessas", longo estudo introdutório a *Os melhores poemas de Augusto dos Anjos* (1986), e "Uma microscopia do monstruoso (a estética do horror na poesia de Augusto dos Anjos)", incluído em *Transleituras* (1995). Vamos aqui passar ao largo de certas considerações pertinentes à exata inserção periodológica ou escolástica que caberia ao *Eu* nos quadros de nossa historiografia literária. Afinal de contas, Augusto dos Anjos não pertence a nenhuma escola ou movimento, e dele se pode dizer que não teve, ao contrário da grande maioria de seus pares, nem vida pública nem vida literária e que, como lembra Álvaro Lins, "só participou do efêmero do seu tempo, na medida do indispensável, naquele mínimo em que todos os homens são obrigados a participar do seu ambiente". Quanto à filiação escolástica, poder-se-ia dizer, sem que nada lhe alterasse a substância, que foi e não foi simbolista, e o mesmo caberia no tocante a qualquer tentativa de enquadrá-lo no âmbito marmóreo do parnasianismo. Com relação a isto, aliás, pode-se até recorrer ainda uma vez a Fausto Cunha quando reflete: "O *Eu* pode ser visto como um desafio cara a cara ao parnasianismo. Indo mais longe, poderíamos vê-lo até como uma paródia."

O que de fato interessa em Augusto dos Anjos são a competência intrínseca e orgânica do verso e, tanto quanto esta, algo de que hoje já pouca gente se lembra e que tanta falta faz a qualquer poesia que se pretenda mais universal e duradoura do que os rebentos enfezados de nossa andrógina e prolífica produção lírica: a noção, muito aguda em Augusto dos Anjos, de que a poesia, se se faz com palavras, como queria Mallarmé, faz-se também com idéias. E eis aqui mais um estigma da modernidade e do fundo isolacionismo a que desde sempre esteve confinado o poeta em sua própria época, justamente ele, que é, como insiste Álvaro Lins, "entre todos os nossos poetas mortos, o único realmente moderno, com uma poesia que pode ser compreendida e sentida como a de um contemporâneo", sem nenhuma necessidade de que seja estimado à luz de considerações históricas ou vínculos com sua época e respectivas correntes literárias, como somos levados a fazer em relação a outros insignes poetas do passado, como Gonçalves Dias, Castro Alves ou Fagundes Varela, os quais, queiram ou não, são grandes poetas do século XIX. À semelhança de Hölderlin, Novalis ou Leopardi, Augusto dos Anjos, porque se sabia muito além de seu tempo — ou mesmo fora de qualquer tempo —, não freqüentou sua época nem a considerou jamais como eventual matéria-prima de seus versos. Foi, numa palavra, atemporal e inclassificável, alheio a tudo que não fosse sua ânsia do absoluto e sua dissolução ontológica na "noumenalidade do não-ser", ou seja, na cabal e estrita irrealidade do nada nirvânico.

Como dissemos anteriormente, foi Gilberto Freyre quem primeiro tangenciou a genealogia expressionista que subjaz na poesia anjosiana. Anatol Rosenfeld, entretanto, vai bem mais longe quando, em seu memorável ensaio, se refere a termos "de certa forma exóticos (ainda que não se trate, no contexto da língua portuguesa, de estrangeirismos), de modo que se pode falar, usando uma expressão de Theodor Adorno, de uma espécie de 'exogamia lingüística', considerando o fenômeno até certo ponto análogo, ligado a uma visão semelhante do mundo e dos homens", que "se verifica no expressionismo alemão". Benn, Trakl e Heym enveredam exatamente por aí, o que levou o filósofo Walter Jens a afirmar que foi "o jargão de uma classe profissional, a linguagem médica (...) que marcou o momento crítico em que se iniciou a literatura alemã moderna (...)". E note-se que não foram poucos, antes mesmo de Rosenfeld, os que denunciaram essas angulosidades e asperezas no verso anjosiano, o que, de resto, lhe era congenial do próprio temperamento. Manuel Bandeira, por exemplo, observa a propósito em sua *Apresentação da poesia brasileira* (1944): "Tudo isso está dito numa forma duríssima, onde as sinéreses parecem acumuladas propositadamente para pintar o esforço das palavras esbarrando no 'molambo da língua paralítica'. É uma expressão por estampidos." Outro crítico, Agripino Grieco, em

"Um livro imortal" (*Evolução da poesia brasileira*, 1932), já o prenunciara ao comparar o poeta a Cesário Verde: "Ambos versejavam em ângulos agudos, em riscos incisivos cortantes como lâminas, em frases cheias de ácidos e gumes, atraídos ambos pelos pratos avinagrados e pelos frutos verdes ou podres, nunca em boa sazão."

Rosenfeld vê ainda no vocabulário científico anjosiano uma sedução que se diria erótica em relação ao próprio poeta. Teria sido essa, ou apenas essa, a forma que encontrou Augusto dos Anjos para dar curso à sua sexualidade reprimida, à sua misoginia, ao seu desprezo por qualquer comunhão amorosa entre os sexos, uma vez que, fora do âmbito conjugal, jamais se soube sequer de uma única aventura sua? E, não obstante, toda essa poesia (e, diríamos nós, toda essa breve existência pessoal) sucumbiu à pressão de conflitos de todo insolúveis. É óbvio, continua Rosenfeld, "que todas essas antinomias, tensões e angústias irreconciliáveis se refletem com grande precisão no contraste entre a 'língua' e a língua especializada", concluindo pouco adiante que Augusto dos Anjos, "poucos anos depois e à semelhança de Benn, buscava a palavra de dura e fina consistência, a palavra que não participasse da corrupção para que, deste modo, pudesse tanto melhor exprimir e superar as visões da podridão", o que nos parece de todo cabível e correto, sobretudo quando se pensa, como o faz Rosenfeld, que "à exogamia lingüística de Augusto dos Anjos corresponde uma 'desumana' paixão exogâmica por tudo que não faça parte da corrupta tribo humana: pela monera, pela 'noumenalidade de Não Ser', pela idéia — enfim pelo infra e transumano".

E mais longe do que Rosenfeld, mas já em direção algo distinta, vai José Paulo Paes quando, no primeiro daqueles seus textos, associa nosso poeta àquelas manifestações do *kitsch* que antecederam o período modernista, ou seja, durante aquele pré-modernismo que Paes considera um "vácuo de nossa história literária", não porque nele não existissem escritores de importância, "mas porque lhe faltava, aparentemente, uma estética própria". E é nesse "vácuo" que surge Augusto dos Anjos, o mais poderoso e original poeta do período. Diz Paes: "Falo, evidentemente, de Augusto dos Anjos, cuja poesia necrofílica parece ter resistido até agora aos esquemas classificatórios. Vejo-o, todavia, como o mais arte-novista dos nossos poetas, na medida em que leva ao paroxismo a preocupação de estilizar as linhas-de-força do processo. Leva-o até as fronteiras do *kitsch*, até onde, aliás, não as temeu levar Gaudí." E logo adiante há algo que não pode ficar aqui sem registro quando se leva em conta a exacerbação do excesso de que vive e sobrevive a poética anjosiana. É ainda o ensaísta que o afirma: "Para rematar esta tentativa de discernir na poesia de Augusto dos Anjos aspectos capituláveis na *art nouveau*, impõe-se ressaltar que o recurso ao ornamentalismo, predominante nesta estética, é típico também do *kitsch* na medida em que privilegia o efeito como meio eficaz de impressionar o espectador, ouvinte ou leitor menos discriminativo ou avisado, fazendo-o tomar por arte autêntica o que não passa de um ardilosa exageração de seus aspectos superficiais." Não é bem o que ocorre em Augusto dos Anjos, mas, como sugere Paes, enquanto técnica de cumulação arte-novista, a microscopia "comparece no *Eu* precisamente sob a forma de pletora científica de sua linguagem".

Paes volta a bater na mesma tecla em outro importante ensaio, "Uma microscopia do monstruoso (a estética do horror na poesia de Augusto dos Anjos)", onde estabelece um singular paralelo entre a "poesia cemiterial" de Augusto dos Anjos e o "expressionismo necrópico" de Gottfried Benn, tentando aqui, mais uma vez, caracterizar a poesia daquele primeiro como arte-novista. "Não no sentido de perfilhar ostensivamente um programa de escola (nem se pode dizer que tivesse existido uma escola literária arte-novista), mas no sentido de ter refletido as tendências de uma época cujo gosto do ornamentalismo encontrou sua expressão mais refinada no *art nouveau*." E entenda-se logo: refinada porque ali a tendência ao ornamento não configurava um acréscimo arbitrário, mas sim alguma coisa que estava congenialmente unida à essência do objeto ornamentado, surgindo este como o fulcro do ornamento, que, por sua vez, se confundia com uma espécie de emanação dele. É talvez por isso que Paes recusa aquela "face artificial" de que nos fala Álvaro Lins. Enfim e ao cabo, o que há de mais significativo aqui é a ênfase que coloca o ensaísta na produção desses artistas que, como Augusto dos Anjos, atualizaram a força de impacto do monstruoso no limiar da modernidade, conjugando mais uma vez o histórico ao mítico. "Pois", conclui Paes, "na infinita variedade de suas manifestações, a arte não tem feito senão reelaborar, sem jamais lhe esgotar o poder de sedução, um mesmo repertório de arquétipos míticos no qual a condição humana se espelha na sua essencialidade."

Foi necessário — e quase imperioso — todo esse longo (e rogo que não o tenham também por enfadonho) intróito para chegarmos afinal ao objeto precípuo e maior deste prefácio: o astucioso estudo que, sob o título *A carne da ruína. Sobre a representação do excesso em Augusto dos Anjos*, escreveu o professor Sérgio Martagão Gesteira sobre a poesia do autor do *Eu* e que em boa hora a Universidade Federal do Maranhão tomou a si a responsabilidade de publicar, ampliando assim, de forma lúcida e generosa, o acervo da bibliografia anjosiana. Embora tenha contemplado como fulcro de sua extensa e meticulosa dissertação acadêmica a representação do excesso na poesia anjosiana, a verdade é que Sérgio Martagão Gesteira nos dá de Augusto dos Anjos uma visão não apenas antiacadêmica, já que seu texto pouquíssimo guarda daquele bolorento ranço universitário, mas também uma visão estrutural e humanística da insólita poesia que nos legou o autor do *Eu*. É bem de ver, ademais, que Martagão Gesteira tem a sustentá-lo um elemento sem o qual qualquer texto, acadêmico ou não, malogra em seu objetivo primordial, ou seja, o de transmitir ao leitor o que de fato e ao cabo se deseja que esse leitor entenda. Quero com isso dizer que, de par com uma erudição sem nenhum laivo de pedanteria e de uma irrepreensível técnica de expressão, escrevendo uma prosa elegante e concisa que o situa desde já entre os mais exímios usuários de nosso idioma. Custa crer como pôde um estudo de tal magnitude e argúcia permanecer até hoje inédito, pois, segundo cremos, já se alçou à categoria de obra fundamental na bibliografia sobre a poesia de Augusto dos Anjos.

A dissertação de Martagão Gesteira se apóia em quatro núcleos temáticos que ele próprio define como "A crise do sujeito", "O corpo do sujeito", "A crise no corpo do mundo" e "Na urbe natal do desconsolo". Embora afirme na Introdução que o presente trabalho "optou por não empreender a análise das heranças científicas, filosóficas e literárias transmitidas à obra de Augusto dos Anjos", a verdade é que, ao longo do texto, todo esse universo se manifesta pelo menos em latência, razão pela qual — e só por ela — fomos instigados, na primeira parte deste prefácio, a nos deter um pouco sobre alguns dos aspectos da fortuna crítica anjosiana, em particular nos que guardassem certa relação com o que diz o autor em sua tese. Ademais, essa "representação do excesso" de que nos fala Martagão Gesteira mantém parentesco muito próximo com as interpretações que hoje remetem o autor do *Eu* àquele expressionismo alemão que se inicia com os poemas de Gottfried Benn na mesma década em que Augusto dos Anjos publicou o seu único volume de versos. E não há como dissociar esse excesso, que um ensaísta como José Paulo Paes situa quase no limiar do *kitsch*, da linguagem poética barrocamente congestionada que caracteriza a escola expressionista. É o próprio autor, aliás, quem o admite quando pondera: "O que para nós confere a nota expressionista à poesia de Augusto dos Anjos é a representação de uma realidade cuja marca mais patente e fundamental parece residir na captação do real como excesso — esse excesso que, como se observa, constitui um dos traços mais reconhecíveis e porventura definidores do movimento como um todo." E logo adiante acrescenta quanto às aberrações instauradas por esse mesmo universo abusivo: "Um mundo excessivo, em perpétua convulsão, a configurar um sujeito atônito, acometido, ele e também os outros, por múltiplas patologias, numa realidade freqüentemente a despencar, de ventos impetuosos e atravessada por turbulências que subvertem o corpo das paisagens e da linguagem, um real, em suma, superlativo, a alimentar-se das teorias da ciência para construir com maior solidez o espetáculo de uma matéria completamente infeliz." A conceituação aqui é de tal forma visual que parece estarmos diante das telas de Munch, Kirchner, Rouault ou Kokoschka.

Mas voltemos ao princípio, àquela passagem em que Martagão Gesteira admite que o conjunto da poesia anjosiana nos submete, pouco a pouco, "à visão obsessiva da morte, como a querer impor à nossa percepção um sentido único — o de que o mundo de Augusto dos Anjos se cingiria à insistência de uma queixa: a de que se morre, sim, e putrefatamente". E aqui reside o cerne filosófico e existencial do que poderíamos definir como a *Weltanschauung* anjosiana: o absurdo quase sisifiano em que consiste a morte, quando, por falta de fé ou por excesso de ciência, descarta-se a possibilidade de qualquer existência para além dos limites caducos e contingentes da condição humana. É a partir daí, além e acima de qualquer outra matriz seminal, que se desvela o horror anjosiano, e a face visível desse horror espelha apenas obsessivamente a decomposição corpórea e o anelo de dissolução nirvânica no nada. Não foi à toa, portanto, que Martagão Gesteira centrou suas atenções sobre esse corpo que se arruína sem nenhuma possibilidade de salvação ou redenção cristãs. E foi sábio o bastante para não nos remeter à ruína da carne, mas sim à "carne da ruína". Pois é esse, muito mais do que aquele, o espetáculo a que se assiste durante a leitura de cada um dos poemas de Augusto dos Anjos. Foi ainda sábio o ensaísta quando, logo ao início de seu discurso, se refere à "crise do sujeito", a esse "dobrar-se do sujeito lírico sobre si mesmo", a essa rarefação biográfica que encontramos no *Eu* e que, por tratar-se do livro que se trata, poderia até soar como um paradoxo. O aparente paradoxo, alerta o autor, "de uma confissão de parcas confissões, pois a ilusão a uma história própria é, em poesia, ilusão de história, mesmo quando se trate de história concreta de uma ilusão". É que aqui, como adverte Martagão Gesteira, o que temos diante de nós configura antes um problema de *persona*, "o que nos convida a ficar adstritos — palavra do agrado do poeta — ao que acontece ao 'eu' de Augusto dos Anjos naquilo que se tornou a sua trajetória, cristalizada no discurso lírico".

Esclarece em seguida o ensaísta que, embora vá fazer aqui e ali alusões a dados históricos ou a observações da crítica que os tomou em consideração, o resoluto centro de sua atenção "será o que se passa com o ego obsessivo configurado no e pelo discurso poético de Augusto dos Anjos". O que se tem em cena daí em diante é, pois, *o* protagonista do *Eu e outras poesias*. A manobra de todo se justifica porque "a vastíssima maioria dos poemas aqui considerados põe o sujeito como ator — não raro o principal — da cena lírica", ou seja, em 44 dos 58 incluídos no *Eu* e em 31 dos que integram *Outras poesias*. E é desse "figurante" que se dispõe a falar Martagão Gesteira, observando-o "nas situações que lhe vão esboçando o rosto próprio", esse rosto "de um sujeito em permanente crise, quer o vejamos sob o ângulo dos juízos atinentes a si (...), quer o consideremos sob o advento de um mal-estar em sua instalação psicossomática (...)". Para a criação desse clima sempre recorre Augusto dos Anjos a dois estratagemas de rara eficácia: um deles, muito bem observado por Álvaro Lins, refere-se à cena dramática que o poeta engendra para definir o ambiente particular em que irão se desenrolar suas idéias, sensações, pensamentos e alucinações. O primeiro verso de "As cismas do destino", por exemplo — "Recife. Ponte Buarque de Macedo." —, já coloca o leitor em sobressalto. Algo de trágico ou macabro vai acontecer, embora não se saiba ainda exatamente o quê. E veja-se bem que, nesse decassílabo exemplar a partir do qual se instala uma espécie de expectante *suspense*, limita-se o poeta a grafar dois topônimos! Álvaro Lins considera: "Não sabemos se consciente ou inconscientemente, na sua elaboração formal, isto nos parece hoje uma técnica, um verdadeiro processo." E era. O segundo expediente, como sublinha Martagão Gesteira, mobiliza a mais horrenda e repulsiva fauna, microscópica ou não, de que já teve notícia toda a poesia brasileira. E mais, como ressalta ainda o ensaísta, "para além do uso em símiles, os animais que aparecem nos poemas de Augusto dos Anjos trazem, em absoluta maioria, a caracterização negativa". Assim, de 108 ocorrências levantadas por Martagão Gesteira, 64 são negativas, 31 neutras e apenas 13 entremostram algum traço positivo, "sendo que, em relação a estes últimos 44 casos, em 10 o contexto em que aparecia o nome era, por sua vez, negativo também". Desconfio que somente Poe e Baudelaire — aquele em "O corvo" e em todas as suas novelas de terror, este em "Viagem a Citera"— conseguiram igualar Augusto dos Anjos na construção dessas cenas macabras.

O ensaísta desce ainda a uma série de outros detalhes dessa mesma vertente que farão o deleite até mesmo do leitor familiarizado com esse vezo anjosiano. Enfim, a cena está armada e, nela, passa o autor a examinar como as coisas ocorrem "no tocante à repercussão psicológica do mal-estar". Muito ao contrário daquela atitude bucólica que levaria alguém a reclinar-se ao pé da árvore da melancolia, o eu anjosiano, como recorda Martagão Gesteira, "se encontra tomado, quase sempre, por uma agitação insistente, acometido por transtornos de toda a espécie, brusco, arremetido, nervosíssimo". E remata: "É que a tendência a usar tons fortes na paleta anjosiana acentua os núcleos paroxísticos da crise." Seja pelos quadros de horror e náusea que se sucedem, seja pelo ritmo abrupto e anfractuoso de que sempre se serve, seja ainda pelos vocábulos cortantes e violentos que utiliza, a poesia anjosiana não concede repouso ao leitor. Como diz Martagão Gesteitra, trata-se "de um processo cujo fim é acentuar o rigor da conturbação", pois "o atordoamento do ego se acusa a todo passo". Em plena crise do sujeito, continua o ensaísta, "podemos ver quanto ela tendia a incidir sobre momentos tensionais máximos". E no ego "acometido pela crise, esta se manifesta com localização preferencial encefálica e caracterização geral convulsiva". Observa o autor: "Conquanto o peito, os olhos, a boca e suas cercanias se envolvam com freqüência no processo, a referência a nervos, a nervosismo, mas especialmente a cérebros e correlatos, predomina." Eis aí o espetáculo de dilacerações e apodrecimentos que nos descortina o *Eu*, do qual somente se escapa graças à dissolução no cosmo ou no grande todo nirvânico que nos abre o budismo schopenhaueriano. Como o confirma a propósito Martagão Gesteira, a "via mais comum para o apaziguamento é a da dispersão do ego em algum cosmo ou em alguma matéria".

Se considerarmos o homem em sua generalidade, pouco difere este, no *Eu e outras poesias*, do sujeito lírico a que nos referimos: "Os termos que se prestam à configuração do homem são sempre depreciativos, ligando-o a vísceras, dejeções ou outros elementos capazes de nele sublinhar uma escuridão simbólica", adverte o ensaísta, que enumera em seguida, num rastreamento de sumo interesse para a compreensão da poética às vezes "anatômica" de Augusto dos Anjos, os "núcleos de atenção corporal". Mas ainda aqui a expressão do poeta encontra-se entranhada de forte carga negativa: "Augusto dos Anjos trabalha em sua poesia a clássica oposição entre corpo e alma, mas não se trata de uma oposição forte, porque a alma, embora melhor que o corpo — este é quase invariavelmente ruim —, é muitas vezes portadora da marca negativa." Martagão Gesteira procede aqui a uma curiosa amostragem inventariante quanto à participação desse corpo no processo poético anjosiano, começando por assinalar: "A alusão mais insistente e também a mais genérica: à carne, ou a termos cognatos dela. Encontramos trinta ocorrências, e o valor a ela ou a eles atribuído é avassaladoramente negativo." Há ainda 28 menções textuais às *mãos*, 10 aos *dedos*, oito ao *crânio*, 26 aos *olhos*, que, amiúde, "são olhos problemáticos, muitas vezes cegos". A propósito, aliás, insiste o ensaísta: "Afora esses olhos organicamente afetados, e numa dimensão já fantasmagórica, os olhos do ego se tornam alvo de agressão, ou o próprio ego se sente ameaçado ou perseguido por olhos." E sempre, sempre, "é a morte da carne, com ênfase no elemento putrefato, que institui, com maior freqüência, a desclassificação".

Consideração à parte exige o terceiro elemento corpóreo mais referido nos poemas de Augusto dos Anjos: a boca. Martagão Gesteira chega a ponderar que, "tendo em vista a pequena diferença entre o número de alusões a olho e a boca — 26 contra 23 —, não hesitaríamos em dizer, com mais esse dado suplementar, que ele é o termo imaginariamente mais forte". E tem toda razão o autor, já que o universo da obra anjosiana "se caracteriza por uma imensa inclinação fágica". E a boca também não escapa à carga negativa sob a qual se arrasta e agoniza toda essa *disjecta membra*, que inclui também beiços, lábios e dentes. Salienta ainda Martagão Gesteira que, no âmbito do complexo fágico, "é possível rastrear mais um dado que lhe acentua a importância: é o relativo peso do subconjunto ventre-estômago-barriga-intestinos-vísceras no conjunto corporal". E conclui: "Totalizam dezessete ocorrências que, somadas às da boca, dentes etc., evidenciam que o tema fágico é o maior aglutinador das referências corporais da obra." São quase quinhentas alusões a partes do corpo — ou seja, à "carne da ruína" — que se podem rastrear no *corpus poeticus* anjosiano. Não é pouco, sobretudo se considerarmos que a imensa maioria delas está contaminada por aquela funda carga de negatividade. O ensaísta remata o seu macabro inventário aludindo a mais um subconjunto de grande ocorrência no *Eu*: o dos ossos e esqueletos. E comenta: "Dele não iremos declinar as ocorrências de valor negativo, tão evidente e necessário é o estarem ligadas ao imaginário da morte." E ainda uma vez tudo se harmoniza, pois não foi ele, afinal, "o poeta do hediondo", que termina com estes versos um de seus mais lúgubres e macabros sonetos: "Eu sou aquele que ficou sozinho/ Cantando sobre os ossos do caminho/ A poesia de tudo quanto é morto!"?

É claro que, nos estritos limites deste prefácio — que já vai longe —, não poderíamos acompanhar toda a riquíssima e sinuosa trajetória exegética de Martagão Gesteira. Deitamos à tela algumas vagas e fragmentárias pinceladas no sentido de instigar o leitor à sua plena fruição, pois somente a partir dela é que se chegará a compreender como foi fundo e certeiro o autor desta tese que, com sê-lo, é bem mais do que isto, configurando-se desde já como um dos mais agudos e abrangentes estudos jamais escritos entre nós sobre a poesia anjosiana. Mas resta algo a dizer, e justamente sobre o fulcro irradiante a partir do qual se difunde toda essa luz: a representação do excesso e, em conseqüência, o vínculo irremediável que, concomitantemente a ela, se estabelece, de um ponto de vista diacrônico, entre a "poesia cemiterial" de Augusto dos Anjos e a poética transgressora do expressionismo alemão. Diz cauteloso o autor: "Todos os críticos que fizeram menção ao expressionismo" na obra do poeta do *Eu* "se precaveram, com justeza, de não a enquadrar, ortodoxamente, nesse estilo, isto é, como se ela fosse um representante paradigmático da escola. Fizeram-no, é de crer, por rigor histórico, de ordem diacrônica, sabido que o período de efetiva vigência do movimento costuma ser localizado entre 1910 e 1920 (...)". Alguns autores, desde Gilberto Freyre, já o haviam percebido, mas sua reserva se justifica porque, àquela época, "o meio literário brasileiro continuava afinado com a herança parnasiano-simbolista", e ninguém, em sã consciência, poderia imaginar que Augusto dos Anjos pudesse ter tido acesso às obras de Benn, Trakl ou Heym, que só chegaram muito tardiamente ao leitor brasileiro.

Além de Gilberto Freyre, tangenciaram o problema ensaístas tão ilustres quanto Antônio Houaiss, Luís Costa Lima, Anatol Rosenfeld e José Paulo Paes, sendo que este último extrapola a contribuição anjosiana do expressionismo para o arte-novismo. Ao eleger a tese do excesso, Martagão Gesteira não apenas a eles se junta senão mesmo que os excede na medida em que aprofunda a questão, dando-lhe uma fundamentação conceitual e circunstanciada que até então esta não tinha. Parece-me, por exemplo, que somente a ele ocorreu uma lembrança para nós fundamental, a de Worringer, quando pela primeira vez se valeu do vocábulo "expressionismo" a propósito do caráter transgressivo das telas de Van Gogh, Cézanne e Matisse. Worringer viu muito bem do que se tratava, ou seja, aquela diversidade de tendências artísticas que se abrigavam sob o novo conceito, "dos sonhos de inocência às visões apocalípticas, do fervor religioso aos apelos inflamados à luta de classes, da sátira fria e da precisão clínica da análise às explosões de desespero". E viu mais ainda quando, na incipiente produção expressionista, intuiu esta verdade crucial: "O único denominador comum é a tendência ao excesso e à subversão dos valores." Como reconhece Martagão Gesteira, a poesia anjosiana não atende a todas as exigências conceituais do expressionismo, como aquela que estabeleceu Richard Sheppherd, citado pelo ensaísta, quanto a "uma tentativa de criar um mundo visionário, liberado da linguagem e valores e padrões da sociedade burguesa, que exprima os mais profundos níveis da personalidade (...) e utilizando símbolos derivados do mundo industrial". Tais conceitos, claro está, jamais poderiam ser aplicados à personalidade algo provinciana e conservadora de Augusto dos Anjos.

Não obstante, o excesso anjosiano lá está, inarredável, em cada um dos poemas que escreveu, em cada verso, em cada rima, em cada imagem ou metáfora, em cada sílaba até, como o atesta o cabal inventário exegético de Martagão Gesteira. O ensaísta relaciona uma prodigiosa lista de elementos que corroboram a possibilidade diacrônica de um parentesco do poeta do *Eu* com a práxis expressionista, mas tem a cautela de admitir que "esses procedimentos, por si mesmos, não são capazes de decidir uma filiação estilística (...), e não se pretende afirmar que a obra de Augusto dos Anjos constitui uma ocorrência exemplar do que, na história da arte e da literatura, ficou conhecido pelo nome de expressionismo, destacando-se, no campo desta última, como um fenômeno alemão". E acrescenta: "Mas o que constitui a singularidade da obra de Augusto não reside apenas no amálgama dessas tradições ou no prenúncio das práticas do Modernismo; reside também, quanto ao conjunto do lirismo em voga no início do século, na dominante expressionista de sua linguagem, vale dizer, do real que cria." Segundo essa mesma linha de raciocínio, sustenta o ensaísta que, "apesar das afinidades entre o Expressionismo e outras correntes igualmente mobilizadas pelo primado da subjetividade — estéticas, *grosso modo*, da subjetivação —, e além das características já alinhadas até aqui, não há dúvida de que o pendor expressionista da escrita de Augusto dos Anjos se acusa também pelo tratamento metafórico de várias passagens, de corte mais ou menos visionário, como aqueles lutos conjugados de 'Os doentes' (...)". E se interrompo a citação à lembrança desse poema, desse poema excepcional que abriga o melhor da produção anjosiana, é porque nele, talvez mais do que em nenhum outro, justifica Augusto dos Anjos tudo o que escreveram Martagão Gesteira e alguns outros ensaístas brasileiros sobre a possibilidade de uma filiação do poeta ao expressionismo, que se torna a cada dia mais sugestiva e plausível. Ao final de seu estupendo estudo, diz o autor que "o caráter turbulento desse modo excessivo, como nota maior do lirismo de Augusto dos Anjos, enseja classificar sua poesia como afim do estilo expressionista, suposta a demasia como um dos elementos nodais da manifestação do mundo, aos olhos dessa corrente". Com a prudência analítica dos grandes ensaístas, Martagão Gesteira apenas o sugere. Prova-o, de forma cabal, a própria poesia de Augusto dos Anjos.

1995

A prosa de um poeta

1

Roga José Paulo Paes ao leitor em sua Nota Liminar a *Transleituras*[37] que não se assuste com o neologismo que dá título ao volume, esclarecendo a seguir que os ensaios de interpretação literária nele reunidos "nasceram de um convívio compra-zidamente pachorrento com os textos sobre os quais se debruçara". E acrescenta logo adiante: "O prefixo *trans*— visa simplesmente, no caso, a acentuar que a leitura de uma obra literária é um ato de imersão e distanciamento a um só tempo." Ou como o pretende Benedito Nunes nas orelhas: "Os textos são os elos da intercomunicante cadeia literária; e a interpretação, que a mantém em aberto, passando de um a outro elo ou interligando-os a outras cadeias — arte, filosofia e história —, é sempre *transliterária*, a exigir *transleituras* com a dos ensaios desta coletânea." O leitor que sossegue: não há, de fato, razão para susto. Há, isto sim, sobejas razões para gáudio, fruição e mesmo deleite, já que estamos diante de um dos nossos maiores ensaístas, de um autor que, no gênero, caberia aqui alinhar,

[37]José Paulo Paes, *Transleituras*, São Paulo, Ática, 1995.

embora seja fátua ou mesmo ociosa a comparação, ao lado de pares tão ilustres quanto Wilson Martins, Franklin de Oliveira, Alfredo Bosi, Othon Moacyr Garcia, David Arriguci ou o já citado Benedito Nunes, isto para ficarmos apenas entre os vivos. Mas há que considerar, à diferença destes, que o ensaísmo de Paes deve ser lido — e muito de perto — à luz de duas outras atividades literárias cruciais em que excele o autor: as de fino poeta e tradutor prodigioso, responsável, entre outras, por versões memoráveis de textos de Kaváfis, Seféris, Paladas de Alexandria, Sterne, Auden, William Carlos Williams, Gibbon, Kenneth Burke, Hölderlin, Éluard e um expressivo punhado de poetas gregos modernos e de outros tantos que, em outras línguas — grego, latim, alemão, francês, inglês, espanhol, italiano, provençal —, freqüentaram a vertente da poesia erótica.

Muito a propósito, disse uma vez Fernando Pessoa que só os poetas podem escrever boa prosa, e tal conceito cabe como uma luva ao límpido, conciso e elegante ensaísmo de Paes, no qual a erudição sem pedanteria caminha de par com a astúcia exegética e a extrema fluidez da linguagem. É bem de ver, ademais, que toda essa prosa tem ainda a sustentá-la um formidável cabedal de leituras não apenas estritamente literárias, mas também históricas e filosóficas, como se dá em três obras congêneres cujos títulos me ocorrem algo ao acaso, mas que em tudo tangenciam a visão difusa e as instigações extratextuais que ostenta o ensaísmo de Paes: *Perché leggere i classici*, de Italo Calvino, *Twelve Types*, de G. K. Chesterton, e *Prólogos con un prólogo de prólogos*, de Jorge Luis Borges, todas, aliás, já traduzidas para o nosso idioma. Mas por que, perguntaria intrigado o leitor, me ocorreram à lembrança essas três obras? É que, muito à semelhança do que nelas se lê, o que se degusta em *Transleituras* é o mesmo e obstinado afã exegético em que se confundem a criação paralela da metalinguagem crítica e o humanismo filosófico-literário que a ilumina, impedindo assim que, na interpretação dos vários e díspares textos privilegiados no volume, o autor, como ele próprio pondera, "se perca em generalizações tão distanciadas do seu objeto de análise que este se vê rebaixado de texto a pretexto". Enfim, algo de muito distinto dos rebentos enfezados que entre nós produziram quase todos os estruturalismos e quejandos daquilo que amiúde nos enfara ao lermos essas "teses sem tesão" de que é pródiga a nossa andrógina e pedante produção universitária.

Dividida em três partes, *Transleituras* inclui, na primeira delas, ensaios sobre prosa de ficção, com destaque para "Do fidalgo ao guarda-livros" e "A morte carnavalizada", embora a escolha seja aqui de todo pessoal; na segunda, sobre poesia, onde avultam "O Condor pragmático", "Uma microscopia do monstruoso" e "Uma demiurgia poética"; e na terceira, sobre temas de cunho mais geral, cumprindo aqui relevar os esplêndidos e agudos textos sobre a gênese do *Declínio e queda do império romano*, de Edward Gibbon, e a funda influência que exerceram os poemas ossiânicos de James Macpherson na evolução da sensibilidade e da literatura românticas, sobretudo no norte da Europa. É particularmente nesses dois ensaios que, sem nenhum deslustre para qualquer dos outros, esgrime Paes o melhor de seu talento. É neles que mais afloram aquelas "conexões interliterárias" e "intercorrências do literário com o não-literário" de que nos fala Benedito Nunes. E cumpre ver, enfim e afinal, que só um poeta — *homo faber* — e um notável tradutor de poesia — *homo ludens* — poderiam captá-las mercê dos sortilégios e das insólitas amplificações de sua lente trismegista, porquanto Paes, como ele próprio confessa, não hesita em situar-se sob a égide de Hermes, "deus dos adivinhos e dos exegetas". É o que se vê, por exemplo, na análise dos poemas ossiânicos, ao longo da qual o autor nos ensina que a crítica mais recente nega qualquer vínculo tangível entre as "traduções" de Macpherson e a poesia tradicional em gaélico preservada pelos manuscritos que nos chegaram, inclusive a nós, brasileiros, como o atestam poemas, traduções e paráfrases episódicas de José Bonifácio o Velho, Francisco Otaviano e Fagundes Varela. No que tange à mestria plagiária de Macpherson, diz-nos Paes: "Ou seja: ele não traduziu coisa alguma, mas, partindo de elementos lendários interpretados e mesclados com outros de sua própria inventiva, escreveu uma habilidosa imitação ao nascente gosto romântico, imitação cuja fortuna histórica foi, como vimos, prodigiosa." E remata: "Foi, em suma, um falsário providencial, ou, o que dá no mesmo, um falsário verdadeiro."

Por mais hábeis e concisos que sejamos, é muito difícil dar um retrato de corpo inteiro de uma obra ou de um autor. Há sempre que contemplar esse ou aquele texto, pinçar essa ou aquela passagem em detrimento de outra. Eis a razão pela qual nos deteremos um pouco mais nos ensaios da segunda parte da coletânea, a começar pelo que versa sobre a curva da fortuna crítica de Castro Alves, no qual Paes, ao descartar aquela tolice em que insistiram alguns de menoscabar a vertente condoreira do autor de *Os escravos*, preterindo-a ao impulso amoroso do poeta, nos alerta para aquilo de que já nos advertira Mário de Andrade em estudo que consagrou ao legado castro-alvino em *Aspectos da literatura brasileira*: "Esta ênfase na vertente social ou engajada ou participante da poesia castro-alvina, supostamente mais refinada, que, para esconder o seu desgosto da arte demasiado clangorosa do Condor, afetava preferir nele o poeta amoroso ao poeta social." Pouco adiante, dessa vez ao rejeitar a pouca perspicácia com que Mário de Andrade analisou o modo pelo qual o "pragmatismo" castro-alvino se concretizou em termos de expressão, restringindo-se apenas a nos advertir para "a habilidade com que o grande poeta usa todos os recursos intelectuais da Poesia ou deformadores dela, pra nos infundir piedade pelo escravo e asco pela servidão", observa Paes não ser difícil discernir aí os "lineamentos de uma contradição em termos que não se dá sequer ao trabalho de disfarçar-se". E conclui com justa ironia: "Numa palavra: o Condor foi um grande poeta social porque traiu a poesia." Tem toda razão ainda o ensaísta quando afirma: "O grande feito levado a cabo pelo pragmatismo da poesia de *Os escravos* foi ter arrancado o negro de sua circunstância cotidiana (...) para impô-lo de novo à atenção de uma sociedade que o tinha perdido de vista enquanto ser humano porque o havia definitivamente convertido em bicho ou coisa."

É essa mesma agudeza de visada que iremos encontrar nos ensaios sobre a "poesia cemiterial" de Augusto dos Anjos, que Paes tenta caracterizar como arte-novista — como já se disse a propósito do poeta do *Eu* —, não "no sentido de perfilhar ostensivamente um programa de escola (não se pode dizer que tivesse existido jamais uma escola literária arte-novista), mas no sentido de ter refletido as tendências de uma época cujo gosto do ornamentalismo encontrou sua expressão mais refinada no *art nouveau*". E do mesmo modo é que se há de considerar o ensaio sobre o *Igitur*, de Mallarmé, cujo grande tema é, na verdade, "a crise de despersonalização do poeta que deixa de ser ele próprio para se transformar na autoconsciência do Universo", acrescentando ainda que os dois pólos simbólico-conceituais desse poema hermético, "o Nada e o Acaso, é que informam a filosofia e a ciência de nossos dias" e que, mais uma vez, "por conseguinte, a intuição poética antecipa a sistematização racional". Entenda o leitor que esse tipo de reflexão pressupõe nele, o ensaísta, a imanência do poeta e daquele que, *homo ludens*, como já dissemos, nos serve a poesia alheia do *homo faber*. É essa extrema e orgânica concentração da sensibilidade — ou melhor, dessa sensibilidade que, como disse Proust, constitui a "suprema dimensão da inteligência" — que nos leva aqui a uma consideração final sobre a arte e o engenho de Paes. Vale dizer, a mesma que fez Eliot em seu célebre ensaio sobre os poetas metafísicos ingleses do século XVII: "Tennyson e Browning são poetas, e pensam; mas não sentem o seu pensamento tão imediatamente quanto o perfume de uma rosa. Para Donne, o pensamento era uma experiência; ele modificou a sua sensibilidade." Tal como o vemos em Paes. E é por isso que nele, neste ensaísta exemplar em que subjazem o poeta e o tradutor de poesia, a emoção pensa e o pensamento sente.

1995

2

Ainda a propósito de José Paulo Paes, cumpre considerar, como já o fiz certa vez, que seu ensaísmo, à diferença de alguns outros que o praticam, deve ser lido — ou antes degustado — à luz do fino poeta que ele é e do prodigioso tradutor que nos legou, além das memoráveis versões a que já aludimos, as traduções lapidares que recentemente recolheu no fundo danáidico de sua *Gaveta do tradutor* e que lhe valeram, com toda justiça, o Prêmio Paulo Rónai da Biblioteca Nacional do Rio de Janeiro.

Entenda assim o leitor que, nas páginas suculentas deste *Os perigos da poesia e outros ensaios*,[38] o que vamos encontrar é o mesmo de sempre: uma prosa límpida, concisa e elegante que somente os poetas, como disse certa vez Fernando Pessoa, sabem escrever; uma erudição sem pedanteria graças à qual aprendemos sempre mais um pouco sobre a poesia sem nos entediarmos; uma astúcia exegética que, no passado, apenas encontramos naqueles ensaios fundadores de Augusto Meyer e Othon Moacyr Garcia; e, ao fim e ao cabo, uma fluidez de linguagem e de argumentação conceitual de que somente são capazes os exímios usuários dessa nossa vilipendiada e amiúde esquecida língua de cultura.

É bem de ver, ademais, que toda essa prosa doutrinária tem ainda a sustentá-la um formidável cabedal de leituras não apenas estritamente literárias, mas também históricas e filosóficas, como se vê logo no primeiro e longo ensaio do volume: "Para uma pedagogia da metáfora." Remontando aos conceitos de Aristóteles, Longino, Pascal, Huizinga e Frobenius, entre outros, Paes nos propõe certa compreensão da metáfora com base numa observação relativa a um tipo de comportamento infantil que se manifesta durante a fase anterior à aquisição da fala, ou seja, quando a criança, ao explorar o mundo que se agita à sua volta, começa a identificar os gestos e expressões das pessoas e a elaborar seus primeiros jogos, como o das brincadeiras de esconde-esconde, nas quais "há uma alternância de presença e ausência a que se associam, concomitantemente, sensações de prazer e desprazer". Pode-se aí perceber, como insinua o ensaísta, "nexos de homologia do jogo de encobrir/descobrir com a citação de Pascal", extraída por Paes ao artigo X dos *Pensa-*

[38] *Idem*, *Os perigos da poesia e outros ensaios*, Rio de Janeiro, Topbooks, 1997.

mentos daquele filósofo francês, de que a "figura traz ausência e presença, prazer e desprazer". E esse jogo, segundo o autor, serve "à maravilha para ilustrar, em paralelo por assim dizer didático, a dinâmica do processo metafórico". É que, como nos ensinava Heráclito de Éfeso num de seus mais estimados aforismos, "a natureza ama ocultar-se". E esse aforismo nos leva de volta ao jogo pedagógico em que, para Paes, se consubstancia a arte da metáfora. Para muitos, essa identificação da poesia com o jogo não passaria de uma blasfêmia, mas avaliza-a, pelo menos parcialmente, uma observação de Heidegger quando escreveu sobre a poesia de Hölderlin: "A poesia tem a aparência de um jogo mas não é. O jogo absorve os seres humanos, mas de maneira tal que cada um deles se esquece de si mesmo. Na poesia, pelo contrário, o homem se concentra a fundo no seu ser-aí." E então é a vez de Paes glosar Heidegger, quando, aludindo àquele "parece mas não é", nos pergunta, entre irônico e sapientíssimo: não estaria nessa objeção heideggeriana "o demônio da metáfora jogando sua última cartada para com ela ganhar sorrateiramente o jogo?"

Os demais ensaios do volume estudam poetas como Mallarmé, Ungaretti, Derek Walcott, Verlaine, Marin Sorescu, Florbela Spanca, Aléfis Zakythinós e alguns dos nossos, ora já consagrados, ora a meio do caminho. E a mestria da análise é sempre a mesma, como sempre é a mesma a erudição que jamais aborrece, pois, em vez de atravancar o texto, somente ajuda o leitor a compreendê-lo de forma orgânica e mesmo vertical. Leia-se, por exemplo, justamente no ensaio que dá título à coletânea, esta observação acerca dos perigos da poesia ou, mais exatamente, da ameaça a que a expôs Mallarmé quando sugeriu sua despersonalização naquela megalônoma "autoconsciência do Universo". Diz Paes: "Coleridge não chegou a tanto, mas a sua prematura desistência da poesia serviu, tanto quanto a de Rimbaud, para denunciar os perigos a que ele expôs os poucos que se atreveram a olhar, por trás da máscara da Esfinge, o seu verdadeiro rosto."

1997

Do cacto às ruínas

Arguto exegeta da poesia de Manuel Bandeira — para tanto bastaria lembrar-lhe aqui o esplêndido *Humildade, paixão e morte: a poesia de Manuel Bandeira* (1990) —, Davi Arrigucci Jr. retorna, no primeiro dos dois ensaios de *O cacto e as ruínas*,[39] a esse mesmo notável poeta para estudar-lhe, do ponto de vista de alguém que busca decifrar as relações entre a poesia e as outras artes, o emblemático poema "O cacto", um dos mais ásperos, anfractuosos e belos que já se escreveram entre nós em qualquer época. Diga-se logo que esse texto de Bandeira é não apenas modernista, mas antes intemporal, graças à trama que ali se tece no que toca ao convívio da poesia com as artes plástico-visuais, questão sobre a qual o próprio Bandeira se debruça, como o fez também no caso dos profundos vínculos entre a poesia e a música, naquela sua "biografia literária" que leva o título de *Itinerário de Pasárgada*. A propósito, aliás, observa Arrigucci que, desde o primeiro verso do poema em pauta, torna-se manifesta "a inclinação de Bandeira para a busca de aproximações da poesia com a linguagem de outras artes; no caso, com a forma plástica da

[39]Davi Arrigucci Jr., *O cacto e as ruínas*, São Paulo, Duas Cidades, 1997.

estatuária e a representação pictórica do gesto humano", o que nos leva a participar do drama de um cacto que "tombou atravessado na rua", mas que se encontra "personificado e realçado na forte visualidade do poema". Arrigucci adverte ainda quanto à tendência do poeta "para a deformação expressionista, como neste caso se pode observar pelo volume gigantesco do cacto, cuja aparência enorme parece corresponder a uma força interior desmesurada, compelida a deformar a realidade, ao se plasmar exteriormente". E o que mais surpreende nesse poema exemplar é que, para nos transmitir essa deformação expressionista, recorra o autor a uma exasperante e quase ascética — Arrigucci diria "humilde" — simplificação da linguagem, "submetida à mais completa poda, num claro esforço de redução do discurso lírico às palavras essenciais do assunto".

Como já fizera na obra anterior que escrevera sobre o "estilo humilde" de Bandeira, Arrigucci vai aos poucos "desentranhando" toda a "beleza humilde e áspera" desse poema que nos fala de um "monstro prosaico e sublime" e no qual se configura um insólito e contraditório *objetivismo lírico*: "A mais alta emoção como que brota da secura: condizente com o cacto, a forma despojada tende a imitar a natureza do objeto." E aqui reside talvez uma das mais altas virtudes da lírica bandeiriana: seu tácito compromisso com a secura e a aspereza, o que levou um crítico como Mário de Andrade a denunciar-lhe o "ritmo todo de ângulos" ou a cadência sem "nenhuma ondulação". Mas não apenas por isso "O cacto" é, como já dissemos, um poema emblemático. Ele o é também — e Arrigucci sabiamente o sublinha — não somente porque reflete o próprio temperamento anfractuoso de Bandeira, mas ainda porque constitui "um exemplo de beleza e resistência moral", ou seja, porque "tem alguma coisa de aparência humana, como se encarnasse, ser solitário do deserto, a figura do homem submetido às condições adversas e incontornáveis da natureza, com uma poderosa sugestão de força patética e trágica". Não é à toa que Bandeira nos diz que ele "lembrava os gestos desesperados da estatuária" e, logo em seguida, o compare, pelo expediente do símile cultural, a duas obras de arte específicas: o grupo estatuário *Laocoonte* (c. 50 a.C.), herói troiano que Bandeira evoca no poema, dizendo-o "constrangido pelas serpentes", e em cuja figura, como insinua Schiller, "se resumem as leis fundamentais da grande arte trágica"; e a imagem do conde Ugolino e "os filhos esfaimados", tal como aparece com seus filhos e netos na gravura que Gustave Doré concebeu para ilustrar aquela cena que se descreve no início do canto XXXIII do *Inferno* dantesco. E perceba-se como, na austera estrutura e no breve transcurso do poema, tais imagens — uma de origem mitológica, outra de extração literária — se ajustam aos carnaubais e às caatingas, que, no seco Nordeste, adquirem aquelas "feracidades excepcionais". Como a poesia de Bandeira — e o verso final do poema dela nos sugere uma súmula —, esse cacto era "belo, áspero, intratável", e sua descrição, na linguagem enxuta e essencial do autor, equivaleria, como o pretende Arrigucci, à "fábula de um Deus moribundo, encarnado num simples vegetal, humanamente retorcido pela dor, mas ainda movido por uma prodigiosa energia vital em face da morte".

Se, no caso da aguda análise de "O cacto" — talvez até favorecida pela excelência do poema —, tudo o que diz Arrigucci é pertinente ou mesmo irretocável, tal não se dá com o segundo ensaio do volume, "Arquitetura da memória", sobre o poema "As ruínas de Selinunte", de Murilo Mendes, consabidamente um poeta de altos e baixos e cuja produção algo profusa lhe compromete, às vezes de forma irremediável, a qualidade literária. Devido à fragilidade desse texto muriliano, tem-se a impressão de que Arrigucci gastou muita vela com pouco defunto, lembrando assim aquela contrariedade que assaltou o hipocondríaco Pascal quando certa vez reprovou o que tinha diante de si: "Que vaidade a da pintura, que nos faz admirar o retrato de pessoas cuja beleza não admiramos!" É bem de ver, a propósito, que, no caso deste ensaio sobre a poesia de Murilo Mendes, não dissentimos dos pressupostos teóricos de que se vale o autor, e sim do poema que lhe serve de pretexto para desenvolvê-los, o que, como sempre, Arrigucci faz com extremo talento e proficiência, de modo que, em muitas passagens, não há como discordar do que se lê no texto, como seria o caso, entre outras, daquela em que se afirma: "Por outro lado, é bem verdade que Murilo nunca cedeu de todo aos impulsos do inconsciente e ao apelo associativo da escrita automática, mantendo o controle racional no domínio da construção artística, regendo-se, como já se notou, por uma constante ânsia de equilíbrio." Tal juízo se poderia aplicar a boa parte da produção poética muriliana, mas não ao poema em epígrafe, que apenas sobrevive, se enfim sobrevive, pela idéia que subjaz, mas não se realiza do ponto de vista poético, nos dois últimos versos: "Para a catástrofe, em busca/ Da sobrevivência, nascemos." Como sustenta Arrigucci, o poema é de fato *imagético* ou *pictórico* e, "ao reconstituir um objeto plástico, desdobra-o na consciência subjetiva pela reflexão, estendendo as conseqüências da visão à própria condição humana". Como muitos outros *approaches* arriguccianos, este último justifica apenas, no caso particular deste ensaio, sua intenção de estudar as relações que existem entre a poesia e as outras artes, mas o exemplo escolhido, em tudo distinto daquele esplêndido cacto bandeiriano, nada mais é que uma ruína poética entre as ruínas gregas de certa cidade siciliana.

1997

Os enigmas da esfinge

Diga-se logo, e sem rebuços: antes de Othon Moacyr Garcia — e reconhecem-no, entre outros, Otto Maria Carpeaux, Antônio Houaiss, Afrânio Coutinho, Franklin de Oliveira, Eduardo Portella e José Guilherme Merquior —, a crítica de poesia entre nós revelava um caráter eminentemente impressionista, muito embora quando da estréia do autor, em 1955, com o memorável ensaio *Esfinge clara — palavra-puxa-palavra em CDA*, essa mesma crítica, sobretudo graças ao esforço de Afrânio Coutinho e de Eduardo Portella, já começasse a dar mostras de certo revigoramento instrumental através da incorporação das novas tendências exegéticas então em voga na Espanha, na Alemanha e nos países de língua inglesa. É o momento em que nos chegam as contribuições decisivas do New Criticism (T. S. Eliot, J. C. Ramson, Cleanth Brooks, I. A. Richards, William Empson, Kenneth Burke, Richard Blackmur) e da Estilística (Karl Vossler, Leo Spitzer, Helmut Hatzfeld, Dámaso Alonso, Pedro Salinas, Erich Auerbach), cujas obras Othon Moacyr Garcia decerto não ignorava. Ao contrário de quase tudo o que aqui se produziu nas searas da crítica e da ensaística antes da década de 1950, o autor de *Esfinge clara e outros enigmas*,[40] que lhe reúne agora os seis ensaios monumentais escritos entre 1955 e 1978, deixa de lado o vezo impressionista de filosofar sobre o texto literário, ou de interpretá-lo com vagueza hermenêutica e imprecisão metodológica, para, ao invés disso, tentar decifrá-lo à luz dele próprio. Em outras palavras, Othon Moacyr Garcia instaura entre nós, conquanto à sua singularíssima e astuciosa maneira, os princípios operacionais do *close reading*, ou seja, aquela exigência basilar, que remonta à concepção crítica de Coleridge em sua *Biographia literaria* (1817), de que se deveria ler, cada vez mais exaustivamente, as "palavras na página", prática essa que se prestou até — como o faz, a propósito, o próprio Othon Moacyr Garcia — a quantificar a freqüência com que certos termos, expressões e imagens afloram em determinados poetas.

É a partir daí, sem dúvida alguma, que Othon Moacyr Garcia engendra o seu próprio método, o da associação semântica, que, como bem o define Evaristo de Morais Filho, consiste na "correlação de idéias afins, associação paronomástica, jogo de palavra-puxa-palavra, cadeia ou encadeamento semântico e, também, o de associação mecânica". Trata-se, pois, de um sistema que, como o pretende o próprio Othon Moacyr Garcia, contempla sempre a organicidade estética e expressiva que subjaz nessa associação vocabular, "quer pela afinidade ou parentesco semântico, quer pela semelhança tônica (paronímia, homofonia, aliteração, rima interna), quer, ainda, pela evocação de fatos estranhos à atmosfera do poema propriamente dito". E é por isso que nos diz o autor, apoiado numa observação de Northrop Frye: "o poema vale por si mesmo, pelo que ele é, tanto quanto pela sua capacidade de

[40]Othon Moacyr Garcia, *Esfinge clara e outros enigmas*, 2ª ed., Rio de Janeiro, Topbooks, 1996.

sugerir, evocar ou desencadear associações de idéias ou de imagens", como da mesma forma haverá de sublinhar, em outra passagem de sua obra, que poesia "é também, e grandemente, associação de idéias, é também um jogo de palavra-puxa-palavra". É sob essa ótica que são aqui estilisticamente analisados — e não hermeneuticamente julgados — seis de nossos maiores poetas: Carlos Drummond de Andrade, Gonçalves Dias, Augusto Meyer, João Cabral de Melo Neto, Raul Bopp e Cecília Meireles.

Todos esses ensaios são, por isso mesmo, fundadores e fundamentais, instauradores de uma prática que Otto Maria Carpeaux considerou, "com inteira justiça, como sinal de renovação dos processos críticos no Brasil", juízo esse que foi logo ratificado por M. Cavalcanti Proença, Waltensir Dutra e Alceu Amoroso Lima, segundo quem a contribuição do autor ilustra "um novo tipo de crítica, formalista, profissional, de microscópio e não de telescópio". Tem assim toda razão Emanuel Brasil quando pondera que a reunião, em volume único, de todos esses ensaios "não é um evento editorial comum", mas antes "o resgate de um crítico de raça, e um alento para os céticos com o estado da cultura no país". E decerto não foi à toa que José Guilherme Merquior o chamou de "Mestre", assim mesmo, com maiúscula. É bem de ver que não há como esmiuçar aqui essa técnica soberba e de precisão por assim dizer cirúrgica, mas bastaria transcrever esta breve passagem sobre a poesia de Drummond para que o leitor entendesse de pronto quais são os desígnios e pressupostos da diabólica arte exegética em que excele o ensaísta: "Estamos começando a ver, assim, que o poema é um mecanismo cujas peças se entrelaçam por filamentos sutis nem sempre emparelhados ou próximos. São peças de um conjunto harmônico, como o de um jogo de xadrez:

a movimentação de uma repercute em todo o sistema." Outro aspecto significativo — e significativo sobretudo para o leitor — da ensaística de Othon Moacyr Garcia é que nela, cumpre aqui insistir, escasseiam aqueles tão sentenciosos quão temerários juízos de valor sobre este ou aquele poeta. E por que assim o preferiu o autor? Sabiamente porque, "mesmo que não faça a valoração explícita da obra literária", o crítico "está ajudando o leitor-apreciador ('percipient') a fazê-la, com fornecer-lhe os elementos para isso".

Assim é que esse mesmo leitor poderá perceber como e por que, naquele processo de palavra-puxa-palavra, o bifrontismo semântico constitui "a linha divisória entre o real e o imaginário na poesia de Carlos Drummond de Andrade". Ou dar-se conta da obsessiva incidência da luz e do fogo na lírica de Gonçalves Dias. Ou entender o crucial papel da janela e da paisagem rural na obra de Augusto Meyer. Ou compreender por que a "página branca" se confunde com o "deserto" em quase toda a poesia de João Cabral de Melo Neto, sobretudo na *Fábula de Anfion*, que nada mais é, como também o conceituaria Merquior em *A astúcia da mímese*, do que uma paráfrase de todas as *inania verba* da poesia ocidental, já que a "expressão verbal, por mais fiel e fidedigna que possa ser, é sempre espectro da emoção poética". Ou admitir que, para descer às raízes do que pretendeu Raul Bopp ao poetizar um dos mais estimados mitos amazônicos, seria de todo cabível que o ensaísta arriscasse uma interpretação psicanalítica do *Cobra Norato*. Ou, ao fim e ao cabo, concluir, com esse mesmo ensaísta, que a "Canção excêntrica" de Cecília Meireles, com sua ostensiva "paridade numérica" e sua "estrutura simétrica bipolar", constitui, apesar da aparente espontaneidade que a inerva, um dos mais consumados exemplos de premeditação poética entre nós. E saiba afinal o leitor que, embora seja parco o exemplário aqui mobilizado, a crítica de poesia neste país seria outra — e muitíssimo distinta — não fossem esses seis ensaios exemplares que Othon Moacyr Garcia reuniu, quase ao fim de sua longa e silenciosa existência, em *Esfinge clara e outros enigmas*.

1996

Um clássico de Curtius

Produto dos últimos anos de atividades e pesquisas do romancista e historiador literário alemão Ernst Robert Curtius, nascido em Thann, na Alsácia, em 1886, e falecido em Roma em 1956, *Literatura européia e Idade Média latina* (1948) foi publicado pela primeira vez em nosso idioma pelo Instituto Nacional do Livro (INL), em 1957, graças ao esforço do então diretor dessa instituição e seu leitor privilegiado, Augusto Meyer, sendo hoje quase impossível dela encontrar-se algum exemplar até mesmo em sebos conceituados. Houve ainda, em 1979, uma segunda edição da obra, mas que, de tão secreta, passou despercebida do público leitor. É assim particularmente bem-vinda essa terceira e bem cuidada edição do monumental trabalho de Curtius, em irrepreensível tradução de Paulo Rónai e Teodoro Cabral. Professor nas universidades de Marburgo, Heidelberg e Bonn, Curtius publicou sua primeira obra, *Os pioneiros literários da França moderna*, em 1918, nela analisando, pela primeira vez, textos de Gide, Claudel e Péguy, entre outros. De 1918 a 1930 consagrou-se inteiramente ao estudo da história literária francesa, tendo escrito as biografias críticas sobre Barrès (*Maurice Barrès e os fundamentos espirituais do nacionalismo francês*, 1921) e Balzac (*Balzac*, 1923). Em 1925 exaltou os valores tradicionais da França contra a ameaça do autoritarismo fascista em *O espírito francês na nova Europa*, e, a partir de 1930, dedicou-se à pesquisa da literatura européia, legando-nos páginas memoráveis sobre Eliot, Joyce, Virgílio, Goethe, Friedrich Schlegel, Romain Rolland, Proust, Valéry, Stefan George, Hofmannsthal, Unamuno, Ortega y Gasset e Toynbee em seus *Ensaios críticos sobre literatura européia* (1950).

Nas orelhas dessa nova edição de *Literatura européia e Idade Média latina*,[41] João Alexandre Barbosa lembra uma passagem crucial de Curtius nas páginas introdutórias do volume: "Virgílio e Dante têm há muito um lugar no mais íntimo círculo de minha admiração. Quais as vias que levam de um para o outro? Esta questão preocupa-me cada vez mais. A resposta não poderia ser encontrada senão na continuidade latina da Idade Média. E esta, por sua vez, era uma porção da tradição européia que tem Homero em seus começos e em seu fim, como vemos hoje, Goethe." Segundo aquele ensaísta brasileiro, aqui estaria a chave para a compreensão cabal da obra de Curtius, o que confirmaria, aliás, o que nos ensina Eliot em seu célebre ensaio "Tradição e talento individual", onde sugere a cristalização daquele coeso e orgânico *continuum* em que consistiria a literatura européia desde Homero até os autores modernos, muito embora esse conceito despreze a extensa e funda ruptura espiritual que separa, sob o nome de "classicismo", a Idade Média do século XIX. Mas é que Curtius, como se sabe, só fez valer o princípio dessa continuidade até Goethe.

Entre as grandes, mas também controversas, contribuições conceituais de Curtius estão, sem dúvida, o esclarecimento que

---

[41]Robert Ernst Curtius, *Literatura européia e Idade Média latina*, 2ª ed., trad. de Paulo Rónai e Teodoro Cabral, São Paulo, Edusp/Hucitec, 1996.

nos presta quanto à origem medieval de inúmeros e instigantes temas da literatura moderna, sua teoria dos *tópoi* (lugares-comuns), hoje alvo de graves reparos, e a introdução a que procede, na história literária, do conceito de maneirismo tomado de empréstimo às artes plásticas. Em sua introdução à obra, por exemplo, Segismundo Spina, um dos maiores leitores de Curtius no Brasil e que sustentou com Augusto Meyer uma polêmica sobre o *tópoi* do "mundo às avessas", sublinha que uma das restrições que se fizeram ao mestre no que toca a esse *tópoi* é a de que seu "exame da reprodução tópica pode conduzir-nos à errônea suposição de que se trata de uma continuidade histórica do tópico, quando muitas vezes pode acontecer que se trata de casos de poligenia literária". Outra grave objeção de Spina relaciona-se ao conceito do maneirismo, que Curtius muitas vezes confunde com o barroco, chegando a conclusões que "são no mínimo discutíveis, se não inaceitáveis", mas não hesita em louvá-lo quando o autor insiste em que "as formas são configurações nas quais se fazem visíveis e palpáveis certos fenômenos de ordem espiritual". Spina lembra ainda que, nessa linha, o romancista chega amiúde a conclusões luminosas, o que o leva a afirmar, contrariando aquela concomitância entre forma e conteúdo nos termos em que a colocou Croce, que a importância de Valéry "não reside em seus pensamentos, mas no exemplo que dá, submetendo a matéria poética, sutilizada pelo simbolismo, à lei da forma severa".

Apesar de suas conceituações genéricas e panorâmicas sobre a literatura européia, a continuidade medieval e a România, cabe aqui esclarecer o leitor que, no leque de suas investigações, Curtius privilegia sobretudo as duas primeiras artes do *Trivium*, a gramática e a retórica, que, em suas relações com a literatura, constituem o seu campo de observações e análises, bem como toda a galáxia de temas que gravitam na órbita dessas duas artes, como as universidades, a tópica (normativa e histórica), a natureza (como deusa soberana e potência cósmica), o estilo medieval, o heroísmo, o metaforismo, a paisagem ideal e suas formas, o alegorismo e suas relações entre a poesia e a filosofia, a poesia e a teologia, as musas inspiradoras, o conflito entre antigos e modernos, o maneirismo, o livro como símbolo, os gêneros literários e a erudição dantesca em suas implicações com o mundo medieval. Concebida à época em que o foram outras obras capitais sobre o medievalismo e que têm por método a filologia — e nesse passo bastaria lembrar *A decadência do Ocidente* (1918), de Spengler, *O outono da Idade Média* (1923), de Huizinga, *Os ideais da Idade Média*, (1925-1931), de Vedel, ou *A realidade histórica da Espanha* (1948), de Américo de Castro —, a obra de Curtius guarda com estas, como observa Segismundo Spina, "um relativo parentesco, ou nas vicissitudes de suas realizações, ou no propósito de surpreender as características e o mecanismo das formas, bem como o destino da cultura ocidental, centrados na antigüidade clássica, na tradição cristã e na civilização das duas Idades Médias".

São todas elas, a rigor, monumentos da inteligência européia que suscitam ora exaltados louvores, ora graves objeções, como, entre as muitas que faz um crítico da estatura de Wilson Martins no segundo volume de seus ciclópicos *Pontos de vista* à suprema realização do mestre alsaciano, a de que este, "depois de mostrar todos os laços que amarram Dante à Idade Média, isto é, todos os processos e artifícios de retórica de que se valeu na composição de seu poema, Curtius ignora, por paradoxo, o que fez a sua originalidade, a sua 'singularidade' — e, preso à face de Dante voltada para o passado, desprezou a sua face mais importante, voltada para o futuro e vitalizada pelo presente", concluindo ainda que, em sua "ilusão de erudito", o autor escreveu um livro cuja maior falácia reside justamente no fato de que "a sua análise minuciosa e exaustiva não estabelece nenhuma comunicação com a síntese que dela deveria resultar se a sua tese fundamental estivesse certa".

1996

A fraude das Lettres Portugaises[42]

Tidas e havidas até meados deste século como se escritas por sóror Mariana Alcoforado, freira portuguesa nascida em Beja em 1640 e ali falecida em 1723, que passou boa parte da sua vida reclusa no Convento da Conceição, naquela cidade do Alentejo, as *Lettres Portugaises traduites en français* configuram o exemplo de uma das maiores e mais duradouras fraudes literárias de que se têm notícia. Duradouro é também o seu êxito, já que continuam a ser lidas e estimadas mais de trezentos anos depois de sua primeira edição, em Paris, no ano de 1669, "chez Claude Barbin". Mas tudo se explica a partir do momento em que, tendo em vista a possibilidade tangível de um estrondoso sucesso editorial, se falseia (ou se omite) a verdade desde o início. Assim é que, na "Advertência ao leitor" dessa edição *princeps*, diz-se que as cartas haviam sido endereçadas a um "gentilhomem de qualidade que serviu em Portugal", omitindo-se, porém, o seu nome, bem como o do tradutor das supostas cartas amatórias. Nesse mesmo ano de 1669, outro editor, du Marteau, este de Colônia, na Alemanha, lançava uma nova

[42]Conferência pronunciada no ciclo literário "Rodas de Leitura", no Centro Cultural Banco do Brasil, Rio de Janeiro, em 14 de maio de 1997.

edição das cartas sob o título de *Lettres d'amour d'une réligieuse écrites au chevalier de C., officier français en Portugal*, que estampava já os nomes do destinatário e do tradutor: "O nome daquele a quem as cartas foram escritas é o senhor cavaleiro de Chamilly, e o nome daquele que as traduziu é Culleraque", ou, como depois se veria, Gabriel-Joseph de Lavergne, senhor e conde de Guilleragues. Anunciavam-se, pois, já em 1669, a suposta autoria de uma religiosa alentejana, Mariana Alcoforado, e os nomes de um destinatário, o cavaleiro de Chamilly, e de um tradutor, Guilleragues. Mais grave ainda: Saint-Simon e Duclos, em suas *Memórias*, confirmam essa atribuição, que Chamilly não desmentiu. E pior: em 1810, numa crítica ao *Dicionário* de Brunet, Boissonade deu a conhecer a seguinte nota introdutória manuscrita que se lê em seu exemplar da edição *princeps*: "A religiosa que escreveu estas cartas chamava-se Mariana Alcoforado, religiosa em Beja, entre a Estremadura e a Andaluzia. O cavaleiro a quem estas cartas foram escritas era o conde de Chamilly, chamado então conde de Saint-Léger." Diante de tamanho e tão verossímil aparato informativo — e, sobretudo, diante do extraordinário sucesso que as cartas já haviam alcançado —, quem poderia, no início do século XIX, duvidar da autenticidade da autoria portuguesa das *Lettres Portugaises*?

Seria a informação gratuita ou fornecida ao arrepio das fontes históricas? Não e não. Tanto assim que, quase cem anos depois, mais precisamente em 1888, o historiador e ensaísta português Luciano Cordeiro viria a corroborá-la em seu estudo *Sóror Mariana — a freira portuguesa*. Suas pesquisas revelam, de forma irretorquível, a existência histórica de uma sóror Mariana Alcoforado (ou Alcoforada), nascida e falecida em Beja e que viveu reclusa como clarissa no Convento da Conceição. Quanto a Chamilly, oficial da Marinha francesa que viveu entre 1636 e 1715 e que chegou a Portugal em 1663, é também personagem de carne e osso, tendo participado da tomada de Alcaria de la Puebla em 1666, durante as guerras de Restauração, ao lado justamente de um irmão de Mariana de nome Baltasar. Esse mesmo Chamilly foi feito depois conde de Mértola, cidade cujas portas podem ser vistas das janelas do convento em que sóror Mariana se refugiou da vida secular, ou fê-lo por imposição da família, o que era muito comum na época. Chamilly teria regressado à França em 1667, abandonando assim a freira apaixonada, que lhe dirigiu então as cinco cartas de amor. O drama é tanto mais plausível quando se pensa que, durante os séculos XVII e XVIII, não apenas uma mas muitas outras Marianas devem ter existido e, na condição de reclusas sem nenhuma vocação religiosa, se apaixonado por militares franceses ou de qualquer outra origem. Por que então duvidar dos fatos que se tinham por verdadeiros e definitivos? Mas algo intrigava a crítica filológica desde o início: onde estariam os originais das *Lettres Portugaises*, dessas cartas que eram tão portuguesas quanto eram persas as *Lettres Persanes* de Montesquieu, como ironiza Augusto Meyer em breve e sagaz estudo sobre o assunto?

Em sua grande maioria, porém, os historiadores literários, desde Hernani Cidade até Pierre Le Gentil, aceitaram a tese da origem portuguesa das *Cartas*, embora admitindo que o tradutor as houvesse refundido ou retocado. Foi bem mais longe o conde de Sabugosa em *Gente d'algo* (1915), que chegou a sustentar a descabelada hipótese de que Mariana houvesse escrito as cartas originariamente em francês, e, neste caso, Guilleragues não as teria traduzido, mas apenas aperfeiçoado. Daí a ocorrência de três ou quatro lusismos de linguagem, que não se podem atribuir, entretanto, à mão tosca de Mariana, mas sim à sensibilidade literária de Guilleragues, que, provavelmente, se valeu dos textos de outras cartas de portuguesas apaixonadas por oficiais franceses que as teriam levado para França como troféus. Muito mais do que esses magros e episódicos lusismos de linguagem, todavia, caracterizam as cartas a tendência analítica do espírito francês, o preciosismo literário dos salões, as sutilezas e os ditos sentenciosos, os artifícios de estilo e o civilizado formalismo do período histórico em que estas foram escritas. Mas persistia o mistério: em português ou em francês?

O enigma da autoria das *Lettres Portugaises* foi afinal decifrado por Frederick Charles Green, autor do estudo "Who was the Author of the *Lettres Portugaises*?", publicado em abril de 1926 na *Modern Language Review*. É que no manuscrito francês nº 21.945, folha 71, da Biblioteca Nacional de Paris, Green descobriu, sob o nome de Barbin, o primeiro editor das *Cartas*, a seguinte entrada: "Ce jourduy 17 Novembre 1668 nous a esté presenté un Privilege du Roy donné a Paris le 28 Octobre 1668 signé Mageret pour cinq annés pour un livre intitulé *Les Valentins Lettres Portugaises, epigrammes et madrigaux* de Guilleraques." Eis na íntegra o privilégio real de que Luciano Cordeiro jamais teve notícia, razão por que suas minudentes pesquisas não conseguem romper o âmbito de uma conjectura. Estavam assim absolvidos da acusação de ceticismo com relação à autoria portuguesa das cartas escritores como Rousseau, Camilo Castelo Branco, Alexandre Herculano, Francisque Michel, Antônio Sardinha e o próprio Eugène Beauvois, ao reabilitar a memória de Chamilly.

Quase dez anos depois da crucial descoberta de Green, mais exatamente em 1935, dá-se a lume em língua portuguesa *Mariana Alcoforado. História e crítica de uma fraude literária*, de

Antônio Gonçalves Rodrigues. Publicado inicialmente na revista *Biblos*, XI, é este, sem dúvida alguma, o mais lúcido, preciso e completo estudo sobre o assunto em língua portuguesa. Ponderando que a cronologia das *Lettres Portugaises* torna impossível a sua autenticidade portuguesa, o autor sustenta que nelas "a mão do literato em busca de efeitos novos se surpreende a cada instante" e que o pretenso tradutor, Guilleragues, "homem de cultura e gosto", amigo de Racine e Boileau, diretor da *Gazette de France* e embaixador de seu país em Constantinopla, é de fato, não o tradutor, mas o autor das cartas. E se até então ninguém reivindicara a verdadeira paternidade dessas cartas, fartando-se de glória e incenso literário, é que havia condições essenciais de êxito para o *best-seller* bem-nascido: o segredo absoluto da parte de Guilleragues e Barbin, e da parte do público a ingênua crença na veracidade do romance epistolar. Por isso mesmo sublinha Gonçalves Rodrigues: "Desfeito o mistério, desfazia-se o encanto e com este iam-se os lucros e o próprio halo sentimental que as envolvia."

Mas há mais e melhor, como observa Augusto Meyer no conciso e arguto artigo a que já aludimos. Amparado nas conclusões de Leo Spitzer, diz ele:

> Spitzer, em seu magistral estudo, antepõe à atribuição de autoria a análise estrutural, isto é, o estudo estilístico da obra como construção literária. Com a agudeza de sempre, vai revelando, sobre o descuido da forma, a unidade artística da composição. A miopia da crítica biográfica, voltada quase só para os problemas de história externa, emperrou num renitente preconceito: a forma era descuidada, manifestava-se a cada passo a espontaneidade confidencial de um desafogo, tudo ali era um grito descompassado e rouco da alma, só se ouviam os gemidos e lamentos do amor frei-

> rático, e sob o texto revela-se logo a tradução de um documento, onde os mais ricos de fantasia começaram a ver a miragem de muitos lusismos. A questão extraliterária da autoria das cartas absorvia a pesquisa e embotava o discernimento estético. Ora, com o ensaio de Spitzer, esboroa-se o prejuízo manco da carta ensopada em lágrimas, da "carta" simplesmente carta, mal traçada e crua. É a intenção artesanal, a consciente e precavida técnica literária que aparece aos poucos na delicada e minuciosa análise de Spitzer.

Apesar disso, durante muito tempo ainda tiveram curso livre os devaneios marianistas. Tanto assim que um mestre como Daniel Mornet, em sua *Histoire de la littérature Française classique*, não hesita em escrever que as *Lettres Portugaises* "não constituem senão as cartas verdadeiras escritas pela religiosa Mariana Alcoforado a Guilleragues, que ela conhecera em Lisboa e que a abandonara para regressar à França". Como outra vez ironiza Augusto Meyer, trata-se de uma "versão nova do romance, com Guilleragues no papel de Chamilly". E conclui: "O melhor desmentido a estas divagações marianistas de Daniel Mornet é a edição preparada por F. Deloffre e J. Rougeot para os clássicos Garnier: *Lettres Portugaises, Valentines et autres oeuvres de Guilleragues* (Paris, 1962).

Desde sua publicação, em 1669, até o fim do século XIX, as *Lettres Portugaises* alcançaram cerca de noventa edições em várias línguas, concorrendo para consolidar os fundamentos da literatura sentimentalista pré-romântica e para a voga do romance encadeado sob a forma de cartas. Sendo a epistolografia portuguesa um dos gêneros em que mais se distinguiu a índole da língua, não é de estranhar que por quase três séculos se atribuísse a uma clarissa do Alentejo a autoria dessas cartas. Na verdade, as *Lettres Portugaises* constituem uma das mais decisivas contribuições para a cristalização da sensibilidade européia. Se não influíram em Racine, como alguém já pretendeu, ajudaram a preparar o advento do romantismo. E a vívida pintura que nelas se encontra do desvario de um amor sem limites, que oscila entre o desespero e uma ilusão pueril, maculando o pudor e o próprio senso de dignidade, mantém até hoje, apesar de certos requintes de análise e de linguagem literária, o seu comovente poder. Rainer Maria Rilke, que as traduziu para o alemão em 1913, dedicou-lhes um artigo e algumas páginas do *Malte Laurids Brigge*. Para Rilke, as cartas testemunham a perfeição no amor, um amor que transcende a dor imensa e acaba por ser um sentimento absoluto e independente do objeto amado: "O meu amor não depende já da maneira por que me tratares." E diversos textos das *Lettres* aparecem nas modernas antologias da literatura francesa, como nos informa Jacinto do Prado Coelho.

Longe de ser um simples divertimento, a obra de Guilleragues se insere naturalmente no cenário clássico para redefinir o lugar do homem no mundo após o declínio dos valores cristãos da Idade Média: o homem somente se realiza ao aderir às regras sociais naturais, tarefa na qual é ajudado pela disciplina interior que lhe permite conhecer a si mesmo. Na verdade, a personagem da religiosa, inicialmente revoltada com sua condição de prisioneira de uma perturbadora paixão amorosa que se insurge contra a ordem social, parece alcançar o conhecimento e o domínio de si própria, o que lhe permite renunciar ao seu amor. Ela estaria assim em harmonia com a ordem — sua família, seu convento, seu Deus — e ilustraria o fundamento de ideal clássico do autoconhecimento. Mas, a rigor, tal propósito está comprometido, pois repousa sobre uma verdade rejeitada e reconstruída: longe de aceitar que seu amante simplesmente deva partir, Mariana põe-se na condição de mulher seduzida e que se abandona ao prazer de sofrer. Toma a iniciativa de romper a relação amorosa e epistolar, pelo menos para tornar-se antes senhora da situação que lhe foi imposta do que para dela se libertar. Assim, a conduta da heroína das *Lettres Portugaises* revela também a riqueza dos riscos a que se expõe aquele que se consagra ao conhecimento de si mesmo. A Mariana de Guilleragues é não apenas socrática e pré-romântica, mas também uma personagem de quem se poderia dizer que tangencia as franjas do pensamento existencialista.

Sobre o efeito estético

O nome de Wolfgang Iser, um dos mais estimados e polêmicos autores que atuam no campo da teoria literária contemporânea, começou a tornar-se internacionalmente conhecido a partir da criação da Escola de Constança, em 1974. Foi ele que, ao lado de Hans Robert Jauss, desenvolveu nesse mesmo centro de estudos a "estética da recepção", ou seja, a teoria que atribui ao leitor um papel crucial na constituição do sentido de um texto literário. Em outras palavras: logo após o término da década de 1960, quando entraram em agonia as interpretações ingênuas e impressionísticas da análise literária, a situação política e histórica da sociedade produziu um impulso destinado a abrir um acesso mais adequado à compreensão da literatura de nossos dias. Daí resultou, como sublinha Iser no prefácio que escreveu à segunda edição de *O ato da leitura*,[43] cujo primeiro volume acaba de chegar às mãos do leitor brasileiro em competente tradução de Johannes Kretschmer, "uma mudança de orientação nas análises da literatura, que não mais se encontravam tanto na significação ou na mensagem, mas sim nos efeitos do texto e

[43]Wolfgang Iser, *O ato da leitura. Uma teoria de efeito estético*, v. 1, trad. de Johannes Kretschmer, São Paulo, Editora 34, 1996.

em sua recepção". Mas *O ato da leitura*, como bem diz o seu próprio subtítulo, não se interessa tanto por aquilo que se entende por estética da recepção, e sim por uma "teoria do efeito estético", cujo pressuposto é o de identificar as estruturas de um texto ficcional que seriam capazes de despertar determinados efeitos na mente de seu leitores. Segundo Iser, o efeito estético deve ser analisado "na relação dialética entre texto, leitor e sua interação", sendo assim definido "porque — apesar de ser motivado pelo texto — requer do leitor atividades imaginativas e perspectivas, a fim de obrigá-lo a diferenciar suas próprias atitudes". O que Iser pretende, a rigor, é, de um lado, saber como os textos literários são assimilados pelo leitor e, de outro, qual seria a função desses mesmos textos em seu contexto. Mas é preciso distinguir: "Uma teoria do efeito está ancorada no texto — uma teoria da recepção está ancorada nos juízos históricos dos leitores."

No que toca especificamente a essa teoria do efeito estético, há que esclarecer ainda que, de acordo com Iser, qualquer obra de ficção se define pela presença de estruturas constantes de indeterminação semântica, que, por sua vez, estabeleceriam vazios textuais cuja constituição do sentido caberia em boa parte ao leitor. Tanto a estética da recepção quanto a teoria do efeito estético suscitam, entretanto, duas graves objeções. Primeiro: parece-nos que nada há de novo nessa estética, pois desde sempre houve leitores e textos literários, e jamais um texto terá cumprido sua função literária cabal sem o concurso contextual daqueles. De modo que, à semelhança de outras teorias literárias, a sensação que nos fica é a de que seus criadores estão sempre a abrir com estrondo portas que já se encontravam abertas. Segundo: que leitor seria este? Iser nos fala de um leitor ideal que, por ter os mesmos códigos do autor, deveria ter as mesmas intenções que se manifestam no processo de transcodificação dos códigos determinantes daquele autor, levando-nos a crer, por conseguinte, que esse leitor, independentemente de sua própria situação histórica, deveria não apenas "realizar o potencial de sentimento do texto", mas também esgotá-lo. Mas isso, como nos diz o autor, "seria uma idealidade fatídica para a literatura". Logo, esse "leitor ideal é, à diferença dos outros tipos de leitor, uma ficção". E quando não o foi, se encarado desse prisma conceitual?

Pouco adiante pondera Iser que, sem a participação do leitor, "uma teoria do texto literário já não é mais possível", pois isso "significa que o leitor se converte na 'referência de sistema' dos textos, cujo pleno sentido só se alcança pelos processos de atualização sobre eles realizados". E logo em seguida conclui: "Se daí inferirmos que os textos só adquirem sua realidade ao serem lidos, isso significa que as condições de atualização do texto se inscrevem na própria construção do texto, que permitem constituir o sentido do texto na consciência receptiva do leitor." E eis que voltamos ao mesmo dilema: quando é que assim não o foi em toda a história da literatura? É bem de ver que não se trata aqui de discordar e, muito menos, de invalidar o que nos diz Iser, mesmo porque suas teorias não só ampliam como aperfeiçoam o que já se escreveu sobre o assunto. É muito oportuno, por exemplo, tomarmos conhecimento, graças à informação do autor, do que nos diz Norman Holland, em *The Dynamics of Literary Response*, sobre aquela "hierarquia de camadas sedimentares de significado" que esse teórico norte-americano vislumbrou na tessitura ficcional do *Wife of Bath*, de Chaucer, ou seja, as camadas do leitor medieval, do leitor moderno, do significado mítico e, enfim, a camada psicanalítica do texto. Como oportuna é também a discussão sobre a "teoria emotiva" que permeia a interpretação psicanalítica de Holland e que, a rigor, "apenas reproduz as intuições de Richards", justamente porque essa teoria teve o mérito de ser a primeira que estudou o efeito literário.

E oportuna seria ainda a passagem em que Iser sugere que o "texto ficcional pode se relacionar diretamente com um sistema de época", o que vale, por exemplo, no caso do *Tristram Shandy*, de Sterne, cujo texto absorve muito do empirismo de Locke, sobretudo no que respeita à associação de idéias em que se funda esse sistema filosófico. Mas, apesar da lucidez e do vasto conhecimento teórico de Iser, *O ato da leitura* sabe um pouco a discurso tautológico sobre o óbvio. E causa estupor, quase ao fim do volume, o contorcionismo que anima o emaranhado conceitual de uma proposição como esta: "Mas se o sistema de equivalências, enquanto objeto estético, é a formulação daquilo que não é formulado por nenhuma posição do texto, então ele possibilita, enquanto formulação de algo ainda não formulado, as descobertas das posições formuladas, pois é através dele que emerge o que até agora não foi formulado." O que significa exatamente isto senão a formulação de um bestialógico? Mas é sempre possível que o leitor consiga formular algo distinto a respeito. E formulará, então, o nada.

1996

República das letras

Publicada anteriormente em duas edições tão modestas que se contam nos dedos os que dela conseguiram fruir, esta terceira edição, revista e aumentada, da *República das letras*, de Homero Senna,[44] bem poderia considerar-se como a primeira que se dá à estampa. Trata-se de um conjunto de vinte longas entrevistas, muitíssimo bem conduzidas pelo autor, com outros tantos escritores brasileiros da mais alta estirpe. A obra tem, por isso mesmo, não apenas um caráter jornalístico, mas sobretudo literário. E tais entrevistas estão muito longe de constituírem tão-somente despreocupadas ou frívolas enquetes. Mercê da fina e elegante linguagem em que estão vazadas, das agudas e pertinentes perguntas (e respostas) que ali se lêem e do amplo espectro disciplinar que envolvem — poesia, ficção, ensaísmo, crítica literária, sociologia, antropologia, filosofia, filologia, lexicografia e lingüística —, elas configuram o panorama literário e cultural de nossas letras, de uma época em que os escritores, um pouco à diferença do que hoje cada vez mais se vê, estavam interessados sobretudo em escrever bem. Afinal de contas, discorrem aqui sobre

[44]Homero Senna, *República das letras*, 3ª ed., Rio de Janeiro, Civilização Brasileira, 1996.

seu ofício, entre outros, Manuel Bandeira, Carlos Drummond de Andrade, Mário de Andrade, Sérgio Buarque de Holanda, José Américo de Almeida, Ciro dos Anjos, Tristão de Ataíde, Sousa da Silveira, Graciliano Ramos, Prudente de Moraes Neto, Jorge de Lima, Murilo Mendes, Aurélio Buarque de Holanda e Otto Maria Carpeaux. Aí estão, portanto, alguns autores por assim dizer emblemáticos do revolucionário e turbulento período situado entre 1922 — quando eclodiu o movimento modernista — e meados da década de 1950, que deram voz e permanência a uma literatura que — não fossem as exceções, em fins do século XIX e nos princípios deste, de Machado de Assis e Euclides da Cunha, na prosa, e de Gonçalves Dias, Castro Alves, Cruz e Sousa e Alphonsus de Guimaraens, na poesia — não passaria hoje de um enfezado e tartamudo embrião.

De modo que o que se pergunta e responde na *República das letras* versa sobre as raízes de nossa maturidade literária, quer do ponto de vista do estilo e da linguagem, quer do ângulo de uma temática e de um comportamento psicológico brasileiros, quer ainda do bom uso da língua e da cristalização de um idioma que, este sim, é nosso por direito adquirido. É também mediante esse arguto e judicioso inquérito que passamos a conhecer um pouco do dia-a-dia desses escritores, incluindo-se aqui valiosos dados sobre sua formação intelectual, suas goethianas afinidades eletivas, suas dúvidas e certezas, suas dificuldades profissionais, seus livros de cabeceira e suas influências, suas contingentes ambições à imortalidade e até mesmo suas aporrinhações cotidianas — enfim, toda essa miuçalha que os faz, ainda que eternos, mortais e modernos. A *República das letras* não é só, insistimos aqui, pergunta e resposta; é, mais do que isso, história de cada um e história de uma época. Não cheguemos ao ponto de nenhuma ingênua e descabelada comparação, mas não foi algo parecido o que fizeram, com absoluto e duradouro êxito, Samuel Johnson, em sua *The Lives of the Poets*, ou Plutarco, em suas *Vidas paralelas*, nas quais bisbilhotou a trajetória de vinte e três gregos ilustres e de outros tantos romanos?

Agora, enfim, às perguntas e respostas. Não todas, é claro. Mas há duas que exigem grave reflexão, pois enredam questões que, por incrível que pareça, continuam até hoje a atormentar certos poetas e ficcionistas. É aqui que Homero Senna, ao entrevistar alguns de nossos maiores mestres do verso, insistentemente pergunta se este permanecerá livre, ou mesmo "libérrimo", como certa vez ironizou Paulo Mendes Campos, ou se haverá um retorno aos moldes antigos. Homero Senna a Mário de Andrade, poeta moderno e, mais do que isso, modernista: "Você, pessoalmente, pretende voltar à métrica?" Mário de Andrade: "Se não me engano jamais a abandonei. Em todos os meus livros, mesmo no mais impressionista de todos, o *Losango cáqui*, há poemas em versos medidos." Outra pergunta ao líder modernista: "De maneira que para você o metro e a rima não são moldes antigos?" Resposta: "Absolutamente não. São moldes eternos como o verso livre também é." Agora sobre aquela tolice que consiste em supor que exista uma língua brasileira. Homero Senna: "Existe uma língua brasileira?" Sousa da Silveira: "Não. O que existe é uma modalidade brasileira da língua portuguesa." E acrescenta o filólogo: "Penso que os escritores nossos devem cultivar a modalidade brasileira da língua portuguesa, sem procurarem afastar-nos, de propósito, da língua portuguesa. Isso seria empobrecer-nos." Se a *República das letras* nada valesse por suas sábias e instigantes entrevistas — e o que ocorre é justamente o oposto —, valeria ainda, ao fim e ao cabo, pela resposta que Otto Maria Carpeaux dá a Homero Senna sobre o que entende por cultura: "Cultura é aquilo que fica quando uma pessoa já esqueceu tudo o que aprendera."

1996

Um século de ficção

Um século de ficção — eis o que nos oferece *O romance americano moderno*,[45] de Malcolm Bradbury, que se debruça sobre o que produziram nos Estados Unidos escritores de diversas vertentes entre 1890 e 1990. Esse panorama torna-se ainda mais expressivo se considerarmos o que nos diz D. H. Lawrence em seus *Estudos sobre a literatura clássica americana* (1923): "Dois corpos de literatura moderna me parecem haver chegado aos verdadeiros limites: o russo e o americano. Os mais extremados frenesis do modernismo ou futurismo francês ainda não alcançaram os níveis de conscientização extrema atingidos por Poe, Melville, Hawthorne ou Whitman." Bradbury inicia seu panorama com o naturalismo e o impressionismo que dominaram a ficção americana durante a década de 1890, quando escritores como Henry Adams, Hamlim Garland e Sarah Orne Jewett lançam as primeiras sementes de uma revolução global, epistemológica e estética, em todas as formas artísticas, reformulando não apenas seus temas, mas também o seu próprio modo de composição. Assim, nos últimos anos do século

[45]Malcolm Bradbury, *O romance americano moderno*, trad. de Bárbara Heliodora, Rio de Janeiro, Zahar, 1991.

XIX, ao lado de novas tecnologias e teorias científicas e sociais, surgem novos estilos, formas e movimentos nas artes. O romance simbolista ou transcendental de Poe, Hawthorne e Melville tinha dado lugar a uma vertente realista de ceticismo democrático, à preocupação com os problemas sociais e ao fascínio pela vida comum do continente em expansão, como se vê nas obras de Mark Twain, de William Dean Howells e do Henry James da primeira fase, muito embora o grande nome desse período seja Stephen Crane, junto ao qual convém situar, por sua filiação realista ou naturalista, Frank Norris, Hamlim Garland, Kate Chopin, Henry Blake Fuller e Lafcadio Hearns. Na ficção desses autores já se pode perceber pelo menos um sintoma daquilo que iria configurar o romance americano dos anos que se seguiriam: a percepção da consciência menos como um processo psíquico do que como forma de autoconhecimento subjetivo e estético.

Entre 1900 e 1912 afloram e se cristalizam a modernidade e o modernismo, já presentes na obra de Theodore Dreiser, especialmente em *Uma tragédia americana* (1925), onde o naturalismo se volta para o expressionismo e encontra os meios de expor não só as ironias, mas também as energias da cultura (ou pós-cultura) urbana americana. Seguem-se Upton Sinclair e Jack London, que transformam o naturalismo na grande história de aventuras americanas, de cunho populista e popular. A tais escritores se podem acrescentar Ellen Glasgow, Edith Wharton e, mais do que quaisquer outros, o Henry James da segunda fase e Gertrud Stein, que, seguindo a trilha aberta por Edith Wharton, cria um revolucionário método de abstração pós-naturalista e pós-impressionista, como se vê no maior de seus romances, *The Making of Americans*, escrito entre 1906 e 1908, mas só publicado em 1925, bem depois de *Tender Buttons*

(1914). Na verdade, Gertrud Stein se torna uma tradutora crucial das experiências da pintura para a ficção e das experiências européias para a América do Norte. Como Ezra Pound na poesia, observa Bradbury, "Gertrud Stein marca um estágio essencial da modernização da ficção americana". Essa é a época em que proliferam novos grupos políticos e artísticos, em que surgem revistas como *Poetry*, de Chicago, ou *The Nation*, que difunde as idéias de Bergson, o novo classicismo de T. S. Eliot e o neo-humanismo de Irving Babbitt. É a época do imagismo de Amy Lowell, da poesia de Robert Frost, William Carlos Williams, Wallace Stevens e Marianne Moore, e dos romances de Sinclair Lewis e Sherwood Anderson, que antecipam as possibilidades estéticas e o estilo de vida dos *Twenties*.

A década de 1920, que introduz a literatura de guerra e o romance do pós-guerra, assinala o aparecimento de alguns dos mais ilustres ficcionistas americanos do presente século, como John Dos Passos (*Manhattan Transfer*, 1925; *U.S.A.*, 1937), Scott Fitzgerald (*O grande Gatsby*, 1925; *Suave é a noite*, 1934), William Faulkner (*O som e a fúria*, 1929) e Ernest Hemingway (*O sol também se levanta*, 1926). Cada um desses romancistas incorpora a herança das gerações anteriores e, à sua maneira, distende as novas fronteiras da ficção americana. Nesses pródigos e revolucionários anos 20 o que predomina, todavia, são o romance do pós-guerra — o romance perpassado pela guerra e que dela fazia uma metáfora apocalíptica — e as imagens de desperdício e esterilidade, cujas matrizes se encontram na poesia de Pound (*Hugh Selwyn Mauberlay*, 1920), de Eliot (*The Waste Land*, 1922), e na prosa de *O grande Gatsby*, de Fitzgerald. O sentido de decadência era estimulado não apenas pela guerra, mas também pelo desenvolvimento americano do pós-guerra, o que sem dúvida contribuiu para intensificar o sentimento de fracasso político, de falta de objetivos e do vazio cultural que impregna boa parte do que se escreveu nos anos 20. Os estilos de vida se alteram, as gerações se dividem, os hábitos sexuais se transformam. E pode-se dizer que a época do puritanismo e da Lei Seca foi, também, a da psicanálise, do *jazz* e da dissolução moral. Em suma, cumpre deixar claro que o romance americano desse período revela-se extremamente atento à sensação do moderno, bem como à sua perturbação, sendo freqüentado por ânsias apocalípticas e sacudido por uma funda inquietação cultural, a par de um desalento decadentista ante o mundo material e a ordem política.

A década de 1930, como sublinha Bradbury, está marcada por incursões ficcionais ao realismo e ao surrealismo, mas também por um intenso engajamento político e por visíveis preocupações sociais, o que deu lugar a uma literatura "proletária", como se vê nas obras de Michael Gold, James T. Farrell, Erskine Caldwell, John O'Hara e John Steinbeck (*As vinhas da ira*, 1939). Outros, entretanto, como Djuna Barnes e Nathanael West (*O dia do gafanhoto*, 1939), cultivavam o surrealismo grotesco, enquanto Thomas Wolfe envereda por um caminho de implicações mais subjetivas. A época assinala também o aparecimento da ficção negra, com Richard Wright, e do romance judaico americano, com Henry Roth. O epílogo desse período coincide com a subversão formal e estilística de Henry Miller, cujos romances (*Trópico de Câncer*, 1934) e a trilogia *A crucificação encarnada* (*Sexus*, *Plexus* e *Nexus*) podem ser definidos como os anti-romances dos anos 30, mesmo que, como já se disse, fossem também autênticos romances da Depressão. A imaginação liberal e existencial domina o que se produziu nas décadas de 1940 a 1960, ao longo das quais avultam os nomes de Willard Motley, Nelson Algren, Carson Mc-

Cullers, Truman Capote, Flannery O'Connor, Lionel Trilling, Mary McCarthy, James Baldwin, John Cheever, John Barth, James Purdy, Therry Southern, John Updike e, talvez mais do que estes, os representantes da tradição judaica: Saul Bellow (*Herzog*, 1964), Isaac Bashevis Singer, Norman Mailer (*Os nus e os mortos*, 1948), Bernard Malamud e Philip Roth (*Complexo de Portnoy*, 1968), aos quais se tem de emparelhar o extraordinário J. D. Salinger, autor de *O apanhador no campo de centeio* (1951), e os dois grandes ficcionistas da "Beat Generation": Jack Kerouac (*On the Road*, 1957) e William Burroughs (*Almoço nu*, 1959). E convém não esquecermos de Vladimir Nabokov, cujo *Lolita* (1955) cumpriu espetacular trajetória literária e editorial. De uma forma ou de outra, todos esses romancistas contribuem para desenvolvimentos que não constituíram apenas protestos literários, mas também uma revolta estética radical. Como escreve Bradbury, "na década de 1960 um espírito de experimentalismo fantástico e historicamente dolorido viria a criar uma fase estilística inteiramente nova no romance".

As décadas de 1960 e 1970 assinalam o advento dos pós-modernos e de diversos escritores de novas tendências, como Gore Vidal, Jerzy Kosinski, Joseph Heller, Kurt Vonnegut, Ken Kesey, John Hawkes, Seymour Krim, Jimmy Breslim, Bruce Jay Friedman, Thomas Berger, Alfred Grossmann e Thomas Pynchon — este último exímio explorador dos limites da fantasia moderna, como atesta seu *Gravity's Rainbow* (1973) —, ao lado dos quais emergem os representantes do "pós-pós-modernismo". Predominam agora o anti-realismo e o nominalismo instaurado por Nabokov. Observa Bradbury que a "convicção de viver em uma época de redefinição epistemológica era compartilhada com o — e provavelmente alimentada pelo — *nouveau roman* da França e os movimentos intelectuais relacionados ao estruturalismo e, mais tarde, à desconstrução", mas essa tendência revela ainda uma face inequivocamente americana, "que se tornava mais evidente em seu contexto cômico ou parodístico". De qualquer modo, o termo "pós-moderno" ainda continua vago, embora o que ele descreva ou busque definir tenha sido "um desafio fundamental ao realismo e ao naturalismo do passado da ficção americana, e ao experimentalismo de outrora". Mas, conclui Bradbury, a verdade é que "ele abriu as possibilidades do romance enquanto campo experimental no momento em que muitas velhas imagens da América do Norte estavam se dissolvendo".

1991

Da Arte Tradutória

Rimbaud: poesia e prosa poética

1

Nunca é tarde ou demais recordar que, sem Baudelaire (o de *Les fleurs du mal* e dos *Petits poèmes en prose*) e Poe (sobretudo o do *Poetic Principle*), e, depois, Rimbaud, Verlaine e Mallarmé, não haveria a poesia moderna ou, pelo menos, aquela que, a partir de suas cruciais transgressões, se escreveu em todas as línguas cultas do Ocidente. Diz Valéry, em "Situation de Baudelaire" (*Variété II*, 1930), que, sem a leitura que fizeram dos poemas baudelairianos na idade decisiva, nem Rimbaud, nem Verlaine, nem Mallarmé seriam o que vieram a ser como poetas. O caso específico de Rimbaud, entretanto, envolve uma série de delicados e instigantes problemas que desbordam, inclusive, o âmbito literário, a começar pelo brevíssimo período durante o qual escreveu toda a sua obra, ou seja, dos quatorze aos dezoito anos. Depois, o silêncio, as sucessivas fugas que o levaram a Java, Chipre e, afinal, à África, onde se tornou traficante de armas na Abissínia, mais precisamente em Harar e Aden; e a morte em Marselha, a perna amputada, nos braços da irmã Isabelle. Mas o que intriga em Rimbaud não é tanto sua atividade poética de pouquíssimos anos nem o silêncio de quase duas décadas, e sim o próprio gesto de emudecer, até hoje não suficientemente esclarecido, o que nos leva até a cogitar de que sua grandeza não reside propriamente em ter o poeta se calado, mas em ter *chegado* ao silêncio, pois sua obra não foi abandonada em meio: ela estava acabada. E nem por isso o mistério se dilui, pois Rimbaud, apesar da forte influência baudelairiana, não tem propriamente ancestrais e, muito menos, descendentes.

De um ponto de vista estritamente escolástico, o ponto de vista de 1870, Rimbaud pode ser definido, como o faz Otto Maria Carpeaux em sua *História da literatura ocidental*, como o *missing link* entre Baudelaire e os simbolistas, ou melhor, como uma antecipação do simbolismo. O conhecidíssimo soneto "Les voyelles" nada mais é que a materialização da teoria baudelairiana das correspondências, dando-nos o primeiro exemplo de uma poesia analógico-sugestiva. E todos os primeiros poemas de Rimbaud são, *lato sensu*, baudelairianos. Mas, mesmo antes dos poemas em prosa de *Une saison en enfer* (1873) e de *Les illumitations* (1886), o poema em verso "Le bateau ivre" já não comporta essa precária classificação, pois antecipa o pós-simbolismo dos modernos e a poesia do subconsciente dos surrealistas. Por outro lado, Rimbaud é um romântico radicalíssimo que leva ao extremo o visionarismo proposto por Hugo: "Le poète se fait voyant par un long, immense e déraisonné dérèglement de tous les sens." E aqui talvez esteja uma das chaves para entender o silêncio rimbaudiano, pois é através desse desregramento de todos os sentidos que o poeta poderá dizer: "Et j'ai vu quelques fois ce qui l'homme a cru voir!" E em seguida emudecer, o que, de resto, nos parece de uma irretocável coerência no caso de alguém que sempre cultivou uma linguagem hermética. Rimbaud guarda seu mistério, e a maneira mais segura de não se tornar entendido foi exatamente esta: não dizer mais nada.

Tudo isso nos ocorre a propósito do recente lançamento dessa monumental *Poesia completa* de Rimbaud,[1] a cargo da perícia e da reconhecida competência de Ivo Barroso, que, além da poesia *alheia* que nos serve, brinda-nos também com uma indispensável introdução crítico-biográfica e um conjunto de notas sobre os poemas traduzidos que, pela lucidez de seus comentários, bem poderia ser definido como um pequeno curso sobre a arte tradutória de nossos tempos. Advirta-se ainda que este é o primeiro volume de uma série de três: os outros dois incluirão, respectivamente, a prosa poética e a correspondência de Rimbaud. E mais: é esta a primeira edição da poesia completa de Rimbaud no Brasil, onde são muitos os que, episodicamente, já o traduziram, como o atestam, entre outras publicações, *Rimbaud livre* (1993), de Augusto de Campos, e *Rimbaud no Brasil* (1993), de Carlos Lima. Em seu prefácio, Ivo Barroso nos dá uma clara visão de como decidiu enfrentar o desafio de traduzir o autor de *Une saison en enfer*: 1) filiado à vertente que postula a necessidade de uma tradução isotópica, nos diz ele que buscou "traduzir e não recriar, transcriar, parafrasear, poundear ou fazer um poema novo em cima de um motivo de Rimbaud", decorrendo daí que seu esforço "implica uma fidelidade a bem dizer canina, ou fotográfica, em que o tradutor acompanha o original passo a passo, palavra por palavra, expressão por expressão, no intuito de preservar ao máximo possível a forma e a essência do poema em português"; e 2) não recuperou, de caso pensado, todos os esquemas rímicos do original, ou porque tal recuperação implicas-

[1]Jean Arthur Rimbaud, *Poesia completa*, ed. bilíngüe, trad. de Ivo Barroso, Rio de Janeiro, Topbooks, 1995.

se às vezes uma adulteração do que escrevera Rimbaud, ou porque, sobretudo nos primeiros poemas, não dominasse ainda o autor a arte do verso que depois o consagraria como um dos *inventores* da moderna poesia francesa. Em suma, Ivo Barroso, um pouco à semelhança do comportamento drummondiano, não se agarrou à rima expressiva, alcançando assim aquilo a que ostensivamente se dispôs: ser fiel ao original sem ser servil ao que nele ainda não se cristalizara como arte poética ou que não seria resgatável de outra forma que não fosse a de que se valeu o tradutor.

Diante da consabida intraduzibilidade de qualquer texto poético, o tradutor experimentado deve sempre ter em mente dois propósitos: primeiro, aderir de corpo e alma àquele conceito coleridgiano da "suspension of disbelief" e acreditar que, através da poesia *alheia* que o *homo ludens* recria a partir do original do *homo faber*, tudo pode ser traduzido e, às vezes, muitíssimo bem traduzido; segundo, aceitar, com toda a possível humildade, que, ao verter-se um poeta de um idioma para outro, pode-se apenas traduzir o que ele *quis* dizer, mas nunca o que ele *disse*. Penso ter sido com esse ânimo que Ivo Barroso logrou realizar os prodígios que agora se lêem na língua de chegada. Nenhum dos poemas ditos "emblemáticos" de Rimbaud, por exemplo, foge a essa regra na presente edição, como seria o caso, entre outros, de "Sensação", "Vênus Anadiomene", "Romance", "Memória", "O adormecido do vale", "Ao cabaré verde", "Minha boêmia", "Os corvos", "Os assentados", "Cabeça de fauno", "Oração da tarde" (que Vinicius de Moraes chupou escandalosamente em seu "Soneto de intimidade"), "Os poetas de sete anos", "Os pobres na igreja", "As irmãs de caridade", "Vogais", "O que dizem ao poeta a propósito das flores", "As primeiras comunhões", "As catadeiras de piolhos", "O barco ébrio", "Canção da torre mais alta" ou "Eternidade". Com minudência beneditina, Ivo Barroso recompõe cada ínfimo pormenor do heteróclito mosaico rimbaudiano: rimas internas, rimas opulentas, rimas consoantes, aliterações, paronomásias, assonâncias, cavilhas, veladas intenções, imagens, metáforas, sentido orquestral e metro — enfim, cada minúcia desse universo em tudo e por tudo ambíguo a que chamamos poesia. E mais: até mesmo o vocabulário a um tempo erudito (vale dizer: específico) e vulgar (dir-se-ia quase chulo) de Rimbaud foi cirurgicamente restaurado.

O convívio de Ivo Barroso com Rimbaud data de fins da década de 1950, e dele já havia o tradutor vertido *Uma estadia no inferno* (1977), bem como alguns poemas esparsos que publicou em jornais ou em livros (*O torso e o gato*, 1991). Para nos oferecer a presente versão, Ivo Barroso desenvolveu uma hercúlea e estafante pesquisa de fontes primárias que lhe ocupou boa parte dos vinte e cinco anos em que viveu na Europa. Somando-se tudo isso à sua extraordinária perícia e sensibilidade de tradutor, o resultado não poderia mesmo ser outro, ou seja, venturoso. E, como o espaço aqui é exíguo, fique o leitor com este magro exemplo do que pôde sua arte tradutória, isto é, a que ele esgrime a partir do original do nunca assaz louvado "L'éternité", que em francês diz o seguinte: "Elle est retrouvée. / Quoi? — L'éternité. / C'est la mer allée / Avec le soleil. // Âme sentinelle, / Murmurons l'aveu / De la nuit si nulle / Et du jour en feu. // Des humains suffrages, / Des communs élans / Là tu te dégages / Et voles selon. // Puisque de vous seules, / Braises de satin, / Le Devoir s'exhale / Sans qu'on dise: enfin. // Là pas d'espérance, / Nul orietur. / Science avec patience, / Le suplice est sûr. // Elle est retrouvée. / Quoi? — L'éternité. / C'est la mer allée / Avec le soleil." E agora o texto da poesia *alheia* em que o transformou a alquimia do verbo barrosiano:

Achada, é verdade?
Quem? A eternidade.
É o mar que se evade
Com o sol à tarde.

Alma sentinela
Murmura teu rogo
De noite tão nula
E um dia de fogo.

A humanos sufrágios,
E impulsos comuns
Que então te avantajes
E voes segundo...

Pois que apenas delas,
Brasas de cetim,
O Dever se exala
Sem dizer-se: enfim.

Nada de esperança
E nenhum orietur
Ciência com paciência,
Só o suplício é certo.

Achada, é verdade?
Quem? A eternidade.
É o mar que se evade
Com o sol à tarde.

1995

2

A prosa poética de *Uma estadia no inferno* e os poemas em prosa das *Iluminações* — ou, ainda, a prosa "colegial" do *Prólogo* e de *Um coração sob a sotaina*, bem como a dos "pré-textos" que antecipam a cristalização do estilo revolucionário de Rimbaud, entre os quais as *Prosas evangélicas* e *Os desertos do amor* — nada mais são do que aquele passo que ensaiaram Aloysius Bertrand, no *Gaspar de la nuit*, e, com maior audácia e densidade poética do que este, Baudelaire, nos *Pequenos poemas em prosa*, no sentido de libertar a poesia do jugo tirânico até então exercido pelo verso, sobretudo o do hierático espartilho parnasiano. No caso de Baudelaire, por exemplo, a impressão que se tem é a de que, com *As flores do mal*, esgotara o poeta todas as possibilidades operacionais do verso ocidental, razão pela qual, na abertura daqueles *Pequenos poemas em prosa*, nos pergunta o autor: "Qual de nós, em seus dias de ambição, não sonhou com o milagre de uma prosa poética musical, sem ritmo e sem rima, bastante maleável e bastante rica de constrastes para se adaptar aos movimentos líricos da alma, às ondulações do devaneio, aos sobressaltos da consciência?" O próprio Baudelaire, entretanto, admite o malogro de seu propósito: "Para dizer a verdade, porém, receio que minha ambição não tenha logrado êxito." Quem o irá lograr é Rimbaud, em cuja obra o poema em prosa de Baudelaire alcança afinal suas últimas conseqüências: "a desarticulação dos parâmetros habituais da prosa e da poesia, a conquista de um verbo poético até então inexistente", como sublinha o poeta, tradutor e ensaísta Ivo Barroso, concluindo: um verbo poético capaz de "exprimir o inexprimível". Rimbaud atingira assim aquele sonho irrealizado de Baudelaire, o único de seus antecessores a quem reconheceu, tendo-o chamado, em carta a Paul Demeny, de "o primeiro vidente, o rei dos poetas, *um verdadeiro Deus*". E ambos fundam, talvez numa dimensão mais ampla e profunda do que a poesia de Poe, o que hoje entendemos como poesia moderna. E é o próprio Rimbaud, ainda naquela carta, que define a essência de sua revolucionária conquista: "Achar uma língua; como toda palavra é afinal idéia, a linguagem universal há de chegar um dia. Essa língua será da alma para alma, resumirá tudo: perfumes, seres, sons; pensamento que se engata a um pensamento e o puxa para fora."

Como se vê, Rimbaud parte das "correspondências" baudelairianas, mas com a vantagem de não haver vivido, como Baudelaire, num ambiente literário "demasiado artístico". Rimbaud era um camponês de Charleville, um homem de hábitos rudes e quase selváticos, mas que, ainda muito jovem, obtivera nada menos que trinta e sete primeiros prêmios no colégio em que estudara em sua aldeia natal, no coração das Ardenas. Como Baudelaire, dominava à perfeição o latim e, aos quatorze anos, nessa mesma língua, já vaticinara num poema, *Ver erat*, o que haveria de ser até o dia do mutismo absoluto e irremissível: *Tu vatis eris* ("Tu serás poeta"). A trajetória poética de Rimbaud é vertiginosa e brevíssima, estendendo-se de 1868 a 1873, quando inicia uma série de fugas que irá culminar com o exílio definitivo na Abissínia e na Etiópia, onde, além de outras atividades comerciais, foi traficante de armas. Afora isso, o silêncio total, rompido às vezes por cartas à mãe e à irmã. Rimbaud só volta à França para morrer em Marselha, no Hospital de la Conception, aos trinta e sete anos, com a perna direita amputada e um câncer que já lhe atingira os ossos. É dessa existência aventurosa e turbulenta, bem como da evolução poética do autor, cuja obra antecipa o pós-simbolismo dos modernistas e a poesia do subconsciente, que o tradutor Ivo

Barroso nos traça um extraordinário e pungente perfil no prefácio "A dupla vida de Arthur Rimbaud", título da conferência que proferiu por ocasião do lançamento da *Poesia completa* do autor.

Falar desse volume que enfeixa a *Prosa poética*[2] de Rimbaud é, acima de tudo, louvar o esforço beneditino e venturoso do grande tradutor Ivo Barroso, que há cerca de trinta anos convive diuturnamente com a obra do autor das *Iluminações*. Trata-se daquilo que entendemos como uma edição *standard*: toda a prosa poética de Rimbaud está aqui reunida e, para cada fragmento ou conjunto textual traduzido, há uma esclarecedora nota prévia, assim como, no final do volume, um pródigo e acurado cortejo de notas de leitura. Sem ser uma edição crítica, objetivo a que não se propôs o tradutor, é uma preciosa edição anotada e comentada que reúne, em seus Adendos, três importantíssimos prefácios — os de Verlaine, à 1ª edição (póstuma) das *Iluminações* (1886), de Paul Claudel, à edição de 1912 de *Uma estadia no inferno*, e de Louis Aragon, à edição inglesa desta última obra — e o artigo "Traduzindo iluminações" (1980), de René Étiemble, texto cuja leitura nenhum tradutor digno desse nome poderá dispensar. A tradução de Ivo Barroso é aquela que se costuma definir como "colada ao texto" ou, como ele próprio a entende, "sem a pretensão de torná-lo mais atrativo, mais 'elegante', mais explícito ou mais 'legível' na língua de chegada". Em suma, como sustenta sabiamente o tradutor, "no caso de Rimbaud, dispensam-se as chamadas traduções 'criativas'; não se trata de fazer um *novo* texto — menos ainda um texto novo —, mas de preservar a eterna novidade do antigo". E se repito aqui que essa tradução é venturosa, faço-o apenas

[2] *Idem*, *Prosa poética*, ed. bilíngüe, trad. de Ivo Barroso, Rio de Janeiro, Topbooks, 1998.

porque, sem nenhum indício de servilismo, ela de fato "corresponde" ao original por haver dele preservado sua música, seu ritmo, sua gramática, sua dicção, sua criteriosa escolha de palavras, seus recursos estilísticos, sua especificidade ou suas eventuais intenções. Valendo-me aqui, ainda uma vez, daquele lúcido conceito coleridgiano da "suspension of disbelief", arrisco-me a dizer que prefiro a tradução de Ivo Barroso ao texto de Rimbaud exatamente porque se trata de uma tradução.

1998

Os sonetos de Shakespeare

O leitor brasileiro, a quem amiúde se nega a possibilidade de freqüentar os grandes textos da literatura ocidental em virtude de seu pouco convívio com outras línguas, torna-se às vezes um privilegiado, pois acabam de chegar às livrarias, quase ao mesmo tempo, duas magníficas traduções dos *Sonetos*[3] de Shakespeare: uma integral, ou seja, a dos 154 sonetos, assinada por Jorge Wanderley; e outra parcial, que reúne 30 sonetos, de Ivo Barroso. Mais uma vez se revigora a literatura brasileira, e isso porque, como observou Otto Maria Carpeaux, as boas traduções dos clássicos constituem com freqüência fator de aprimoramento e de maturidade de certas literaturas, como foi o caso da alemã e da russa, que não seriam o que hoje são sem as traduções de Voss (Homero), Schlegel (Shakespeare) ou Chukovski (Homero, Goethe, Schiller, Byron, Moore, Uhland). É que a prática da tradução — e observe-se que, entre nós, ela se aprimora a cada dia — implica uma verdade de que todos ingenuamente se esquecem e sobre a qual chamo amiúde a

[3]William Shakespeare, *Sonetos*, ed. bilíngüe, trad. de Jorge Wanderley, Rio de Janeiro, Civilização Brasileira, 1991. *30 sonetos*, ed. bilíngüe, trad. de Ivo Barroso, Rio de Janeiro, Nova Fronteira, 1991.

atenção do leitor, isto é, a de que o ser humano não é apenas *homo faber*, mas também *homo ludens*. E é através desse *ludus* que o tradutor, *homo ludens*, nos serve a poesia "alheia" em que consiste o equivalente do original. Reconheça-se que, em certo sentido, tudo é traduzível, e não obstante nada o é. E assim o é porque, como certa vez admitiu Dante Milano — tradutor magistral de Dante, Mallarmé e Baudelaire —, é sempre possível traduzir-se o que um poeta "*quis dizer*, mas nunca o que ele *disse*". E que isto sirva de escusa a qualquer eventual deficiência do esforço de Jorge Wanderley e de Ivo Barroso, quando mais não seja porque ambos quase sempre acertaram, proporcionando-nos na língua de chegada um digníssimo equivalente literário do que escreveu o bardo de Stratford-on-Avon na língua de partida.

Como nos diz Jorge Wanderley em sua Introdução, os *Sonetos* (1592-1594) são "uma categoria especial de versos de circunstância", e, assim como em Mallarmé, "ao escrever pequenos poemas nos leques das senhoras, havia em Shakespeare e nos sonetos toda a complexa receita de mundanismo, apego ao momento, localismo, intenção de agradar". Agradar sobretudo a seu patrono, o conde de Southampton, na esperança de que este "mantivesse ou ampliasse a atenção que lhe dava, o que valia por bens materiais e, não menos importante, o *status* social que o poeta ambicionava". Se cabe aqui falar-se em enredo, pode-se dizer que o dos *Sonetos* é o da triangulação amorosa entre o autor, o conde de Southampton e a enigmática "Dark Lady", com relação à qual, em seu agudíssimo e erudito estudo introdutório à tradução de Ivo Barroso, "Mistério do soneto shakespeariano", Nehemias Gueiros aponta dezessete possibilidades de identificação. No que se refere às chaves para a compreensão desses sonetos, sublinha Jorge Wanderley que eles "estão amarrados a um contexto de circunstâncias as mais das vezes totalmente identificáveis" e que "o reconhecimento delas é em muitos casos, como no grupo dos *Will Sonets*, a chave sem a qual não é possível entender o sentido do poema". E acrescenta: "Com a chave, tal sentido é, na quase totalidade dos textos, perfeito e claramente reconhecível." Observe-se, portanto, que, em ambas as traduções, houve o cuidado editorial de não lançá-las ao público de qualquer maneira, esclarecendo-se o leitor, sempre que possível, quanto às complexidades que entranham os sonetos no que respeita a enredo, personagens, autoria, ordenação dos poemas e dedicatória, que já se atribuiu ao poeta, mas que, conforme consenso crítico atual, seria do editor, e não do autor.

Não são poucos os antecessores de Jorge Wanderley e de Ivo Barroso na espinhosa tarefa de traduzir os sonetos shakespearianos, cabendo lembrar, entre nós, Oscar Mendes, Péricles Eugênio da Silva Ramos, Samuel MacDowell Filho e Vasco Graça Moura, além de alguns outros. Jorge Wanderley tem contra si o *handicap* de haver traduzido todos os 154 sonetos em tempo relativamente escasso — cerca de um ano e meio —, enquanto Ivo Barroso se beneficiou do fato de verter apenas 30 deles no decurso de quinze anos, sem dúvida um "tradução de amor", como ressalta Antônio Houaiss em seu percuciente posfácio. E são todas, as deste último, traduções magistrais ou, como quer Houaiss, exemplarmente "isotópicas", como é o caso, para ficarmos com um único exemplo, da prodigiosa transcrição do Soneto 12:

Quando a hora dobra em triste e tardo toque
E em noite horrenda vejo escoar-se o dia,
Quando vejo esvair-se a violeta, ou que

A prata a preta têmpora assedia;
Quando vejo sem folha o tronco antigo
Que ao rebanho estendia a sombra franca
E em feixe atado agora o verde trigo
Seguir no carro, a barba hirsuta e branca;
Sobre tua beleza então questiono
Que há de sofrer do Tempo a dura prova,
Pois as graças do mundo em abandono
Morrem ao ver nascendo a graça nova.
Contra a foice do Tempo é vão combate,
Salvo a prole, que o enfrente se te abate.

Embora o verso de Jorge Wanderley nos pareça às vezes um tanto áspero, é incontestável a dignidade literária de que se reveste a sua tradução, particularmente a de quase todos os dísticos que rematam o *link-sonnet*. O tradutor acertou muitíssimo mais do que errou, superando não raro dificuldades técnicas que se poderiam definir aqui como inimagináveis, sobretudo quando se pensa na operação miraculosa de transpor para uma língua distensa, como é o português, prodígios de que só é capaz uma língua de supremas sínteses, como o inglês. Enfim, Jorge Wanderley soube "negociar" e, a partir daí, fazer com que sua tradução fluísse, como se pode ver, entre muitas outras, na estupenda recriação do Soneto 86:

Veio o velame altivo do seu verso
— Honrando presa e prêmio em ti presentes —
Trancar-me em mente idéias que converso,
Dar sepulcro, no útero, à semente?
No espírito uns espíritos lhe davam
A sobre-humana escrita, minha morte?

Não, que ele e escuros sócios não achavam
Como abater em minha lira a sorte.
Nem ele nem o seu fantasma amigo
— Que toda noite o engana em esperteza —
Se vangloriam, se calado eu sigo:
Não me dão medo, não fui sua presa;
Mas quando o vi rimar em tua estima,
Faltou-me o fôlego: faliu-me a rima.

Diante de tais resultados, os de Barroso e Wanderley, cabe aqui perguntar: até onde se poderia cegamente acreditar na sagrada intraduzibilidade da poesia?

1992

Poesia grega

1

Poeta, ensaísta e tradutor — sobretudo de poetas —, José Paulo Paes é nome que dispensa maiores apresentações. Dele agora nos chega às mãos a oportuna e criteriosa antologia que leva o título de *Poesia moderna da Grécia*,[4] cujo interesse avulta particularmente porque, entre nós, são decerto pouquíssimos os que têm o privilégio de estar familiarizados com a moderna produção poética dos herdeiros de Homero. São cinco séculos de poesia da qual, à exceção de Kazantzákis, Seféris e Kaváfis — este último já traduzido pelo autor —, pouca ou nenhuma notícia se tem no Brasil. O próprio José Paulo Paes adverte com justeza no prefácio: "Com efeito, quando se fala entre nós de literatura grega, pensa-se de imediato nos clássicos da Antigüidade, como se daí por diante a Grécia não houvesse produzido nada mais de literariamente significativo." Pois a lacuna é agora preenchida. E de forma exemplar. Não apenas aí está o que de fato importa dessa moderna poesia grega — a poesia do demótico —, mas também, como seria indispensável no caso,

[4] José Paulo Paes (trad.), *Poesia moderna da Grécia*, Rio de Janeiro, Guanabara, 1986.

uma generosa seqüência de apêndices e notas graças aos quais o leitor é apresentado à vida e ao pensamento estético dos autores traduzidos e aos poemas que nos deixaram.

Dividida em três partes — "Raízes e fundadores", "A modernidade" e "O pós-guerra" —, a antologia começa por recolher peças do folclore grego do século XVI, ao qual também já pertence esse extraordinário "O lamento de Aretusa", de Vitsenzos Kornáros (1553-1617), cujos primeiros versos nos dizem: "Erotócrito, por que me apega à vida ainda? / Que esperança me resta que eu da vida não prescinda?" E aqui aflora o primeiro desafio ao crítico. Em português, a tradução se afigura impecável, mas onde o original? E mesmo que se dispusesse desse original, de que adiantaria, se é precário nosso conhecimento do grego clássico e quase nenhum o do demótico? O resultado obtido por José Paulo Paes na língua de chegada nos parece quase sempre modelar, e já o conhecíamos desde a tradução dos poemas que fez de Kaváfis (Rio de Janeiro, Nova Fronteira, 1982). Mas que dizer quanto às dificuldades impostas pelo idioma de partida? Terá, pois, o leitor que aceitar essa inevitável leviandade: a de aplaudirmos o eco de um eco, cujo som original desconhecemos. Tudo indica, todavia, que o tradutor, ao executar o seu traslado, conseguiu pelo menos recuperar o que os poetas gregos nos "quiseram dizer", pois lhe seria de todo impossível reconstituir o que de fato eles "disseram", conclusão esta, aliás, que se aplica a qualquer tradução. Há que acrescentar, além disso, a seriedade e a pertinência dos critérios adotados por José Paulo Paes, que preservou os esquemas rímicos e rítmicos dos originais, amparando-se ainda, no caso das dificuldades mais espinhosas, em profusa e beneditina consulta a lingüistas e dicionários.

De qualquer modo, temos aí um punhado desses poetas dos quais pouco ou nada se sabia, à exceção dos três anteriormente citados. E surpreende comprovarmos que a boa poesia moderna da Grécia está longe de se restringir ao que produziu essa tríade. Autores como Solomós, Palamás, Sikelianós, Várnalis, Elytis e alguns mais são, no mínimo, uma grata revelação. Mas o melhor corre mesmo à conta dos versos de Kaváfis e Seféris, estes, sim, poetas capazes de suportar confronto com os maiores da literatura ocidental e que, desde o início, despertaram agudo interesse na Inglaterra, na França e na Itália. O talento de tradutor de José Paulo Paes é, inclusive, mais bem avaliado justamente a partir das versões que realizou dos poemas desses dois autores, valendo a pena transcrever aqui algo de ambos. De Seféris, por exemplo, esta estupenda "Rima": "Lábios, vigias de minha paixão outrora acesa / Mãos, cadeias da juventude que tão logo passa / Cor de um rosto perdido em meio à natureza / Árvores...Pássaros...Caça. / Corpo, racimo negro sob um sol que te arde / Corpo, magnífico navio, que rumo levas? / É esta hora em que sufoca a tarde / E eu me afadigo a procurar as trevas... / (Os dias roem nossa vida sem alarde)." E de Kaváfis, estes "Muros", terríveis:

Sem cuidado nenhum, sem respeito nem pesar,
Ergueram à minha volta altos muros de pedra.
E agora aqui estou, em desespero, sem pensar
Noutra coisa: o infortúnio a mente me depreda
E eu que tinha tanta coisa por fazer lá fora
Quando os ergueram, mal notei os muros, esses.
Não ouvi voz de pedreiro, um ruído que fora.
Isolaram-me do mundo, sem que eu percebesse.

1986

2

É muito importante, em particular para o leitor brasileiro, o estudo introdutório, "Paladas e a tradição do epigrama", que José Paulo Paes escreveu à sua esplêndida tradução dos epigramas de Paladas de Alexandria,[5] poeta e gramático grego que viveu no século IV d.C., ou seja, em princípios do Império Bizantino, cujo marco inicial é a fundação de Constantinopla (330 d.C.). Importante sobretudo porque é muito pouco o que se sabe da epigramística durante esse período em que a civilização grega já mergulhara na mais aguda decadência sob o influxo avassalador de Roma e do mundo cristão. É a época em que despontam e se cristalizam o neoplatonismo de Plotino e as cruciais contribuições da Patrística, a época em que os primeiros padres da Igreja — Clemente de Alexandria, Orígenes, Eusébio, Atanásio, Basílio, Gregório de Nazianzo, Tertuliano e Cipriano — lançam os fundamentos da filosofia cristã, cujo apogeu será pouco depois alcançado com Santo Ambrósio e Santo Agostinho.

Paladas, que é talvez o último dos poetas pagãos, nos dá em sua obra testemunho direto ou indireto desse agônico período de desagregação definitiva da cultura helênica, quando as hordas de cristãos, instigados pela intolerância religiosa de Cirilo de Alexandria, se entregam à prática da pilhagem e da queima de objetos dos cultos pagãos, destruindo obras de arte da arquitetura e da escultura antigas e levando sua "fúria ortodoxa ao ponto de arrancar, com cascas de ostras à guisa de navalha, a carne viva dos ossos de uma pagã ilustre, a filó-

[5]Paladas de Alexandria, *Epigramas*, trad. de José Paulo Paes, São Paulo, Nova Alexandria 1992.

sofa Hipácia", mulher de grande beleza e saber que pertencia à escola neoplatônica de Alexandria e a quem Paladas conheceu, tanto assim que, em um de seus epigramas, a exalta como "ornato do saber, estrela sem mancha do mais douto ensinamento". Ainda que já não vivesse por ocasião do martírio de Hipácia, a verdade é que o poeta presenciou a profanação dos templos gregos e romanos de Alexandria por turbas selvagens de cristãos "e sentiu em sua própria alma as vascas de agonia do mundo antigo, a que pertencia pela cultura e pela crença e de que foi, no domínio da poesia, uma espécie de derradeiro moicano".

A tradição epigramística percorre, desde suas remotas origens gregas, cerca de dois milênios, se daí excluirmos o grego moderno para só considerarmos o antigo. Por influência da poesia épica, à época hegemônica, as mais distantes inscrições epigramáticas seguem o modelo do metro homérico, ou seja, o hexâmetro datílico, mas o verso preferido da epigramística foi, como adverte o tradutor, o chamado dístico elegíaco, constituído de um hexâmetro a que se seguia um pentâmetro, ambos de andamento datílico. Essa estrutura impunha ao poeta uma espécie de expressão a um tempo sentenciosa e econômica, razão pela qual o epigrama se avizinha da brevidade e do engenho capsular que caracterizam o provérbio e o aforismo. Como recorda José Paulo Paes, Coleridge chegou a defini-lo como "um todo anão cuja alma é agudeza e cujo corpo é concisão". Foram muitos os poetas que o cultivaram durante o século III a.C., ao fim do qual, entretanto, o epigrama alexandrino já começava a dar inequívocos sinais de esgotamento, muito embora continuasse a ser cultivado sem maior brilho — ou, o que é pior, com espírito amiúde epigonístico — ao longo do período greco-romano, quando a

Grécia e o Oriente helenizado nada mais eram do que feudos romanos. Durante todo esse tempo a tradição do gênero é mantida sobretudo pela escola fenícia, cujos representantes cultivaram de preferência a vertente erótica ou mesmo homossexual do epigrama, como a encontramos nos textos de Estratão de Samos, que os incluiu, ao lado de outras produções epigramáticas, numa coletânea mais tarde incorporada à célebre *Antologia palatina*, que reúne cerca de 3.700 epigramas, num total que soma de 22 a 23.000 versos.

Os epigramas de Paladas, como lembra José Paulo Paes, não se encontram agrupados num livro autônomo, como os de Gregório de Nazianzo, mas dispersos pelos vários livros daquela antologia. Vítima de aguda misoginia, à qual se acrescentavam os dissabores de sua vida miserável de gramático, Paladas desenvolveu um pessimismo que o situa ao lado dos grandes pessimistas de todos os tempos, de Juvenal a Swift e Nietzsche, passando por aquele pessimismo moderno que Leopardi cultiva em suas *Operette morali*. Outro aspecto curioso dos epigramas de Paladas é que neles os deuses aparecem como dramática ilustração de uma crise de caráter histórico: a morte da tradição politeísta clássica ante a irresistível onda hegemônica do cristianismo. Paladas revela-se também um fino humorista, como se pode ver ao fim de um epigrama em que se refere à sua filha que deu à luz "uma criança / do gênero masculino, feminino e neutro", e chegou a reconhecer em si uma compulsiva vocação para a sátira ao admitir que, embora seja "melhor louvar", nem por isso a maledicência deixa de ser um "puro mel ático".

Mas é seu agudo e feroz pessimismo que ecoa como nota dominante em tudo o que escreveu. Assim, ao contrário daquela concepção platônica que entendia o homem como "planeta celeste", o poeta o vê apenas como barro, como um ser lastimável que se originou de "um ato de luxúria e de uma gota suja". É típico dessa visão deletéria o terrível epigrama X: 58: "Vim nu à terra e nu irei para debaixo dela. / Por que canseiras vãs se o fim é só nudez?" Ou o que se lhe segue, X: 59, onde se lê: "Por conseguinte, não lamentes quem desta vida se foi: / além da morte não existe mais dor." Tradutor experimentado e competente, não raro venturoso, como o atestam suas versões de Kaváfis e de outros poetas gregos contemporâneos, de Auden, de William Carlos Williams e de Hölderlin, José Paulo Paes nos dá um fidelíssimo retrato da arte de Paladas, já que conserva na tradução o fundo e a forma do original, assim como a concisão que caracteriza o gênero. Em alguns momentos, apesar do abismo semântico-morfológico que separa o grego do português, o tradutor consegue operar verdadeiros prodígios, como o que ocorre no epigrama XI: 381, em que Paladas elabora um trocadilho com as palavras *thálamos* (leito nupcial) e *thánatos* (morte). Vejam aqui do que foram capazes o engenho e a arte do tradutor:

Toda mulher desperta cólera, salvo em dois bons momentos:
um quando na cama, o outro quando na campa.

1992

Sociedade dos poetas franceses

Não há como deixar aqui sem louvor o esforço do professor Cláudio Veiga, ao reunir, em sua *Antologia da poesia francesa*,[6] traduções de alguns dos momentos mais altos da produção poética em língua francesa do século IX ao século XX. Acompanham a coletânea, que releva ainda por ser bilíngüe, uma oportuna introdução sobre o "Panorama da poesia francesa" e um apêndice no qual Cláudio Veiga aborda "A tradução da poesia francesa no Brasil" e os "Problemas da tradução". Não é de hoje que chamamos a atenção do leitor para a pertinência e a necessidade da prática da tradução, sobretudo num país como o nosso, onde pouquíssimos privilegiados dominam outra língua que não seja o português, quando a dominam. A história das literaturas contabiliza em todo o mundo inequívocos benefícios que podem ser creditados à tradução, e convém não esquecer que as literaturas russa e alemã, em particular, não seriam o que hoje são sem as traduções de Chukovski, de Voss ou de Schlegel, e que quase tudo se perderia da literatura provençal não fossem a lucidez e a criatividade crítica de Ezra Pound. No Brasil, sobretudo a partir da década de 1970, au-

[6]Cláudio Veiga (trad.), *Antologia da poesia francesa*, ed. bilíngüe, Rio de Janeiro, Record, 1991.

mentou muitíssimo não apenas o número de traduções, mas também o de boas traduções, o que deve ser atribuído a uma plêiade de exímios tradutores, entre os quais não se podem esquecer Augusto e Haroldo de Campos, José Paulo Paes, Décio Pignatari, José Lino Grünewald, Paulo Vizioli, Idelma Ribeiro de Faria, Ivo Barroso, Dante Milano, Darcy Damasceno e Jorge Wanderley. E isso para nos atermos apenas à seara poética.

Doutor em letras e titular da cadeira de literatura francesa na Universidade Federal da Bahia, além de fino ensaísta — como se pode atestar em *Aspectos de Pascal escritor* (1957), *Aproximações: estudos de literatura comparada* (1979) e *Sete tons de uma poesia maior* (1984), sobre o poeta simbolista baiano Artur de Sales —, Cláudio Veiga inicia sua incursão à poesia francesa pelo século IX, quando foi escrita por um anônimo a "Cantilena de Santa Eulália", adaptação de um hino religioso em latim, no qual se exaltam a beleza, a virtude e a coragem de uma jovem cristã vítima da perseguição de Maximiano. Ainda no século XII ignoram-se também os autores da *Canção de Rolando*, da qual Claúdio Veiga nos traduz "A morte do Rolando" e uma "Cantiga de amor". É essa época em que as canções de gesta enfrentam a concorrência dos chamados gêneros de forma fixa, como o lai, o virelai, o canto real, a balada, o rondó, cujo domínio se estenderia até a Renascença. Pertencem a esse período Charles d'Orleans, o último dos trovadores e autor de um surpreendentemente atual "Eu sou aluno da tristeza", muito bem traduzido por Cláudio Veiga, e François Villon, que, apesar de seu espírito ainda medieval, já é, sem dúvida alguma, um poeta moderno, tanto assim que, entre nós, lhe traduziram recentemente quase toda a obra poética Sebastião Uchoa Leite, Péricles Eugênio da Silva Ramos e Afonso Félix de Sousa.

A partir do século XVI, quando despontam os nomes de Ronsard, Du Bellay, Belleau e d'Aubigné, e do século XVII, em que avultam as obras de Malherbe, Boileau, Corneille e Racine, a poesia francesa se irradia por toda a Europa e, após um século XVIII inexpressivo, alcança seu apogeu com os românticos, com a contribuição premonitória e revolucionária de Baudelaire e de seus herdeiros simbolistas ou parnasianos — Rimbaud, Verlaine e Mallarmé —, até chegar à plena maturidade com Apollinaire, Valéry, Éluard, Michaux e Saint-John Perse. Como se vê, é longo, tortuoso e complexo o itinerário que teve de percorrer o tradutor Cláudio Veiga, que se ocupou de nada menos que 12 séculos de poesia, num total de mais de 150 poemas traduzidos de 66 autores. Cobrar-lhe perfeição em tudo seria um absurdo, mas o que figura nessa antologia é, no mínimo, de indiscutível dignidade literária. Cláudio Veiga traduziu bem diversos poetas, e, no caso de alguns, o resultado é particularmente exemplar, como ocorre com relação a poemas de Ronsard, Malherbe, Boileau, Hugo, Nerval, Gautier, Leconte de Lisle, Heredia, Mallarmé, Verlaine, Lautréamont, Rimbaud, Laforgue, Jules Renard, Valéry, Supervielle, Saint-John Perse, Éluard, Aragon, Michaux, Ponge, Prévert, Guillevic, René Char, Pierre Emmanuel, Yves Bonnefoy e Jacques Rouband. E para que o leitor não desconfie de que estamos mentindo, fique aqui com o exemplo do conhecido soneto "El desdichado", de Nerval, que foi assim habilmente vertido para a nossa língua:

Eu sou o tenebroso — o viúvo — o inconsolado,
O senhor da Aquitânia em torre sem valia:
Morreu-me a estrela e meu laúde constelado
Ostenta o negro Sol da atroz Melancolia.

Na noite sepulcral, tu que me hás consolado,
Devolve o Posilipo e da Itália a onda fria,
A flor que me alegrava o peito desolado.
E o vinhedo onde a rosa ao pâmpano se alia.

Sou Biron, Lusignan?... Sou Febo, sou Amor?
Ainda me queima a fronte o beijo da rainha;
Sonhei na gruta em que a sereia está sozinha...

Já passei o Aqueronte e sempre vencedor,
Transpondo, qual Orfeu, na lira dedilhada,
Os suspiros da santa e os cicios da fada.

1991

Eliot, Dickinson e Depestre

É sempre bem-vinda mais uma tradução de um poeta da envergadura de Eliot. Principalmente porque não há no Brasil nenhuma outra edição bilíngüe que abranja tão amplo segmento da obra do autor. A presente coletânea, traduzida por Idelma Ribeiro de Faria,[7] já havia sido lançada em 1981 pela Hucitec. Mas, por exigência da detentora dos originais, a Faber, foi colocada fora do mercado e em tiragem reduzida — cerca de quinhentos exemplares —, o que comprometia não só o esforço da tradutora, mas também seu zelo e competência. Abrangendo a produção eliotiana compreendida entre 1910 e 1930, ela inclui peças de *Prufrock e outras observações* (1917) e dos *Poemas* (1919), além das versões integrais de *A terra gasta* (1922), *Os homens ocos* (1925), *Quarta-feira de cinzas* (1930) e *Poemas de Ariel* (1927-1930). A mostra é expressiva e generosa, dando bem a medida do pensamento poético do autor, muito embora não lhe recolha as cruciais experiências com o verso dramático de *Sweeney Agonistes* (1932) e *Choruses from the Rock* (1934). Ao final, poderá o leitor consultar uma criteriosa seção de notas de leitura da própria tradutora.

---

[7]T. S. Eliot, *Poemas 1910-1930*, ed. bilíngüe, trad. de Idelma Ribeiro de Faria, São Paulo, Massao Ohno, 1985.

Não chega a ser novidade para ninguém a decisiva contribuição de Eliot — esse tríplice talento de poeta, ensaísta e dramaturgo, esse "devoto da tradição que quebrou os moldes tradicionais para dar novas formas à poesia inglesa", como dele disse Brand Blanshard —, para a formação da mentalidade poética contemporânea. Sua poesia, a um tempo clássica e moderna, revolucionária e reacionária, realista e metafísica, está nas próprias origens do processo poético de nossos dias, tendo exercido fecunda e duradoura influência sobre todas as gerações que se formaram a partir de 1930. Possuidor de uma assombrosa cultura humanística e literária, exímio usuário da polimetria e da sintaxe modernistas, criador de uma desconcertante "música de idéias", Eliot é, na verdade, o último dos *metaphysical poets* que ele mesmo exumou e, talvez, o mais ambíguo poeta de uma época em tudo e por tudo ambígua, a de "l'entre deux guerres", como ele a situa numa passagem de *Four Quartets*, essa longa e dolorosa elegia sobre a caótica condição humana e o significado do tempo.

Talvez por isso sua primeira visão do mundo seja essencialmente pessimista e apocalíptica, evocando-nos uma "terra desolada" onde se arrastam "homens ocos". É este o cenário purgatorial que nos descortina o mais terrível poema de toda a literatura ocidental contemporânea, *The Waste Land,* insólita comunhão de sátira e desespero, de pensamento e emoção, de caducidade e transcendência, de liturgia e perversão, de náusea profana e êxtase religioso, de discurso oratório e balada metafísica. Embora convertido depois ao anglicanismo, a impressão que se tem é a de que Eliot jamais se desvencilhou desses estigmas espirituais, pois, se era inabalável a sua fé no pecado original, o mesmo já não se pode dizer de sua esperança na redenção humana. Sua obra é assim não apenas o pungente reflexo de um conflito ontológico desde sempre dilemático, mas também uma espécie de suma na qual se condensa e atualiza toda a poesia que antes dele se escreveu. Dela e contra ela quase tudo se poderá dizer, menos que seja gratuita, pois o que aí se encena é o drama daquele homem arcaico, antigo, medieval, renascentista e moderno — deste homem do qual todos descendemos.

As objeções — muito poucas, aliás — que cabem ser feitas à arte tradutória de Idelma Ribeiro de Faria restringem-se, na maioria dos casos, às suas vãs tentativas de resgatar *in totum*, na língua de chegada, os esquemas rímicos utilizados pelo poeta, sobretudo quando essa recuperação leva a tradutora a substituir a expressividade e a "música de idéias" do original por uma metrificação rígida e pouco criativa, ou por certos desdobramentos sintático-vocabulares que diluem a concisão que o autor porventura haja alcançado em sua língua, como ocorre no célebre dístico da "Canção de amor de J. Alfred Prufrock": "In the room the women come and go / Talking of Michelangelo." Para resgatar a rima, a tradutora distendeu os versos e endureceu-os de forma lastimável: "As mulheres pra lá e pra cá na sala caminhando / E sobre Miguel Ângelo palrando." Há que registrar ainda uma série de inversões fraseológicas que comprometem a fluência e o coloquialismo logrados por Eliot, resultando daí uma atmosfera de artificialismo de todo indesejável. Apesar disso, o saldo pende para a tradutora, que, em muitas outras passagens, mantém-se à altura do original, como é o caso de "La figlia che piange", "Lune de miel", "O enterro dos mortos" (fragmento de *The Waste Land*), "Marina" e *The Dry Salvages*, o terceiro dos *Four Quartets*.

Tais acertos e malogros se repetem na tradução dos poemas de Emily Dickinson,[8] já resgatada exemplarmente entre nós por Manuel Bandeira (somente cinco poemas) e Augusto de Campos (dez poemas). Austera e concisa, permeada por uma singularíssima experiência religiosa, a poesia de Emily Dickinson é um permanente desafio para os mais hábeis tradutores. Há nela um laconismo epigramático e um misticismo panteísta difíceis de captar, bem como singularidades métricas de recuperação sempre problemática, além de uma obscuridade formal capaz de deixar perplexos os mais sagazes tradutores. A própria Idelma o reconhece quando diz: "A poesia de Emily, sob o aspecto formal, com a adoção de vários metros em um mesmo poema e sem a preocupação com a uniformidade ou mesmo com a presença de rimas, está muito próxima da que hoje universalmente se pratica." Ignorada em vida, mesmo porque nada publicou, Emily Dickinson é hoje aceita como a maior dentre todas as poetisas norte-americanas. Em seu beneditino e louvável esforço de trazê-la para o nosso idioma, Idelma ora acerta, ora erra. Acerta mais do que erra, como poderia atestar a esplêndida tradução deste poema: "I know that He exists. / Somewhere, in silence, / He has hid his rare life / From our gross eyes. // 'Tis and instant's play, / 'Tis a fond ambush, / Just to make bliss / Earn her own surprise! // But should the play / Prove piercing earnest, / Should the glee glaze / In death's stiff stare, // Would not the fun / Look too expensive? / Would not the jeat / Have crowled too far?", que em português ficou assim:

Eu sei que Ele existe.
Silente, em algum lugar,

[8]Idelma Ribeiro de Faria (trad.), *T. S. Eliot, Emily Dickinson, René Depestre: seleção*, ed. bilíngüe, São Paulo, Hucitec, 1992.

Oculta a vida preciosa
Ao nosso rude olhar.

É brinquedo de esconder,
É uma doce emboscada,
Para que a glória almejada
Ganhe sua própria surpresa!

Mas se a brincadeira prova
Ser de perfurante corte,
E a alegria vitrifica
Ante o rígido olhar da morte,

Não sairia o gracejo
Caro demais?
Não foi longe demais
Este motejo?

Ao lado de Roussan Camille, Luc Grimard, Félix Morisseau Leroy, Philippe Thoby Marcelin, Jacques Roumain e Roger Dorsinville, entre outros, René Depestre é hoje uma das mais altas vozes da poesia haitiana, infelizmente desconhecida do leitor brasileiro. Só isso bastaria para que aqui se louvasse a iniciativa de Idelma Ribeiro de Faria. Como quase todos os seus compatriotas, Depestre cultiva uma poética de funda ressonância social e de acentuado telurismo. Suas imagens e metáforas, de grande plasticidade e colorido verbal, liberam uma energia cósmica de extraordinário impacto emocional, configurando uma poesia luxuriante mas que nem por isso foge àquelas exigências basilares da tensão e da contensão expressivas. Dele transcreveremos aqui este pequeno e belo poema: "Ça y est je suis à ma dernière cigarette / La main glacée de l'ennemi l'allumée / au feu des utopies qui ont truqué mes jours. / Je n'avale plus les serpents d'azur de l'espace / Mes rêves sont blessés dans chacun de mes mots / Mon étoile s'est éteint avec l'herbe à rêver. / Pipe, cigare, cigarette, ont roulé longtemps / ma vie dans la fumée: voici mon destin gris / crucifié entre l'espoir et la nostalgie." A arte de Idelma assim o resgatou para nós:

Assim é: este é meu último cigarro.
No fogo de utopias que envolveram meus dias
a gélida mão do inimigo o acendeu.
Já não sorvo
As serpentes azuis soltas no espaço.
Meus olhos ferem-se a cada palavra minha.
Apagou-se-me a estrela com a erva dos sonhos.
Charuto, cigarro, cachimbo, longo tempo
envolveram-me a vida em fumaça:
e eis meu destino cinzento
crucificado entre a esperança e a nostalgia.

1985-1992

Auden em português

Wystan Hugh Auden (1907-1973) é talvez, depois de T. S. Eliot, o mais importante poeta inglês deste século, bem como, ao menos em parte, seu principal herdeiro, muito embora entre a poesia de ambos haja quase um abismo. Mas aproximaos certos procedimentos operacionais, como observa o tradutor José Paulo Paes no prefácio que escreveu a este magnífico *Auden*,[9] que conta também com a competente colaboração de João Moura Jr. Adverte José Paulo que os une "a dicção elíptica, o gosto do verso livre, a audácia nas imagens e metáforas, a colagem de alusões e citações eruditas, a atitude crítica em face da civilização contemporânea, o pendor bem mais intelectual do que lírico e, sobretudo, o recurso àquele que, num ensaio acerca do *Ulisses* de Joyce, Eliot chamou de *método mítico*, por ele utilizado à saciedade em substituição ao método narrativo, em *The Waste Land* (1922)". Auden liderou o grupo de jovens ao qual pertenceram, entre outros, Stephen Spender e Cecil Day Lewis, todos muito influenciados, de um lado, pela ideologia marxista e, de outro, pelas então recentes conquistas da

[9]W. H. Auden, *Auden*, ed. bilíngüe, trad. de José Paulo Paes e João Moura Jr., São Paulo, Companhia das Letras, 1986.

psicanálise. E toda a primeira fase da poesia de Auden não escapa ao jugo dessa bipolarização. Mas é bom lembrar que nele — ao contrário de Spender e de Lewis, que se filiaram, inclusive, ao Partido Comunista inglês — a opção esquerdista absorvia "componentes a um só tempo cristãs e anarquistas", às quais se associam imagens de visões proféticas dos desastres apocalípticos.

Este, o Auden inglês — depois, como se sabe, o poeta adotou a cidadania norte-americana —, marcado pela ironia quase sarcástica de uma dicção da qual se poderia dizer, como o faz José Paulo, que é "de seriedade brincalhona ou de comédia a sério". É distinta, contudo, a poesia que o autor escreveu a partir do momento em que se radicou definitivamente nos Estados Unidos, por volta de 1940. Sua angústia já não é mais revolucionária, mas religiosa, sob o influxo das idéias de Santo Agostinho e Kierkegaard e dos versos de Rilke, como o atesta sobretudo *The Age of Anxiety* (1948), visivelmente entranhado da atmosfera amarga e sombria do cristianismo existencialista cultivado pelo filósofo dinamarquês, no qual as noções do abismo entre Deus e o homem e do absurdo da existência estigmatizam um universo desequilibrado pela Queda. E essa angústia já está muito longe daquela "neurose da adolescência" que lhe diagnosticara o intolerante Frank Raymond Leavis. Advirta-se, porém, que a matriz neurótica dos primeiros poemas de Auden, ao contrário do que sustenta aquele crítico, de modo algum os invalida, mesmo porque, como não poderia deixar de ser, há muito do período inicial inglês em tudo o que o poeta escreveria em sua fase metafísica norte-americana.

A seleção dos poemas incluídos nesta antologia obedeceram a critérios que não nos cabe aqui discutir. A amostragem é substancialmente generosa, e o perfil de Auden, convincente.

Como já dissemos de outras vezes, José Paulo Paes, responsável pela maioria das traduções, é nome que dispensa comentários. E o melhor, para o leitor, é que João Moura Jr. não lhe fica atrás. Digníssimo e magistral o trabalho de ambos, que mantêm o ritmo, as rimas e a versificação às vezes cerrada do autor, preservando assim o que mais caracteriza a linguagem audenesca, ou seja, sua compacta concretude, seu humor e sua capsularidade aforismática. João Moura Jr. foi exemplar nas dificílimas e traiçoeiras "Bucólicas" e no "1º de setembro de 1939", enquanto José Paulo Paes ratifica toda a sua soberba arte de tradutor em poemas como "Um passeio noturno" ("A Walk after Dark"), cuja última estrofe aqui transcrevo. Em Auden: "But the stars burn on overhead, / unconscious of final ends, / As I walk home to bed, / Asking what judgement waits / My person, all my friends, / And these United States." Na transcrição do *homo ludens*: "E enquanto os astros ficam a brilhar / No céu, dos fins últimos alheados, / Eu volto a casa para ir-me deitar / Perguntando que juízo final espera / Minha pessoa, a dos meus amigos, e a dos Estados Unidos da América." Que pedir mais, bem-aventurado leitor?

1986

Um arauto da modernidade

Reduzida e concentrada, mas de uma avassaladora influência sobre a poesia moderna — que alguns pretendem, inclusive, dela originar-se em linha direta —, a obra poética de Stéphane Mallarmé (1842-1898) permanece até hoje como um enigma somente em parte decifrado, apesar do esforço exegético de seus inúmeros intérpretes. Mas é um erro — ou no mínimo uma leviandade — atribuir-lhe a condição de mestre absoluto de toda a poesia que hoje se escreve, embora esteja ela na raiz de algumas tendências e correntes dessa mesma poesia, como é o caso, por exemplo, do nosso concretismo ou da linguagem hermética dos maiores poetas italianos deste século, entre os quais Ungaretti, Montale e Quasimodo, bem como de alguns autores de língua inglesa e espanhola, conquanto a expressão destes últimos o seja também por influência do surrealismo, não se podendo esquecer aqui os exemplos de Dylan Thomas e García Lorca. O certo é que todos esses poetas, em determinado momento de sua formação, leram Mallarmé. E aqui, a propósito do próprio Mallarmé, convém recordar o que dele disse um de seus maiores herdeiros, Valéry, ao afirmar, em sua "Situação de Baudelaire" (*Variedade II*, 1930), que: "Nem

Verlaine, nem Mallarmé, nem Rimbaud teriam sido o que foram sem a leitura que fizeram das *Flores do mal*, na época decisiva." E logo adiante: "enquanto Verlaine e Rimbaud continuaram Baudelaire no plano do sentimento e da sensação, Mallarmé o prolongou no domínio da perfeição e da pureza poética". Cumpre assim deixar claro que, se boa parte da poesia moderna radica naquela saudável práxis de "dar um sentido mais puro às palavras da tribo", a essência dessa mesma poesia deita suas mais fundas e remotas inervações nos versos dos "Tableaux Parisiens" de *Les fleurs du mal* e nas proposições estéticas do *Poetic Principle*, de Edgar Alan Poe.

Essa rápida digressão faz-se necessária porque, em sua organização desses *Poemas*[10] de Mallarmé, o tradutor — e também poeta de ilustre cepa — José Lino Grünewald, como que tende a nos mostrar apenas uma das faces da multifacetada moeda mallarmeana, chegando mesmo ao ponto de afirmar que, "em função da estrutura e invenção de novos elementos para o processo estético, então *Um lance de dados*, de fato, representa o início da verdadeira poesia moderna". Ora, o revolucionário e polêmico poema de Mallarmé constitui o fundamento, isto sim, de algumas dentre as muitas tendências da poesia moderna, mas de modo nenhum a única e arbitrária chave para todos os seus enigmas e multiformes florações. O próprio concretismo, que dele se considera herdeiro, reduz-se atualmente, segundo cremos, a um insolúvel impasse metalúdico, e não raro nos parece que nada existe de tão abstrato quanto um poema concreto. Além disso, é preciso compreender que aquilo que Mallarmé fez com a língua france-

[10]Stéphanne Mallarmé, *Poemas*, ed. bilíngüe, trad. de José Lino Grünewald, Rio de Janeiro, Nova Fronteira, 1990.

sa — e aqui ele se aproxima de Racine e, conseqüentemente, mais uma vez de Baudelaire — não pode ser absorvido em sua totalidade semântica e fonética por outras línguas. Está coberto de razão Otto Maria Carpeaux quando nos diz, em sua *História da literatura universal*, que a "música de Mallarmé é intelectual e classicista como a língua francesa, é tão francesa como a música de Debussy", e, nesse sentido, "é Mallarmé o sucessor de Racine: a sua poesia é a música da Ile-de-France", não havendo assim a "possibilidade de imitá-la em língua estrangeira".

A organização que desses poemas mallarmeanos fez Grünewald tem, pois, esse polêmico caráter ideológico, o que não chega a ser propriamente um mal, já que instrui até mesmo aqueles que porventura dela possam discordar. O que aqui não se pode contestar é a extrema perícia do tradutor, cuja arte nos proporciona soberbas transcrições de poemas tão difíceis e intricados quanto "Brinde", "Angústia", "A cabeleira vôo de flama ao extremo", "O virgem, o vivaz e o belo neste dia", "Homenagem" ou "Introduzir-me em tua história", bem como dos *Poemas em prosa*, do enigmático e esotérico *Igitur* ou do inacabado *O livro*, isto para não falarmos das notas que o tradutor acrescenta a cada trecho resgatado e que nos dão conta de seu invejável domínio no que se refere à bibliografia mallarmeana. E isso é também de importância crucial para todo aquele que se disponha a aventurar-se em universo tão emblemático. Tradutor competente e experimentado, responsável por uma versão antológica dos *Cantos* de Pound, bem como do próprio Mallarmé, além de outros poetas ingleses e franceses, Grünewald ratifica aqui todo o seu talento e a sua inteligência poética. Uma altíssima lição de como aplicar aquela coleridgiana "suspension of disbelief" e, através da argúcia lingüística do *homo ludens*, resgatar o que criara em outro idioma o *homo faber*.

1991

A finesse *e a grossura de Villon*

É às vezes desconcertante o panorama da vida literária brasileira. Não somos ainda, apesar de tudo o que se fez nesta década — e não foi pouco — em favor da boa tradução, um país que se possa orgulhar de um número expressivo de incursões bem-sucedidas nessa área. Não obstante, no lapso de pouco mais de um ano, os leitores passaram a dispor de três importantes traduções de um poeta tão difícil quanto desconhecido entre nós como François Villon: as de Péricles Eugênio da Silva Ramos (1986), de Afonso Félix de Sousa (1987) e de Sebastião Uchoa Leite (1987), a deste último com o *Legado* do poeta e sob o título de *Poesia*.[11] Vamos aqui, de caso pensado, evitar o cotejo, ou seja, o truísmo segundo o qual para cada cem diferentes tradutores de Villon haverá sempre (e necessariamente) cem diferentes traduções de Villon. Embora reconheçamos a extrema dignidade literária de todas elas, o propósito desta abordagem limita-se apenas ao trabalho de Sebastião Uchoa Leite, autor dos volumes de poemas *Antilogia* e *Isso não é aquilo* e dos ensaios

[11]François Villon, *Poesia*, ed. bilíngüe, trad. de Sebastião Uchoa Leite, Rio de Janeiro, Guanabara, 1987.

reunidos em *Crítica clandestina*, além de tradutor zeloso, como o atestam as versões que nos deu de autores tão distintos entre si quanto Lewis Carroll, Stendhal, Octavio Paz e Morgenstern.

São muitas as contradições e divergências exegéticas suscitadas pela obra de Villon (1431- c. 1463/64), o último dos goliardos, contemporâneo do escocês William Dumbar e do espanhol Jorge Manrique. Para começar, Villon é homem tipicamente medieval — mais precisamente do "outono" da Idade Média — e, ao mesmo tempo, um poeta inteiramente moderno em pleno século XV, o que ilustra um dos maiores mistérios de toda a literatura ocidental. Por outro lado, sobretudo mercê da severa estrutura de sua linguagem poética, Villon é subversivo para os padrões literários de sua época, mas se comporta amiúde como um conformista relativamente à tradição, pois a língua de que se vale está crivada de resíduos escolásticos e os assuntos que cultiva são todos extremamente conhecidos, tangenciando mesmo os lugares-comuns da poesia medieval, como os da Virgem, da Fortuna, da mulher, do amante mártir e da "dame sans merci", da morte e da vida pastoril, muito embora as relações do autor com o tema da vida campestre sejam antes de natureza paródica. É possível que Villon não tivesse noção muito precisa do instrumental de que se servia, o que não o impediu de ser exímio artista do verso, para alguns o maior poeta da língua francesa, não se justificando assim o que, em uma de suas incontáveis tolices, dele disse Ezra Pound, ou seja, que era "destituído de imaginação" e "quase destituído de arte". Como poderia Villon, observa Uchoa Leite em seu magistral estudo introdutório, baixar "de uma oração a Nossa Senhora ao terreno da *sotte chanson*, onde reina o antípoda da Virgem, a Gorda Margot", se não fosse o extraordinário artista que foi?

Durante muito tempo Villon foi mais conhecido por sua vida turbulenta — a de um clérigo da Universidade de Paris, *licencié e maître ès arts*, que se degrada até a devassidão, tornando-se sucessivamente mendigo, bêbedo, ladrão e assassino condenado a morrer na forca — do que propriamente como poeta. E essa legenda, que o situa como o primeiro dos *maudits*, decerto contribuiu para engrossar ainda mais a aura dos mal-entendidos que coroa sua produção. Sabiamente, o tradutor Uchoa Leite a evitou, ou melhor, deu-lhe apenas a dimensão menor, já que a precisão vocabular e o estilo de Villon parecem até pôr em dúvida o furioso desregramento em que viveu o poeta, o que nos poderia levar ao engodo de atribuir-lhe um sabor popular. Contesta-o Uchoa Leite: "Nada mais longe do verdadeiro Villon do que a suposta espontaneidade da elaboração poética, que leva à falsa idéia de um poeta com sabor popular."

Por motivos óbvios, ou seja, a falta de um jargão equivalente em português — o que o induziria à indigência de uma tradução literal —, Uchoa Leite excluiu de seu trabalho apenas as baladas em jargão, mas incluiu o *Legado*, de que não se ocuparam os outros dois tradutores. Sem se preocupar excessivamente com o "conteúdo" da obra, Uchoa Leite desenvolve um notável esforço de aproximação formal, recuperando quase sempre a métrica, o ritmo, os esquemas rímicos e, quando lhe foi possível, a equivalência dos jogos lingüísticos de duplo sentido. É claro que algo se perde quanto aos diabólicos *calembours* villonianos, pois a correspondência em outra língua é impossível. Mas os ganhos são muitíssimos superiores às perdas, e, em certos casos, a tradução é não apenas perfeita, mas venturosa, como no caso da "Balada da Gorda Margot".

1988

O poeta do banal

Os *Poemas* de Jacques Prévert,[12] em tradução de Silviano Santiago, abrem o "pacote" poético com que a Nova Fronteira brinda o leitor brasileiro neste fim de ano. Não há do que nos queixarmos, menos ainda no caso de Prévert, pois é a primeira vez que se traduz o poeta de *Paroles*, que andava meio esquecido nos meios literários brasileiros. Leu-se muito Prévert nas décadas de 1950 e 1960, talvez porque esse hábito coincidisse com o advento do cinema novo (e Prévert, para os que não sabem, foi roteirista de mão-cheia, tendo colaborado assiduamente com Marcel Carné e Jean Renoir em filmes no mínimo memoráveis, como *Visitantes da noite*). Depois, o silêncio e a mais funda indiferença. Prévert não é um divisor de águas como Eliot, Pound ou Baudelaire, mas nem por isso merecia o esquecimento a que foi relegado.

A tradução de Silviano Santiago recolhe poemas de *Paroles* (1945), *La pluie et le beau temps* (1955), *Histoires* (1963) e *Grand bal du printemps* (1976), excluindo-se, portanto, os de *Spectacle* (1951). A seleta é da responsabilidade do tradutor, que acer-

[12]Jacques Prévert, *Poemas*, trad. de Silviano Santiago, Rio de Janeiro, Nova Fronteira, 1985.

tou na escolha, pois nenhum dos principais poemas de Prévert, ao menos para nós, foi excluído. Ganha assim o leitor um perfil fiel deste poeta que muitíssimo tem a ver com algumas vertentes que afloram nos primeiros estratos de nossa poesia moderna, a que se cunhou a partir de 1922, mas cuja grandeza só pode ser estimada ao longo da década seguinte. Essas vertentes são, sem dúvida, as do lirismo cotidiano e do humor, não raro do sarcasmo, que é a marca registrada do nosso poema-piada, os de Bandeira, de Oswald, de Murilo e tantos outros. É justamente dessas matrizes, aliás, que se ocupa Silviano Santiago em sua breve e lúcida introdução, onde informa sobre as atividades do poeta também como cançonetista. Quem não se lembra de *Barbara* ou de *Je suis comme je suis*, sobretudo na interpretação de Juliette Greco?

A poesia *popular* de Prévert (1900-1977) pertence ao período de expectativa que se instalou na França logo após o término da Segunda Guerra Mundial, quando em pólo diametralmente oposto surge também a grave poesia de Pierre Emmanuel, um pós-hugoano de fortes acentos místicos e românticos. O êxito do autor deve muito ao sentimentalismo algo fácil e ao humor feroz e quase antipoético da maioria de suas composições. Não chegava propriamente a ser uma novidade, mas seu consumo foi imenso e havia méritos indiscutíveis. "Os melhores poemas de Jacques Prévert se escrevem desta forma: no fundo cinza do quadro, são desenhadas em meio-tom situações declaradamente banais que, posteriormente, são coloridas com as chamadas cores puras" observa o tradutor. É isso, metaforicamente, o que se vê no poema que abre a coletânea, o conhecidíssimo "Para pintar o retrato de um pássaro", no qual o poeta encontra soluções como estas, as dos versos finais: "Se o pássaro não cantar mau sinal / sinal de que o quadro é ruim /

mas se cantar bom sinal / sinal de que pode assiná-lo / Então você arranca delicadamente / uma das penas do pássaro / e escreve seu nome num canto do quadro."

Por sua própria natureza e estrutura, a poesia de Prévert não oferece maiores dificuldades ao tradutor, exceto por uma exigência basilar: a do coloquialismo. Se este não for preservado, Prévert está morto. Silviano Santiago saiu-se muitíssimo bem na empreitada, operando não raro algumas *trouvailles*, como é o caso da tradução do título do poema "Cancre" por "Juquinha". Sua versão do poeta é exata, sem enfeites ou ociosos acréscimos ao original. Às vezes, todavia, ocorrem certas reduções sintáticas ou estritamente verbais que nos parecem comprometer o tom coloquial. Prova disso é a tradução de um dos mais belos e concisos poemas do autor, "Café da manhã", onde a supressão do pronome inicial e dos artigos excede os limites dessa exigência, chegando mesmo a escamotear a presença do homem que toma o café da manhã sem dirigir uma única palavra à amante: "(Ele) Pôs (o) café / na xícara / Pôs (o) leite na xícara com café / Pôs (o) açúcar / no café com leite." Ainda neste poema, não nos pareceu muito feliz, já ao final, a tradução de "Et moi j'ai pris" por "Quanto a mim pus", pois o uso da locução adverbial banaliza um texto cujo segredo poético reside justamente no lirismo prosaico que envolve a situação descrita. Mas são migalhas. Prévert está inteiro na competente e quase sempre fiel tradução de Silviano. Quem duvidar que leia, entre outras, suas versões de "Familiar", "O tempo perdido", "Canção do mês de maio", "Canção do carcereiro", "Rua do Sena" ou "Cortejo".

1985

Quatro traduções do amor

Os intransigentes guardiães da sagrada intocabilidade dos textos em língua estrangeira que nos perdoem, mas traduzir é preciso, sobretudo num país em que se contam nos dedos os leitores que dominam outro idioma além do português. Tal posição, aliás, foi recentemente defendida por um de nossos mais ativos e competentes tradutores, o poeta e ensaísta José Paulo Paes. Surge agora entre nós este *Retrato do amor quando jovem*[13] — cujo título parodia o de uma célebre obra de Joyce (*Retrato do artista quando jovem*), por sua vez parodiado por Dylan Thomas em seu *Retrato do artista quando jovem cão* —, com traduções de Décio Pignatari da *Vida nova*, de Dante, do *Romeu e Julieta*, de Shakespeare, de *Os rivais*, de Sheridan, e de *O diário* de Goethe. "Aqui estão", como adverte o tradutor, "quatro projeções literárias do amor jovem, num arco de meio milênio, que vai da espiritualidade quase abstrata de Dante, de sua divinização de Beatriz, até a carnalidade cômico-grotesca de um Goethe maduro, passando pela graça e desgraça dos jovens de Verona, vitimados pelos rancorosos interesses dos mais velhos,

[13]Décio Pignatari (trad.), *Retrato do amor quando jovem*, São Paulo, Companhia das Letras, 1990.

e pela sátira a esses mesmos velhos, na escrita de um jovem de 23 anos do século XVIII, Sheridan." Aqui estão, para "deguste ou desgosto" dos leitores, quatro tentativas destinadas a reunir numa única língua o que originalmente foi escrito em três: a italiana, a inglesa e a alemã.

Com algumas brilhantes e episódicas exceções que não cabe aqui enumerar, é relativamente pobre o acervo de traduções que se fizeram entre nós até a década de 1980. Desse ano em diante cresceu muitíssimo o número de boas e importantes traduções para o português, o que contribuiu para o enriquecimento de nossa própria literatura, como ocorreu no passado com algumas outras, particularmente a russa e a alemã. O esforço e a competência de Pignatari o comprovam. Sua *Vida nova* é, sem dúvida, ágil e fluente, tendo a relevá-la a tradução dos poemas que Dante inseriu no texto em prosa, apesar dos escorregões métricos do tradutor, que não raro, conscientemente ou não, deixa de lado o decassílabo e transita para o eneassílabo e o hendecassílabo, o que, se não compromete seu indiscutível engenho, fere o ouvido do leitor que se encontra embalado na doce cadência decassilábica. A *Vida nova* releva não só porque é através dela que Dante e alguns de seus contemporâneos introduzem na Itália o *dolce stil nuovo*, mas também porque, como nos diz Eliot em seu monumental ensaio sobre o poeta florentino, mais do que os outros trabalhos do autor "nos ajuda a compreender melhor a *Divina comédia*". A *Vida nova*, como sublinha o poeta inglês, por ser um trabalho de juventude, nos antecipa algo do método e do desígnio, bem como da intenção, da *Comédia*.

No caso do *Romeu e Julieta*, o que se deve ter em vista é o partido adotado por Pignatari, que não seria tanto o de inovar, mas o de "revelar aspectos inusitados" porventura existentes "sob as suas roupagens e sob a sua linguagem", evitando assim "a convencionalidade das soluções" dos tradutores que o precederam na empreitada. Embora competente — e às vezes emocionante, como na fala em que, na última cena do último ato, Romeu tenta fazer com que Páris, a quem irá matar, se afaste do mausoléu dos Capuletos —, a tradução de Pignatari carrega por demais nas tintas de um coloquial algo rasteiro que nos parece inadequado à irredutível nobreza dos textos shakespearianos, como a preservou Onestaldo de Pennafort. No cômputo geral, entretanto, o mérito (não apenas literário, mas também cênico) de Pignatari é indiscutível. E indiscutíveis são, ainda, as virtudes das duas outras traduções: a de *Os rivais*, de Sheridan, onde Pignatari se revela particularmente exímio quanto ao resgate dos malapropismos (segundo o tradutor, "o malapropismo é um trocadilho involuntário, sistemático e levado a sério — uma palavra substitui outra semelhante, num despropósito de significado") contidos nas intervenções da Sra. Malaprop; e a de *O diário*, que Goethe escreveu já maduro e que não figura sequer em recentes edições "autorizadas" do autor. O texto desse poema aparece apenas numa pequena coletânea de 1809, e nele, como esclarece Pignatari, o poeta "exalta a carnalidade jovem e jovial, ao mesmo tempo que resgata essa ânsia real por um prazer irreal, ou o prazer do futuro no prazer do presente".

1990

O Cavaleiro Verde

Conforme nos asseguram os estudiosos, *Sir* Gawain é o mais autêntico herói do romance medieval inglês arturiano, o único que se tornou protagonista de todo um ciclo ficcional, constituído de onze romances, dos quais *Sir Gawain e o Cavaleiro Verde*[14] é, provavelmente, o mais estimado do ponto de vista da realização literária e, com toda certeza, o mais popular. Filho do rei Loth de Orkney e de uma irmã de Artur, seu papel no conjunto romanesco do ciclo arturiano é, como nos esclarece no prefácio a tradutora Marta de Senna, "o de modelo da ética cavaleiresca, a ser seguido por todo jovem aspirante à cavalaria". Gawain aparece ainda como uma das principais personagens dos romances de Chrétien de Troyes (século XII), nos quais constitui o padrão pelo qual se avaliam todos os bons cavaleiros. Mas nos romances franceses desse século, como nos adverte a tradutora, "Gawain decai de sua posição de cavaleiro impecável, principalmente porque, nesses textos, é alguém que valoriza exclusivamente as proezas humanas, recusando-se a buscar a ajuda divina através dos sacramentos e permanecen-

[14]Marta de Senna (trad.), *Sir Gawain e o Cavaleiro Verde* (autor anônimo), Rio de Janeiro, Francisco Alves, 1997.

do insensível à significação espiritual do Santo Graal: sua conduta cavaleiresca se resume, aí, ao universo temporal, em contraste com a espiritualidade de Galahad". Em *Sir Gawain e o Cavaleiro Verde*, convém lembrar, estão presentes todos aqueles autênticos traços de compaixão, de sacrifício e de fidelidade que caracterizam a cavalaria e que não são, como amiúde se imagina, estritamente religiosos, mas também eróticos, oriundos talvez da herança provençal e ovidiana, como se vê nos textos arturianos que nos remetem ao amor clandestino entre Lancelot e Guinevere ou no romance de Tristão e Isolda. No caso específico de *Sir Gawain e o Cavaleiro Verde*, entretanto, cabe assinalar que ele introduz um outro elemento, o fantástico, de origem céltica, que se desenvolveu livremente nas aventuras de Perceval e na Demanda do Santo Graal.

Concebido segundo os cânones da literatura oral, como sublinha a tradutora, o poema, de autor anônimo e que data de cerca de 1370, reúne 101 estrofes de número variável de versos brancos aliterativos isolados em quatro cantos ou *fits*. O recurso da aliteração é freqüente na tradição literária inglesa desde antes da conquista normanda, durante o século XI, e, como nos garante ainda Marta de Senna, "sobrevive nos autores do oeste e do noroeste da Inglaterra ainda no século XIV, quando os poetas do sul, como Chaucer, já começavam a absorver a influência românica do continente". Na introdução que escreveu à sua versão do poema para o inglês moderno, Brian Stone, conforme observa também a tradutora, nos chama a atenção para outras características peculiares ao *ethos* do norte das Ilhas Britânicas, como "o realismo cru da literatura nórdica e anglo-saxônica, a violência de alguns episódios, o laconismo de certos comentários, o humor impiedoso, a seriedade moral". Acrescenta por fim a tradutora, em sua competente e oportuna introdução, que o autor anônimo do poema, contemporâneo talvez de Petrarca ou de Boccaccio, escreveu um texto em que afloram três tradições culturais: a greco-romana, visível na referência a Tróia com que se abre e fecha ciclicamente a obra; a céltico-pagã, "em que avulta o poder da natureza ferozmente hostil", assim como algo "provido de uma força contra a qual todo esforço humano é virtualmente inútil"; e a judaico-cristã, "que vem domesticar a ferocidade cósmica do paganismo ainda fortemente sensível na época a que o texto se reporta (o início da cristianização das Ilhas Britânicas) e que certamente persiste no próprio tempo do autor". Fértil em simbolismos, o poema reflete o triunfo das virtudes da cavalaria, dessas virtudes que, como nos ensina Huizinga em *O declínio da Idade Média*, revelam o verdadeiro âmago da coragem: "o homem, na excitação do perigo, saltando do seu estreito egotismo; o inefável sentimento causado pela bravura de um camarada; o êxtase da fidelidade e do sacrifício — em suma, o ascetismo primitivo e espontâneo que está no fundo do ideal cavaleiresco".

Embora desconheçamos o original, a tradução de Marta de Senna nos parece, na língua de chegada, concisa, fluente e, sobretudo, de rara elegância. Sua opção de traduzir em prosa, porque "seria virtualmente impossível transpor para a nossa língua o ritmo e a metrificação originais", foi não apenas estratégica, mas antes sábia, já que a tradutora teria de enfrentar, como ela própria admite, "diferenças irresgatáveis entre o inglês medieval e o português moderno". Ademais, sua competência, caso ela optasse por traduzir todo o original em versos, estaria comprovada mercê da habilidade com que verteu em decassílabos rimados as *bob lines* das quadras que rematam cada episódio da narrativa. Boa parte das aliterações de que se vale o autor no original foi recuperada em português, como se pode atestar logo no primeiro desses episódios, onde se lê: "Quando o *r*égio *R*ômulo tomou o *r*umo de *R*oma (...)." E há que se louvar ainda, também na língua de chegada, certa preocupação da tradutora no que toca à arcaização da linguagem, o que de certa forma resgata a "antigüidade" do original, distante seis séculos de nós. Em suma, sua tradução, ao que tudo leva a crer, não inflaciona o texto escrito em inglês, dando voz assim àquela suspeição, argüida por George Steiner em *After Babel*, de que, "em sua forma natural, a tradução excede o original".

1997

Índice onomástico

Este livro foi composto na tipologia
Caslon Old Face em corpo 12/14 e impresso em
papel Pólen Soft 70g/m² no Sistema Cameron da
Divisão Gráfica da Distribuidora Record.